암살자 1
아프간

암살자 1

초판1쇄 인쇄 | 2021년 1월 10일
초판1쇄 발행 | 2021년 1월 15일

지은이 | 이원호
펴낸이 | 박연
펴낸곳 | 한결미디어

등록 | 2006년 7월 24일(제313-2006-000152호)
주소 | 서울시 마포구 모래내로 83 한올빌딩 6층
전화 | 02-704-3331
팩스 | 02-704-3360
이메일 | okpk@hanmail.net

ISBN 979-11-5916-144-5 979-11-5916-143-8(set) 04810

암 살 자

①

아프간

이원호 지음

한결미디어
HANGYEOL
MEDIA

저자의 말

이전에는 공항에서 내 책이 가장 많이 팔렸는데 코로나로 직격탄을 맞았다.

1년이 넘게 계속되는 코로나가 나에게도 쳐들어온 셈이다.

종이책의 수난 시대.

한결미디어 박연 사장은 코로나가 시작된 작년 12월부터 지금까지 1년간 내 책 11권을 출간했다.

《기업의 신》 2권, 2019년 12월 13일.

《신의 아들》 3권, 2020년 6월 3일.

《특명관》 3권, 2020년 10월 17일.

그리고 이번의 《암살자》 3권.

참 열심히 썼고, 참 열심히 출간했네.

박연 사장, 기운 내라.

코로나 시절에도 재미있으면 책 살 것이라고 내가 헛소리를 한 것 같다.

내가 유튜브라도 해서 책 팔아줄게.

《암살자》는 영웅시대의 8부로 이어지는 소설이지만 007 시리즈처럼 따로 읽어도 전혀 지장이 없다.

내가 신문 연재소설을 20년 가깝게 써 온 노하우다. 어느 부(部)부터 읽어도 전(前) 장면에 구애받지 않고 읽어갈 수 있기 때문이다. 신문 연재소설이 그렇다. 원고지 8장에 기승전결을 다 넣어서 1회분만으로도 '재미'있어야 한다는 의식으로 썼다.

《암살자》는 제목이 좀 후지고 이전에도 동일 제목의 소설을 출간했지만 새 소설이다. 끊임없이 쓰지만 노력도 하고 있다.

항상 고맙게 생각합니다. 어려운 시기, 견디어 내시기 기원합니다.
건강하십시오.

2020년 12월 25일 이원호 드림

차례

1장 아프간

고대형이 다시 조백진의 연락을 받았을 때는 오후 2시다. 리스타랜드의 출장자 숙소 안, 이곳은 외부 출장자 간부 숙소여서 고대형은 방 3개짜리 독채 숙소를 배정받았다. 부장급 숙소다.

"5시까지 자원 사장님 숙소로 와 주시도록."

보좌관 유동일이 정중하게 말했다. 지난번 조백진과 면담한 지 사흘째가 된다. 전화기를 내려놓은 고대형은 유동일이 왼손잡이라는 것을 기억해 냈다. 버릇이다. 사람을 보는 순간, 오른손잡이인가, 왼손잡이인가? 렌즈는? 틀니는? 가발, 냄새까지 체크하는 버릇이 들었다. 그래서 조백진의 냄새도 눈감고 찾아낼 수 있다.

5시 정각, 조백진 앞에 선 고대형이 어깨를 펴고 서서 익숙해진 냄새를 맡는다. 조백진의 냄새다. 고대형의 왼쪽에는 보좌관 유동일이 서 있다. 이곳은 바닷가에 위치한 조백진의 별장 응접실 안, 조백진이 입을 열었다.

"널 아프간에 파견하기로 결정했다."

고대형은 시선만 주었고 조백진이 말을 이었다.

"넌 내일부터 한 달 동안 파키스탄의 페샤와르에서 현지 적응 훈련을 받는다. CIA가 너를 교육시킬 거다.”

그때 고대형의 눈동자가 번쩍였다. 그러나 곧 시선을 내리고 듣는다.

“물론 CIA는 네가 리스타 사원인 줄만 알고 있다. 네 정체는 모른다. 하지만 너는 내일부터 타지크족 하카드 가문의 민병대 간부가 되기 위한 훈련을 받는다.”

조백진이 손을 내밀었다.

“아프간의 운명이 너에게 달렸다.”

고대형은 잠자코 조백진의 손을 쥐었다. 조백진은 오른손잡이다. 악력이 세었고 눈에는 렌즈를 끼지 않았다. 처음으로 고개를 들었더니 시선이 마주쳤다. 눈빛이 부드럽다.

“오늘 밤 나하고 술이나 한잔하자.”

바다 쪽으로 탁 트인 응접실 안, 50평쯤 되는 방 안에 수십 명의 미녀가 오가고 있다. 밤 10시가 조금 넘었다. 조백진과 고대형은 소파에 파묻히듯이 앉아 바다를 바라보고 있지만 보이는 건 어둠에 덮인 검은 바다. 수평선 위로 불빛 3개가 떠 있다. 제각기 거리가 다르겠지만 나란히 떠 있는 것 같다. 두 사람의 옆을 지난 비키니 차림의 여자 둘이 바다를 향해 모래사장으로 들어섰다. 파도의 흰 끝부분이 몰려왔다가 꺼졌다. 응접실 바로 앞이 모래사장이다. 뒤쪽에서 여자들이 깔깔거리고 웃고 떠든다. 그러고 보니 바다에서 수영을 하는 여자들도 있다. 모두 20명 가깝게 되나 보다. 술잔을 든 조백진이 옆에 앉은 고대형을 보았다. 2미터쯤 떨어져 앉은 고대형의 시선이 옆쪽에 서 있는 혼혈 여자의 엉덩이에 박혀 있다. 이곳의 모든 여자가 둘을 위해 불린 것이다. 물론 콜걸이다, 특급 콜걸. 흑인, 백인, 동양인, 혼혈인, 세계 각국에서 모인 일급 콜걸. 리스타랜드는 환락의 도시이기도 하다. 수백 개의 특급 살롱, 카페가 수천 명의 특급 여자들을 부르는 것이다. 조백진이 입을 열었다.

"너한테 보상 방법을 말해주지 않았어. 넌 지금부터 리스타자원의 부장으로 승진되고 그 대우를 받게 될 거야."

"감사합니다, 사장님."

고대형이 무표정한 얼굴로 대답했다.

"네 가족이 없던데 만일의 경우에 네 보상금 수취인은?"

"없습니다."

고개를 든 고대형이 조백진을 보았다.

"제 인사기록에 적어 놓았는데요. 별도 수정이 없으면 보상금은 리스타 재단에 귀속되도록 했습니다."

"그렇군."

한 모금에 위스키를 삼킨 고대형이 지나가는 흑인 여자의 뒷모습을 보았다. 이제 고대형은 혼자서 페샤와르를 거쳐 아프간 북부의 타지크족 영역으로 침투하는 것이다. 조백진이 다시 말을 이었다.

"다른 작전 경우하고 달리 혼자 투입되는 거야. 네가 혼자 만들어내야 되는 것이지."

"알고 있습니다."

고대형이 조백진을 보았다.

"오히려 홀가분하고 낫습니다. 전 항상 혼자 작업을 했습니다."

조백진이 고개를 끄덕였다.

"넌 아프간에서 여자를 자주 만나지 못할 거다."

그때 고대형이 마침 옆을 지나는 백인 여자를 눈으로 가리켰다.

"아프간에도 여자가 있습니다, 사장님. 저렇게 미끈한 여자는 드물겠지만요."

"견딜 수 있겠어?"

"저는 암살하기 전후에 여자를 가깝게 했습니다. 여자하고 함께 있으면 안정되는 것 같아서요."

"……."

"그것이 버릇이 되었습니다."

조백진은 고대형의 기록에 동거 5명, 만난 여자가 14명이라는 것을 떠올렸다. 그때 고대형이 말을 이었다.

"하지만 여자 모두를 행복하게 만들어주려고 노력했지요. 모두에게 말입니다."

조백진은 고대형의 눈동자가 흐려져 있는 것을 보고는 숨을 들이켰다. 이쪽을 응시하고 있지만 초점이 멀다. 무표정한 얼굴, 선이 굵은 용모다. 눈썹도 짙고 눈도 부리부리하다. 두툼한 콧날, 두껍지만 딱 닫힌 입. 185의 신장에 85킬로. 무술은 적혀 있지 않았지만 전문 암살자라고 하지 않는가. 그때 고대형이 말을 이었다.

"하지만 단 한 명도 마음을 준 적은 없습니다. 그래서 정신이 흩어지지 않았지요."

"마음에 드는 여자를 발견하지 못했나?"

"다 아름답고 매력이 넘치는 여자들이었지요."

다시 지나가는 동양 여자에게 시선을 주면서 고대형이 말을 이었다.

"제가 마음을 주면 상대방이 저를 사랑하게 되지 않습니다. 그것이 여자를 장악하는 제 방법입니다."

이게 무슨 말인가? 조백진이 한숨을 쉬었다. 암살자의 작업이다. 정상인과 같을 리가 있겠는가? 다시 눈동자가 흐려진 고대형이 검은 바다를 응시하며 말했다.

"부르카를 뒤집어 쓴 여자들의 나라로 가게 되어서 벌써부터 흥분됩니다. 부르카를 걷어내고 그 안에 숨겨진 보석을 발견할 때의 감동을 생각하면 말입니다."

"으음."

저도 모르게 신음을 뱉은 조백진이 옆을 지나는 혼혈 미인을 보았다. 거금을 들여 여자 20명을 부른 것이다. 그래서 고대형의 회포를 밤새도록 풀어줄 예정이었는데 본인은 관심이 없는 눈치다. 여자들이 추파를 던지며 수없이 옆을 지났어도 시선이 금방 옮겨진다. 이놈은 변태인가, 부르카를 걷어낼 궁리나 하고 있다니.

다음 날 오전 11시, 리스타랜드를 떠난 C-130 수송기가 파키스탄의 도시 페샤와르를 향해 날아간다. 페샤와르 아래쪽 미군 기지다. C-130 수송기 화물칸이 비었는데 탑승객 하나만 군용 침대에 누워 있다. 작업복 차림의 고대형이다. 비행기가 순항고도에 접어들었을 때 화물칸으로 여승무원 하나가 내려왔다. 화물칸은 이 층 조종실에서 계단으로 내려온다. 여승무원은 백인이다. 쟁반에 여러 가지 마실 것을 담아온 여직원이 침대에 누워 있는 고대형 앞에 섰다. 금발을 뒤로 묶었고 흰색 반팔 셔츠에 몸에 붙는 흰색 면바지를 입었다. 날씬한 몸매에 대리석같이 매끄러운 피부, 그림에서 볼 것 같은 미모의 여자다. 고대형이 침대에서 몸을 일으켰다. C-130 수송기에는 승무원 네 명과 여승무원 셋이 탔다. 이 여승무원들은 조백진의 배려다. 고대형을 위해 리스타항공의 여승무원 셋을 C-130에 탑승시킨 것이다. 본래 C-130에는 여승무원이 없었기 때문이다. 덕분에 리스타항공 소속의 C-130 화물기 승무원들은 신바람이 났다. 여승무원과 함께 특식이 가득 실렸기 때문이다. 고대형이 침대에서 일어나 생수병을 집었다.

"고마워요."

"곧 점심을 준비할게요."

미녀가 나긋나긋한 목소리로 말했다.

"다른 거 필요하신 게 있습니까?"

"아니, 아직은. 그런데 이름은?"

"나타샤, 하바로프스크 출신이죠."

"러시아 미녀였군."

고대형의 시선을 받은 나타샤가 이를 드러내고 웃었다.

"가족이 없어?"

이광이 묻자 해밀턴이 고개를 들었다. 이곳은 이광의 바닷가 별장 베란다. 이광과 해밀턴, 안학태와 조백진이 둘러앉아 있다.

"없습니다. 부모, 형제, 다 신원조회로 확인했습니다.

해밀턴이 말을 이었다.

"그러나 한국에서 최고 명문대를 졸업하고 군복무까지 마쳤습니다. 국가에 대한 자긍심도 대단해서 애국심 평가는 특급입니다."

리스타에 입사하기 전에 정밀 테스트를 받고 근무 중에도 끊임없이 적성과 성품 등을 평가받기 때문이다. 해밀턴이 통솔하는 리스타연합 소속이었던 고대형은 철저한 검증을 받은 셈이다. 거기에서 고대형은 특별히 선정된 암살자인 것이다. 고개를 끄덕인 이광이 조백진에게 물었다.

"어제 그놈하고 술 마셨다면서?"

"예, 회장님."

"여자를 스물이나 데려갔다던데."

안학태와 해밀턴이 빙글빙글 웃었을 때 조백진이 정색했다.

"무조건 여자를 밝히는 게 아니었습니다."

"물론 미인만 고르겠지."

"그건 아닙니다."

조백진이 어젯밤 고대형한테서 들은 이야기를 했을 때 잠깐 정적이 덮였다. 이광이 먼저 입을 열었다.

"그러니까 암살자지."

해밀턴이 말을 받았다.

"이번 일에 적격입니다."

"외로운 놈이야."

이광이 혼잣소리처럼 말을 이었다.

"아마 아직까지 밝혀지지 않은 비밀이 있는 놈 같다."

점심은 스테이크와 스파게티, 랍스터에다 생선회까지 나온 진수성찬이다. 여승무원 아니타와 후안이 거들었는데 둘은 이태리, 멕시코 국적이다. 후식으로 나온 아이스크림까지 먹고 났을 때 나타샤가 커피 잔을 들고 와서 물었다.

"고, 도착 시간까지 두 시간 반 남았어요. 다른 거 필요하신 건 없어요?"

눈웃음을 치는 나타샤를 똑바로 바라보면서 고대형이 대답했다.

"나타샤, 네가 필요해."

페샤와르, 이곳은 파키스탄의 대도시로 아프가니스탄의 국경에서 가깝다. 페샤와르 교외의 미군 비행장에 착륙한 수송기가 활주로 끝에 멈췄을 때 곧 입을 벌리듯이 뒤쪽 화물창이 열렸다. 고대형은 배낭 하나만 메고 화

물창을 걸어 내려왔다. 뒤쪽의 텅 빈 화물창 안에는 사람의 기척이 없다. 그
때 앞에서 기다리던 사내 하나가 내려오는 고대형을 향해 손을 내밀었다.

"웰컴."

계급장도, 이름표도 붙이지 않은 군복을 입은 40대쯤의 백인이다. 장신,
회색빛 머리칼, 볕에 탄 얼굴, 재색 눈동자. 손을 쥔 악력이 보통이었지만 굳
은살이 박였다. 총검을 오래 만지면 이렇게 된다. 체취에 섞인 로션 냄새, 옷
에 밴 냄새도 섞였다.

"난 지미요."

사내가 뒤쪽에 주차한 밴으로 안내하면서 말했다.

"당신을 한 달 동안 관리할 책임을 맡게 되었어, 미스터."

"형이라고 불러요."

"형?"

차 앞에 선 사내가 고대형을 보았다. 고대형이 말을 이었다.

"내 이름이 고대형이거든. 그러니까 뒤 자만 부르란 말이지."

"그렇군. 그럼 날 짐이라고 불러요."

"오케."

고개를 끄덕인 고대형이 차에 올랐다. 운전석에 탄 지미가 어둠에 덮인
공항 출구를 향해 달리면서 말했다.

"형, 교육장은 페샤와르 변두리의 주택가요. 거기서 물정을 익히면서 적
응 교육을 받는 것이지."

고대형이 고개만 끄덕였다. 아프간의 물정, 파슈툰과 타지크족, 하자라족
까지 뒤엉킨 아프간 내부의 알력, 그리고 적응 훈련이 중요하다, 앞으로의
계획도. 계획에 따라 작전을 수행하겠지만 본인의 능력에 의해 성공 여부가
결정되는 것이다. 고대형이 고개를 돌려 지미를 보았다.

"짐, 타지크 부족 여자는 부르카를 입던가요, 아니면 니캅인가?"

부르카는 눈 부분에도 망사를 덮어 몸 전체를 가리는 옷이고 니캅은 눈만은 내놓는다. 마침 후문의 검문소 앞에 차를 세운 지미가 경비병에게 손만 흔들고 다시 차를 발진시켰다. 그러고는 대답했다.

"니캅을 입는다고 들었어, 형."

"살았다."

의자에 등을 붙이면서 고대형이 정색하고 말했다.

"눈만 봐도 다 알 수 있지. 몸매, 성격, 성 경험, 그리고 날 원하는 것까지."

CIA 안가는 주택가 중심에 위치했는데 단층 흙벽돌 건물로 넓었다. 마당을 중심으로 ㄷ 자 구조였고 안쪽이 본채, 좌우로 벌려진 건물이 부속채로 주방, 마구간이다. 마구간에 밴 2대가 주차되었고 거주 인원은 고대형까지 8명이다. 모두 위장한 CIA 요원으로 3명이 고대형의 교육을 맡고 3명은 현지인이다. 고대형은 대충 소개를 받고 나서 안방으로 안내되었다. 흙바닥에 양탄자만 깔린 넓은 방에 침대도 없다. TV도, 가구도, 창문도 없는 방구석에 담요 서너 장이 쌓여 있을 뿐이다. 이곳에서 한 달간 교육을 받아야 한다. 이것이 페샤와르의 첫날밤이다.

"탈레반은 이미 조직도 갖췄지만, 아프간인들의 가슴속에 깊게 파고든 상태야."

후레딘이 엄숙한 표정으로 말했다. 긴 얼굴이 털로 뒤덮여서 털 난 말 얼굴 같다. 후레딘이 말을 이었다.

"아프간인들은 라바니 정권의 부패와 무능에 넌덜머리를 내고 있어. 그래서 탈레반이 아프간을 먹는 것이 대세야."

지금 후레딘은 타지크어(語)로 교육을 하고 있다. 안가의 교육 사흘째 되는 날이다. 안가에 도착한 지는 나흘째. 도착 다음 날부터 교육이다. 후레딘은 정세 담당 교육관이다. 아프간의 역사에서부터 현 정세, 파슈툰, 타지크족 등 종족 간의 갈등, 각 부족의 특성과 부족장, 파벌, 군벌 등에 대한 교육을 맡는다. 후레딘은 자신을 역사학자로 소개했는데 고대형이 보기에는 CIA에서 고용한 정세 분석관이다. 후레딘이 말을 이었다.

"그러나 탈레반이 집권하게 되면 틀림없이 반발이 일어날 거야. 아프간은 이미 소련과 미국을 겪으면서 서구화에 길들여졌거든."

후레딘이 검고 깊은 눈으로 고대형을 보았다. 우울한 '말' 얼굴.

"탈레반의 엄격한 회교 율법하의 통치에 숨이 막혀서 금방 새로운 지도 체제를 원할 거야."

그것에 대비한 세력을 만들려고 고대형이 파견되는 것이다. 후레딘의 교육은 하루 3시간이다. 1 대 1 교육이어서 시간의 낭비가 없다. 고대형은 잠깐 성실한 학생이 되어서 듣는다.

아프간 파이자바드 북쪽의 이스란 마을. 이곳이 타지크족의 하카드 부족 영역이다. 이스란 마을을 중심으로 사방 1백 킬로 정도의 땅에 하카드 부족이 모여 사는 것이다. 하카드 부족장은 쿨리 하카드. 6대째 하카드 가문을 잇는 북부의 타지크족 명문이다. 오후 3시, 하카드가 응접실로 들어선 장남, 마판 하카드에게 말했다.

"마판, 네 동생들에게도 말하면 안 된다. 너하고 나만 아는 비밀로 해야 된다."

"알겠습니다."

앞쪽에 앉은 마판이 부리부리한 눈으로 쿨리를 보았다.

"아버지, 제가 그자하고 먼저 만나서 손발을 맞춰야 할 것 같습니다."

"그것도 좋은 방법이군."

쿨리 하카드가 고개를 끄덕였다. 쿨리는 55세, 하카드족 6대째 족장으로 아프간 밖을 나간 적이 없다. 그러나 마판은 이집트 카이로대를 졸업하고 2년 동안 직장생활도 했다. 30세, 건장한 체격으로 쿨리의 후계자다. 마판이 말을 이었다.

"탈레반이 곧 전쟁을 일으킬 것 같습니다. 네프트산 아래쪽에 1개 연대 규모의 병력이 모여 있다고 합니다."

네프트산은 카불 서쪽으로 100킬로밖에 떨어지지 않았다. 라바니 정권은 카불 주위에 5개 사단 병력을 포진시키고 있지만 썩을 대로 썩은 군대다. 부패한 지휘관들은 총소리만 울리면 제일 먼저 도망질을 할 것이다.

"개 같은 라바니 놈."

쿨리가 탄식했다.

"그런 놈이 결국 국민을 도탄에 빠뜨리게 된다. 큰일 났다."

"탈레반 지도자, 모하메드 오마르는 더 지독한 놈입니다."

마판이 말을 이었다.

"오마르는 간통했다는 말만 듣고 여자를 돌로 때려죽인 놈입니다. 이놈이 집권하면 몇백만 명을 죽일 겁니다."

"부패한 라바니에게 진절머리가 난 국민들이 헛것을 보고 있는 거다."

한숨을 쉰 쿨리가 생각난 듯 물었다.

"아편은 얼마나 모았느냐?"

"2백 킬로쯤 됩니다."

"그럼 다음 주 중 그걸 운반해야겠군."

그때 마판이 고개를 들었다.

"이번에는 제가 아편을 싣고 국경을 넘어가겠습니다."

"네가?"

"제가 아편을 넘기고 페샤와르에 가서 그자를 만나지요. 그자하고 며칠간 같이 있다가 데려오겠습니다."

"그것도 좋겠군."

쿨리가 고개를 끄덕였다.

"네가 우연히 만난 친구라고 하자."

"이집트에서 같은 직장에 다녔던 동료라고 하는 것이 낫습니다."

"좋아."

쿨리가 이끄는 하카드족도 광대한 지역에 아편을 재배하고 있는 것이다. 척박한 아프간 대지에 가장 적당한 작물은 아편이다. 하카드족은 아편 재배로 부족을 먹여 살리고 무기를 구입해왔다. 자리에서 일어선 마판이 말했다.

"그럼 하사비한테 말을 해놓지요."

하사비는 아편 수송대장이다.

마르부딘은 지리 담당이다. 50대 중반의 마르부딘은 흰 수염이 덮인 검은 얼굴에 마른 체격으로 아프간 북부 샤리크족 일파라고 자신을 소개했다. 마르부딘은 지도와 영상 기록을 번갈아 보여주면서 각 지역을 반복해서 설명해주었다. 이른바 주입식 교육. 이쪽 골짜기는 깊고, 거리가 얼마 정도이며 바위산에 동굴이 어떻게 분포되었는가? 식수는 어디에 있으며 날씨는 어떤가? 이쪽 산기슭에 사는 사람들은 어느 파벌이며 풍습은 어떤가? 등인데 재미있었다. 마르부딘 본인은 억양 없는 목소리로 조금도 재미없다는 표정으로 말했지만 고대형의 귀에는 쏙쏙 들어왔다. 오늘도 정신없이 교육을 마친 고대형이 자료를 들고 나가려는 마르부딘을 불렀다.

"이봐요, 마르부딘."

고대형은 안가에서 타지크어만 쓴다. 몸을 돌린 마르부딘에게 고대형이 물었다.

"지금까지 몇 명을 교육시킨 거요?"

"그건, 왜 물어?"

"당신처럼 재미있게 가르치는 선생은 처음이기 때문이야. 대학으로 가지 그래?"

"미친놈."

그러면서 마르부딘이 처음으로 주름진 얼굴을 펴고 웃었다.

"내가 한 사람만 교육시킨 건 네가 처음이야."

"저기, 타지크족 과부들은 남자하고 관계 맺기가 쉽다던데, 아시오?"

"누가 그래?"

"정세 담당 선생이."

후레딘이 그런 소리를 할 리가 없다. 그때 마르부딘이 이맛살을 찌푸렸다.

"그놈 미친놈이네."

"그게 아니란 말요?"

"과부 건드렸다간 큰일 나. 죽은 남편의 가족이 떼거지로 몰려와서 사생결단을 할 거야."

"그럼 안 된단 말요?"

"과부한테 돈을 줘야 돼."

"먼저?"

"하기 전에."

"그건 매음 아냐?"

"거기선 합의금이야."

"갓댐."

"과부는 그 돈을 죽은 남편 가족에게 바친다고."

"과부가 매음녀로 변하는군."

"그건 성스러운 거야."

정색한 마르부딘이 고대형을 똑바로 보았다.

"여자는 많아, 돈만 준비하면."

"당신은 진짜 훌륭한 대학교수야."

"갓댐."

이번에는 마르부딘이 웃지도 않고 욕하더니 몸을 돌렸다.

"형, 잠깐."

형이라고 부르라고 하고 나서 지미 우들턴은 동생이 되었다. 몸을 돌린 고대형에게 지미가 다가와 섰다. 오후 6시 무렵, 14일 차 교육이 끝난 날이다.

"형, 오늘 밤 나하고 페샤와르의 클럽에 가지."

"응? 클럽에?"

놀란 고대형이 지미를 보았다.

"짐, 무슨 일이야?"

"네가 이 주일이나 여자 구경을 못 했지 않아? 그래서 과부까지 찾는 모양인데."

"갓댐."

여기서 유일하게 다른 언어를 쓰는 건 영어 욕이다, 마르부딘까지 '갓댐' 하니까. 고대형이 커다랗게 고개를 끄덕였다.

"가장 마음에 드는 소리를 하는군, 짐."

우중충한 클럽 안이다. 어둡다, 그러나 소음과 음악으로 가득 차 있다. 재즈 음악이다. 밤 9시, 지미와 고대형이 안쪽 자리에 앉아 맥주를 마시고 있다.

"저기, 오른쪽 벽."

지미가 눈으로 오른쪽을 가리켰다.

"보았어."

고대형이 이제는 영어로 말했다.

"하지만 관심 없어."

벽에 붙은 테이블에 여자 셋이 앉아 있는 것이다. 셋 다 머리에 히잡을 써서 머리와 목 부분을 가렸고 어두운색 원피스 차림이다. 파키스탄계 여자는 아랍계와 비슷하다. 검은 눈, 어두워서 눈이 고양이처럼 반들거리고 있다. 고대형이 턱으로 그 안쪽을 가리켰다.

"안쪽 기둥 옆의 여자 둘, 사내 하나하고 셋이 앉은 테이블."

"난 잘 안 보이는데."

어두워서 그쪽은 윤곽만 보였기 때문에 지미가 눈썹을 모았다.

"형, 시력도 좋군."

거리가 20미터쯤 된다. 거기에다 어둡다. 일부러 어둡게 했기 때문에 5미터만 떨어져도 얼굴 윤곽도 흐릿하게 보이기 때문이다. 클럽은 넓다. 손님이 차 있는데 쑵 위에 양복저고리를 걸친 남자에 여자는 히잡과 발목까지 닿는 원피스나 차도르를 걸쳤기 때문에 몸매는 드러나지 않는다.

"여자 둘 중 왼쪽에 앉은 여자가 미인이야. 몸매도 좋아."

"갓댐. 난 검은 바위처럼 보인다."

"남자 놈이 그 여자한테 치근대고 있군."

"마음에 들면 가 봐."

지미가 격려했다.

"여기 나온 여자들은 과부나 돈이 필요한 여자야."

그때 고대형이 자리에서 일어섰다.

고대형이 다가갔을 때 제일 먼저 긴장한 인물이 여자한테 작업을 걸고 있던 사내다. 짙은 콧수염과 턱수염, 이놈들은 웬 털이 이렇게 많은지. 건장한 체격, 회색 쑴 위에 양복저고리를 걸쳤고 머리에 터번을 썼다.

"뭐야?"

사내가 어깨를 치켜 올리면서 고대형을 쏘아보았다. 두 눈이 번들거리고 있다. 여자들은? 당황, 호기심 범벅이 된 얼굴로 고대형을 주시했다. 고대형 역시 쑴에 양복저고리를 걸쳤지만 머리에 터번을 두르지 않았다. 그동안 콧수염을 길렀는데 숱이 많지는 않지만 그럴 듯했다. 185의 키에 건장한 체격, 얼굴이 어느덧 절반은 아랍인이 되었다. 이런 굵은 선의 호남은 드물지. 그때 고대형이 말했다. 파슈툰어를 썼다, 일부러.

"나 이 여자가 마음에 드는데 일어나지 않을래?"

"뭐? 이 자식이."

벌떡 일어선 사내의 키는 고대형보다 머리통 절반만큼 작았다. 그때 고대형이 말했다.

"잠깐 나하고 밖에 나갈까? 나가서 해결하자."

"좋아."

사내가 대들 듯이 말했을 때 고대형이 몸을 돌리면서 여자를 슬쩍 보았다. 시선이 마주쳤다. 과연, 고대형의 심장 박동이 빨라졌다. 맑고 검은 눈, 곧고 날카로운 콧날 밑의 단정한 입술. 시선이 마주쳤을 때 고대형은 여자의 목소리를 듣는다.

'나 죽어요, 여보.'

고개를 끄덕인 고대형이 몸을 돌렸고 분기충천한 사내가 뒤를 따른다.

클럽 밖으로 나갔던 고대형이 5분도 안 되어서 돌아왔을 때 지미가 놀라 숨을 들이켰다. 먼발치에서 고대형이 사내와 함께 밖으로 나가는 것을 보았기 때문이다. 따라 나갈까 하다가 '그쯤은 괜찮겠지' 하고 기다렸는데 5분도 안 되어서 돌아왔다.

"어떻게 된 거야?"

지미가 묻자 고대형이 힐끗 여자 쪽을 보았다. 여자 테이블에 다시 '똥파리'들은 모이지 않았다.

"짐, 먼저 가. 너 혼자 말야."

"내가?"

눈을 치켜뜬 지미가 고대형을 올려다보았다. 고대형은 아직 앉지도 않았다.

"왜?"

"그냥 먼저 안가로 돌아가 있어."

"넌?"

"난 쟤하고 일 좀 보고 갈 테니까."

"그런데 그놈은 빨리 보냈군."

"그래."

"여자하고 이야기는 했어?"

"되겠지."

아직 한마디의 말도 나누지 않았지만 그렇게 대답했다.

"갓댐."

투덜거린 지미가 물었다.

"돈 줘서 보냈어?"

"그냥 보냈어."

"그냥 가?"

"응, 곧장 갔어."

고대형이 몸을 돌렸다. 골목 안으로 데려가자마자 머리를 비틀어서 목뼈를 부러뜨려 죽였다고 한다면 고대형을 끌고 도망갈 것이다.

고대형이 다가오자 여자가 눈웃음을 쳤다. 여자의 친구는 새침한 표정, 소외되면 이런 얼굴이 된다. 옆에 앉은 고대형이 여자에게 바짝 얼굴을 붙였다. 주위가 소란했기 때문에 목소리를 높여야 한다.

"얼마야?"

이번에는 파키스탄어로 묻자 여자가 이를 드러내고 웃었다. 고혹적이다.

"1백 불."

"비싸다."

"70불."

고대형이 고개를 저었다.

"너희들 둘에게 1백 불 줄게."

그때 외면하고 있던 덜 예쁜 여자가 이쪽으로 획 고개를 돌렸다. 그러나 발언권이 '부족'했기 때문에 입을 열지는 못한다. 고대형은 여자의 눈만 보고도 목소리를 듣는다.

'나는 오케야, 옵빠.'

그때 모나리자와 안젤리나 졸리를 합성한 것 같은 여자가 말했다.

"오케, 나가요."

고대형이 안가에 돌아왔을 때는 오전 1시가 되어갈 무렵이다. 응접실에서 기다리고 있던 지미가 물었다.

"어떻게 한 거야?"

"뭘?"

고대형이 저고리를 벗어 던지면서 앞쪽 소파에 앉았다. 안가는 조용하다. 지미가 고대형을 노려보았다.

"여자들은 안 죽였어?"

"죽이다니?"

"밖으로 데려간 놈 죽였잖아."

"그랬지."

고개를 끄덕인 고대형에게 지미가 다시 물었다.

"여자는 안 죽였어?"

"난 여자를 죽인 적 없어, 짐."

"네가 죽인 놈이 쓰레기통에서 발견되었어. 지금 그쪽은 난리야."

"내가 그놈 데리고 나간 거 아무도 관심을 보이지 않았어. 날 못 찾아."

하품을 한 고대형이 자리에서 일어서자 지미가 말했다.

"넌 앞으로 외출 금지다, 형."

"난 동양사에도 관심이 많아."

후레딘이 우울한 말(馬) 같은 얼굴로 말을 이었다.

"특히 중국과 일본. 그 두 나라의 역사가 가장 흥미로워."

고대형은 시선을 후레딘의 가슴께에 둔 채 숨만 쉬었다.

"중국과 일본이 아시아의 두 주역이지. 번갈아서 아시아를 지배했고 세계를 제패했지."

"……."

"앞으로도 마찬가지야. 참, 자네는 코리안이지?"

"그런가?"

"코리아는 중국의 속국이었다가 일본령으로 바뀌었지? 그러다가 2차 세계대전이 끝나고 독립했더군."

고대형의 입 끝이 조금 올라갔다가 내려갔다. 시선은 그대로다.

"자, 그럼 탈레반 지도자 물라 모하메드 오마르에 대해서 알아보자고."

"……."

"이자는 눈 하나가 실명해서 애꾸눈으로도 불리는데 총탄 파편에 맞아서 그렇게 되었다는 소문이야."

고대형의 시선이 조금 올라갔다. 후레딘의 보폭은 45센티 정도다. 걸음은 빠른 편이고 왼쪽 귀의 청각이 조금 약하다. 오른손잡이, 독특한 비누향이 맡아지는데 눈을 감고도 군중 속에서 찾아낼 수 있다. 이것은 CIA 훈련을 받지 않았다는 증거. 요원이라면 이런 습성이 없다. 고대형이 심호흡을 했다. 후레딘의 말이 이어졌다.

"잔인한 성격이야. 하지만 의심이 많고 관찰력이 예민해서 부하들에게 허점을 보이지 않지."

이제 후레딘의 국제 정세 교육은 끝나간다.

저녁 식사를 마치고 지미와 둘이 응접실에서 마주 앉았을 때다. 지미가 말했다.

"닷새 후에 쿨리 하카드의 장남, 마판이 이곳에 올 거야."

지미가 말을 이었다.

"마판이 너를 만나서 같이 아프간으로 들어가고 싶다는군."

"왜 오는 거야?"

"아편을 팔러 오는 길에 너를 본다는 것이지. 미리 손발을 맞추고 싶다는 거야."

"잘되었군."

"우리도 그런 생각이야. 쿨리 하카드는 우리한테 적극적으로 의지하고 있어."

지미의 얼굴에 웃음이 떠올랐다.

"하카드의 아편을 사주는 것도 우리야."

"……."

"그 돈으로 하카드는 부족들을 먹이고 무기를 구입하는 거지."

"그 아편을 사서 어디다 쓰는데? 너희들 말야."

"그건 네가 알 거 없고."

지미가 말을 이었다.

"후레딘한테 같은 타지크족 중에서 마문파에 대해서 들었지?"

"들었어. 마문파는 러시아의 지원을 받고 있다면서?"

"하스란 마문은 같은 타지크족이지만 경쟁자야. 그놈이 아프간을 장악하면 탈레반 세상이 계속되는 것이나 같다고."

고대형은 숨만 죽였다. 이것이 CIA의 의도다. 1차 목표인 것 같다. 지미가 말을 이었다.

"마문을 암살하고 마문 부족을 병합시키는 것이 네 1차 목표야. 이 목표는 쿨리 하카드만 알고 있어."

"장남인 마판도 알고 있을지 모르겠군."

"후계자니까 이야기를 했을 거야, 둘은 호흡이 맞는 부자간이니까."

"이번에 마판이 온다니까 이야기를 들을 수 있겠군."

"마판이 카이로에서 대학도 나온 놈이니까 말이 통할지 몰라."

"후레딘은 마판 성격이나 능력을 모르던데."

"후레딘이 그것까지 알 수는 없지."

고개를 저은 지미가 말을 이었다.

"마판은 제대로 인성을 갖추고 균형 감각이 있는 지도자감이야. 그런 자가 아프간을 통치해야 중동이 편안해져."

"친미주의자란 말이지?"

"그래서 우리가 이렇게 공을 들이는 거다."

"결국은 아프간의 미래를 위해선 암살자가 필요하단 말이 아닌가?"

암살자란 표현은 지금 처음 나왔다.

지미가 가라앉은 표정으로 고대형을 보았다.

"형, 우리가 널 '연락관' '보좌역' 또는 '고문관' 역할로 불렀지만 실제로는 너의 그 능력을 기대한 거다."

"그럴 줄 알았어."

"아프간은 문맹률이 70퍼센트가 넘는 나라야. 지금까지 제대로 된 국가가 아니었어."

"교육은 이제 진절머리가 나니까 그만두고."

"러시아도, 우리도 전면에 나섰다가 실패했지만 이제는 배후 조종이다."

"러시아도 머리통이 비지는 않았을 텐데 마문 부족에 나 같은 암살자를 파견해서 쿨리나 마판을 임살하지 않을까?"

"그럴 수도 있지."

지미가 고개를 끄덕였다.

"암살자 게임이 될 수도 있지."

"갓댐."

"그래서 너한테 매달 1백만 불의 비자금이 전달돼."

"굿. 거기선 과부를 돈 주고 산다는 거야."

"러시아가 10년 동안 아프간을 점령한 동안에 여자들을 많이 개방시켜 놓았어."

"후레딘이 그러더군, 공산주의 놈들의 좋은 점이 남녀평등 하나라고. 잘한 짓이야."

"여자들을 무기로 삼아도 돼."

"갓댐. 나는 불쌍한 과부들을 돈 주고 마누라로 만들 계획이야. 한 1백 명쯤."

"마문의 마누라를 사든지."

고대형에게 휩쓸렸던 지미가 눈동자의 초점을 잡고 말했다.

"이번에 마판하고 같이 돌아갈 때 필요한 무기를 챙겨 줄 테니까 가져가."

"참, 후레딘 씨, 당신 한국의 이순신 장군이라고 아나? 해군 사령관이었는데."

불쑥 고대형이 묻자 후레딘이 고개를 비틀었다. 오후 3시 반, 교육이 끝날 무렵이다. 오늘이 24일 째. 후레딘과 마르부딘 덕분에 고대형의 머릿속은 아프간의 역사, 지리에 대해서 진절머리가 나도록 채워졌다. 글쎄, 마르부딘이 영상을 펼치면 냄새가 맡아질 정도가 되었다니까. 계속해서 반복 교육을 시켜서 그런다. 후레딘은? 아프간 정세를 넘어 지가 좋아하는 동양 역사 이야기로 넘어가고 있다. 그래서 이순신을 물은 것이다.

"처음 듣는 이름이야."

"세계적인 인물인데. 영국의 넬슨 제독을 아나?"

"그야 알지."

"그 넬슨이 가장 존경한다는 해군 사령관이 제너럴 리야, 이순신."

"설마. 그렇다면 내가 알았을 텐데, 믿기지 않는군."

"그럼 일본 해군의 도고 헤이하치로는 아나? 러일 전쟁 때 러시아 함대를 전멸시킨 일본인 제독인데."

"그도 알지."

"그 도고가 가장 존경한다는 해군 제독도 제너럴 리야."

"믿기지 않는군. 어느 시대 사람인데?"

"15세기 말."

"모르겠군."

그 순간 어깨를 늘어뜨린 고대형이 마침내 결심했다. 지금까지는 그냥 떠나자 했지만 이놈을 죽이고 가야겠다.

마판이 안가로 들어섰을 때는 오후 6시 무렵이다. 마판은 혼자 들어섰는데 기다리고 있던 지미가 고대형을 소개했다.

"마판입니다."

타지크족 식으로 뺨을 두 번 붙이고 나서 마판이 고대형을 보았다.

"잘 부탁합니다."

"내 이름을 아비도스로 바꿨습니다."

고대형이 말했다.

"아무래도 내 본명은 어울리지 않아서."

"그럼 아비도스로 부르지요."

다시 응접실 바닥에 둘러앉은 셋에게 하인이 소리 없이 다가와 뜨거운 홍차 잔을 내려놓고 사라졌다. 그때 지미가 마판에게 물었다. 둘은 자주 만난 사이다.

"마판, 하사비한테도 아비도스 이야기는 하지 않았지?"

"안 했습니다."

마판이 힐끗 고대형을 보았다.

"시내에서 우연히 만난 것으로 할 겁니다."

지미가 고개만 끄덕였을 때 고대형이 말했다.

"그거 잘됐군. 시내 클럽에서 만난 것으로 하는 것이 자연스럽지 않을까?"

지미는 이맛살부터 찌푸렸지만 마판이 동의했다.

"그렇군. 좋은 생각이야, 아비도스."

"여기 클럽 하나 괜찮은 곳을 아는데 살인사건이 일어나서 불안하고."

고개를 돌린 고대형이 지미를 보았다.

"짐, 다른 곳 없을까?"

"갓댐."

지미는 욕을 했지만 마판이 대답했다.

"여기 클럽이 여러 개요. 아비도스, 내가 좋은 곳 하나를 알지. 칼라운 클럽이라고 들어보았소?"

"나치 클럽만 아니면 돼."

"오케, 거기서 만난 것으로 합시다."

"아니, 마판 씨."

고대형이 정색하고 마판을 보았다.

"우리가 거기를 직접 가봐야 알리바이를 만들 수 있지 않겠소?"

지미는 외면했지만 방해하지는 않았다. 고대형의 말에 일리가 있기 때문이다.

칼라운 클럽 안, 오후 9시. 지미, 고대형, 마판 셋이 구석 쪽 테이블에 자리를 잡았다. 이곳도 어둑한 분위기에 소란스럽다. 여자들도 많았기 때문에 경쟁이 눈에 보일 정도다. 맥주병을 쥔 지미가 주위를 둘러보고는 투덜거렸다.

"이놈들이 꼭 발정난 개 무리 같군."

타지크어다. 고대형도 투덜거렸다.

"나도 그중에 끼어 있겠군."

그때 마판이 웃음 띤 얼굴로 말했다.

"아비도스, 우리 부족에도 여자가 많아, 남자 비율도 낮은 데다 지난 전쟁 때 전사들이 많이 죽어서."

"미래의 여자 1백 명보다 현재의 1명이 중요해."

"또 시작이군."

지미가 투덜거렸을 때 마판이 소리 내어 웃었다.

"내가 카이로에 있을 때 생각이 나는군. 그때 재미있었는데."

"옳지."

고대형이 고개를 끄덕였다.

"우리 카이로에서 놀던 대로 해보자고."

오늘은 그냥 돌아왔다. 마판까지 나섰지만 마땅한 여자가 없었기 때문이다. 밤 12시 반, 클럽에서 이야기를 나누는 동안 마판과 고대형은 친해졌다. 지미도 만족한 표정이다.

"하사비는 우리 부족의 수출입 담당이야. 여자만 빼고 다 거래해."

마판이 웃음 띤 얼굴로 말을 이었다. 오전 11시, 마판과 고대형은 페샤와르 외곽의 식당에 앉아 홍차를 마시는 중이다. 이곳으로 하사비를 불러낸 것이다. 마판은 고대형과 함께 안가(安家)에서 잤지만 하사비를 그곳으로 부르지 않았다. 하사비한테도 안가 위치를 밝히지 않으려는 CIA의 결정이다. 마판이 말을 이었다.

"성실하고 계산이 밝아. 대를 이어서 우리 부족의 회계 담당을 해오는데 테헤란에서 대학을 나온 엘리트야."

"서열은 어떻게 돼?"

"우리 부족의 명문가(名門家)여서 5대 장로가에 들어가지."

"그건 나도 알아."

후레딘한테서 교육받은 내용에 들어간다. 타지크족의 하카드 부족 인구는 약 2백만 정도. 아프간 3,800만 인구 중에 타지크족은 27퍼센트인 1천만이 조금 넘는다. 그중에서 하카드 가문과 마문 가문이 각각 2백만 정도이고 13개의 다른 가문이 나머지 6백만 타지크족을 형성하고 있는 것이다. 마판이 말을 이었다.

"지금 하사비가 마약 판 돈으로 무기를 구입하고 있어."

"무기를 잘 아나?"

"여러 번 구입해왔으니까."

"무기도 이번에 가져가는 거야?"

"매번 그러니까 익숙해져 있어."

"국경 통과는?"

"다 뇌물로 매수해서 무사통과야."

"몇 명이 파키스탄에 온 거야?"

"14명이 트럭 4대를 끌고 왔어. 거기에 무기를 싣고 가는 거야."

"이번에 마약 판 돈은 얼마야?"

"850만 불 정도. 500만 불가량은 무기 구입비로 쓰고 나머지는 현금으로 가져가는 거야."

그때 식당 안으로 회색 쑵을 입은 사내 하나가 들어섰다. 지저분한 양복 재킷을 입고 머리에 터번을 둘렀다. 흰 털이 섞인 수염이 얼굴을 뒤덮었고 장신, 40대 초반쯤 되었다. 사내가 마판을 보더니 곧장 다가왔다. 하사비다. 고개를 끄덕여 보인 마판이 하사비에게 고대형을 소개했다.

"하사비, 내 친구 아비도스야. 카이로에서 같은 회사에 다녔던 친구인데."

고대형이 일어나 하사비와 뺨을 부딪쳐 인사했다. 자리에 다시 앉았을 때 마판이 하사비에게 말했다.

"하사비, 아비도스가 나하고 같이 우리 마을로 가기로 했다. 아비도스는 앞으로 우리하고 같이 생활하게 될 거야."

족장 아들이니 이 정도로 말하면 되겠지.

"내일 출발인가?"

교육을 마친 후레딘이 고대형에게 물었다. 오후 8시, 후레딘의 마지막 교육이 끝났다.

"응, 그래. 내일 출발이야."

"서운하군. 코리안은 처음 교육시켰는데."

교육 자료를 챙기면서 후레딘이 말을 이었다.

"난 2차 대전 때의 일본군 활약상에 대해 감명을 받은 사람 중 하나야. 그때는 한국도 일본군에 소속되어서 싸웠지?"

"그런가?"

"어때? 자긍심을 느끼지 않나? 일본군과 함께 한국군이 아시아를 제패하고 미국까지 초반에 뭉개버렸지?"

고개만 끄덕인 고대형이 자리에서 일어섰다.

"잘 가, 후레딘."

학생 신분으로 마지막 인사는 했다.

오후 8시 반, 지마크 거리로 들어선 후레딘이 가게에서 산 우유와 빵이 들어 있는 종이봉투를 들고 나왔다. 후레딘은 쏩만 걸친 차림이다. 이곳은 주택가여서 드문드문 가로등만 켜져 있을 뿐이고 통행인이 드물다. 후레딘이 골목으로 꺾어 들어섰다. 두 손으로 식품이 든 종이봉투를 가슴에 껴안고 있다. 폭이 2미터 정도인 골목은 어둡고 칙칙한 냄새로 뒤덮여 있다. 통행인이 뚝 끊겨 있었지만 후레딘은 거침없이 안으로 걸어 들어간다.

후레딘의 집은 골목을 50미터쯤 들어간 후에 다시 왼쪽으로 꺾어져서 30미터쯤 들어간다. 고대형은 지금 꺾어진 모퉁이에서 기다리고 있다. 오후 8시 45분, 지난번 후레딘의 집을 미행해서 알아놨기 때문에 오늘은 교육이 끝나자마자 먼저 달려와서 기다리고 있는 것이다. 직선거리로 3킬로 정도였는데 후레딘은 걸어서 온다. 걸리는 시간은 45분 정도. 고대형은 자전거를 타고 돌아서 왔지만 15분 만에 도착했다. 어둠에 덮인 골목 안은 통행인이 드물다. 이곳에 도착한 지 10분이 넘었지만 딱 두 명이 지나갔을 뿐이다. 자전거를 옆에 세워 놓은 채 고대형은 벽에 몸을 붙이고 서서 기다렸다.

후레딘에 대한 원한은 없다. 그러나 원한 때문에 죽이는가? 전쟁 때면 병사가 앞에 보이는 적군을 감정도 없는 상태로 죽인다. 지금 후레딘을 죽이려는 이유를 묻는다면 10가지도 더 내놓을 수 있다. 첫째로 후레딘은 한국을 무시했다. 중국의 속국, 일본의 속국으로만 기억하고 있다. 둘째, 이놈은 이순신을 모른다. 이것은 죽을 죄다. 셋째는 얼굴이 마음에 안 든다. 넷째는, 그때 앞쪽에서 발자국 소리가 들렸다.

　밤 11시 반, 전화기를 귀에 붙인 지미가 눈을 치켜떴다.

　"뭐라고? 후레딘이?"

　놀란 지미가 다시 물었다.

　"죽었다고?"

　"예, 방금 사무실로 연락이 왔습니다."

　CIA 사무실 직원이다.

　"집 앞 골목에서 강도를 만난 것 같습니다. 송곳에 심장을 찔렸고 갖고 있던 지갑은 털렸습니다."

　"갓댐."

　"지나던 이웃집 사람이 발견해서 조금 전에 후레딘 부인이 사무실로 연락을 해온 것입니다."

　"강도가 심장을 찔렀다고?"

　"예, 처음에는 어디를 다쳤는지 몰랐는데 나중에 의사가 와서 심장에 구멍이 뚫린 걸 발견했답니다."

　"심장에?"

　"예, 정확히 심장에 구멍이 뚫려서 피도 별로 흘러내리지 않았다는데요."

　"……."

　"시체는 집에 있습니다."

　다음 날 오전.

고대형이 마판과 함께 안가 현관으로 나왔을 때 지미가 말했다.

"형, 내가 연락할 테니까 여기서 작별하지."

지미가 내민 손을 잡은 고대형이 고개를 끄덕였다.

"지미, 그동안 수고했어."

"내 일인걸, 뭐."

"마르부딘한테도 인사 전해줘, 그리고 후레딘한테도."

"후레딘을 넣지 않으려다가 넣는 것 같군."

"무슨 말야?"

"네가 어젯밤에 죽인 거 아냐?"

"아니, 뭐라고?"

고대형이 눈썹을 모았다.

"후레딘이 죽었어?"

"심장을 정확하게 찔러서 피가 몇 방울 흐르지도 않았어. 전문가야."

"저런."

고대형이 똑바로 지미를 보았다.

"내가 후레딘을 죽일 이유가 있나?"

"너는 살인이 취미야, 형."

"난 이유가 없으면 안 죽여."

"너만 알고 있는 이유가 있겠지."

지미의 시선을 받은 고대형이 다가가 어깨를 감싸 안고 뺨을 붙였다.

"짐, 연락해. 수고했어."

"형, 잘 가라."

지미도 고대형을 감싸 안고 뺨을 붙였다. 등을 감은 손바닥으로 둘은 각각 상대방의 등을 서너 번씩 두드렸다.

페샤와르에서 아프간으로 들어가는 국도는 잘 뚫린 포장도로다. 오전 11시 반, 국도로 들어선 4대의 아프간 번호판의 트럭이 속력을 내었다. 두 번째 트럭의 운전석 옆자리에는 고대형과 마판이 나란히 앉아 있다. 국경까지는 트럭으로 9시간 거리. 국경에서 타지크족, 하카드 부족의 중심지인 이스란시까지는 다시 5시간을 가야만 한다. 러시아제 트럭은 굉음을 내면서 국도를 달렸지만 시속 60킬로 정도다. 트럭에는 AK-47 소총과 탄약, 박격포와 중기관총까지 실려 있는 것이다.

"아비도스, 마음 놓고 자도 돼."

마판이 뒤쪽을 눈으로 가리키며 말했다. 좌석 뒤쪽에 한 사람이 누워 잘 수 있는 공간이 있는 것이다. 담요가 깔려 있고 베개까지 놓여 있다. 운전사들의 휴식 공간이다.

고대형이 고개를 저었다.

"마판, 네가 먼저 자, 난 구경이나 할 테니까."

마판하고는 진짜 친구처럼 되어서 서로 부담 없는 대화가 된다. 마판이 뒤쪽으로 넘어갔기 때문에 앞쪽 자리가 편해졌다.

운전사는 30대쯤의 파치다. 역시 얼굴이 수염으로 덮인 타지크족이다.

"파치, 피곤하면 나한테 운전 맡겨."

고대형이 말했다.

"번갈아서 하자고."

"아비도스 님, 운전할 줄 아십니까?"

족장 아들의 친구라 파치에게는 상관이다. 타지크족은 엄격한 계급 사회인 것이다.

"그럼. 바퀴 달린 건 다 한다."

"잘되었습니다."

"기어가 뻑뻑한 것 같군."

"예, 본래부터 그렇습니다."

"힘이 들어가는 걸 보니까 베어링이 문제가 있는 모양이야. 연장통 있나?"

"있습니다. 부속함도 3번 차에 있으니까 베어링도 있을지 모릅니다."

"30분이면 기어 박스를 손볼 수 있으니까 점심 먹을 때 고쳐보지."

"어이구, 그렇게 된다면야."

파치가 누런 이를 드러내고 웃었다.

"2번 차는 다 좋은데 기어가 뻑뻑하다고 소문이 났지요. 운전을 하고 나면 어깨가 아플 정도입니다."

뒤쪽의 마판은 잠이 든 모양이다.

휴게소로 사용되는 국도 가의 공터에서 쉴 때 고대형은 2번 차의 기어 박스를 뜯어냈다. 과연 베어링이 다 닳아서 부서지기 직전이었다. 부속 박스에 있던 새 베어링으로 갈아 끼우는 데 걸린 시간은 25분. 덕분에 점심은 못 먹었지만 파치가 양고기와 밥을 종이에 싸 놓았다.

"우왓!"

기어가 그야말로 부드럽게 변속되자 파치가 환성을 질렀다.

"이렇게 부드러울 수가!"

그때 고대형은 마판과 교대해서 뒤쪽 자리로 옮겨가 있었다.

"아이고, 아비도스 님, 3번 차는 클러치가 말을 안 듣습니다. 3번 차가 달려들겠는데요?"

파치가 기쁜 나머지 경적을 울려댔기 때문에 1번 차에 탄 하사비가 차 밖으로 고개를 내밀고 쳐다볼 정도였다. 마판이 활짝 웃는 얼굴로 고대형을 보았다.

"아비도스, 넌 이스란에 도착하기도 전에 인기를 끌어 모았구나."

"잘난 척해서 큰일 났다. 다음에 쉴 때 3번 차 클러치를 손보게 생겼다."

자동차 엔진을 취미로 만졌던 고대형이다. 한번 손을 댄 것은 끝장을 보는 성격이라 자동차 엔진은 어지간한 정비사 수준이다. 베어링을 바꾼 2번 차가 쑥쑥 나갔기 때문에 시간도 빨리 가는 것 같다.

3시간쯤 가다가 쉴 때 고대형은 예상했던 대로 3번 차의 클러치를 손보았다. 이것은 2번 차 기어 박스 문제와는 달리 간단했다. 클러치 접속 부분이 느슨해져 있었기 때문에 조였더니 대번에 효과가 났다. 시운전을 해본 3번 차 운전사가 떠들썩하게 외쳐대었고 마판이 고대형에게 엄지손가락을 치켜 올렸다.

"아비도스, 네가 우리 부족의 수송대장을 맡아. 네가 적격이다."

"갓댐."

고대형이 눈을 치켜뜨자 마판이 소리 내어 웃었다. 이것으로 고대형의 하카드족 신고식은 끝나버렸다.

파키스탄, 아프간의 국경 검문소 앞에는 차량 대열이 2백 미터도 넘게 멈춰 서 있었는데 트럭이 90퍼센트쯤 되었다. 반대편의 파키스탄 입국 검문소에도 긴 대열이 늘어서 있다.

"1시간은 걸리겠군."

앞을 내다본 마판이 하품을 하면서 말했다.

오후 9시 반, 예정 시간보다 1시간쯤 늦었다. 차에서 내린 마판과 고대형은 길가에 서서 담배를 피우는 중이다. 하사비는 걸어서 검문소로 갔고 나머지 대원들은 운전사만 남겨놓고 차에서 내려 길가에서 다리를 펴고 있다.

"오늘 검문소장은 시카드 대위라는 놈이야. 그놈한테 1천 불 건네주면 돼."

마판이 담배 연기를 뿜고 나서 말을 이었다.

"한 시간 전에 시카드하고 확인 전화도 했어. 그놈도 우리를 기다리고 있어."

고대형이 고개만 끄덕였다. 파키스탄 정부가 막을 이유가 없는 것이다. 아편이건 무기건 검문해서 통제할 만큼 기강이 서 있지도 않다.

마판이 어둠에 덮인 앞뒤의 차량 대열을 둘러보았다.

"아마 탈레반 놈들의 차량도 이 중에 끼어 있을 거야. 그놈들은 지금 한창 전쟁 준비 중이니까."

20분쯤 후에 대기 차량이 30대 정도로 줄어들었을 때 하사비가 검문소에서 걸어 돌아왔다. 차량들은 멈췄다가 2, 3미터씩 전진하고 있었기 때문에 운전사만 빼고 승객들은 모두 차 밖에 내린 상태다.

"대위를 만나 돈을 줬습니다."

하사비가 말했다.

"우리 순서가 오면 검사하는 시늉만 하고 그냥 통과시킬 겁니다."

마판이 고개를 끄덕였을 때 하사비가 눈으로 앞쪽을 가리켰다.

"마문 부족의 트럭이 2대 있었습니다."

"마문?"

마판이 이맛살을 찌푸렸다.

"그놈들도 우리를 보았겠군, 그렇지?"

"그건 모르겠습니다."

"아편을 팔고 돌아가는 것 같군."

"러시아 놈들한테서 무기를 구입했을지도 모르지요."

고개를 돌린 마판이 어둠 속에서 번들거리는 눈으로 고대형을 보았다.

"그놈들이 앞쪽에 있으니까 일단 국경을 통과하고 나서 어떻게 할지 생각해봐야겠군."

국경을 통과하고 나서도 대여섯 시간을 더 달려가야 타지크 지역이 나오는 것이다. 그동안에 파슈툰족의 지역을 거쳐 가야 한다.

1번 차의 하사비한테서 서류를 받아든 상사가 힐끗 시선만 주더니 사무실 안으로 들어갔다.

트럭 4대는 검문소 차단봉 앞에 나란히 멈춰 서 있다. 트럭 옆쪽에 경비병 대여섯 명이 늘어서 있었는데 모두 지친 표정이다. 2번 차에 마판과 나란히 앉은 고대형이 검문소를 둘러보며 말했다.

"1개 소대 병력이군."

"밖에 10명쯤 나와 있고 사무실 뒤쪽 막사에 20명쯤이 자고 있을 거야."

마판이 느슨한 표정으로 말했다.

그때 사무실로 들어갔던 상사가 서류를 들고 나오더니 하사비에게 건네주었다. 병사들은 트럭에 아직 오르지도 않았다.

"통과."

상사의 목소리가 2번 차에도 들렸다.

트럭이 이제는 아프간 영토를 달리고 있다.

깊은 밤, 마판이 고개를 돌려 고대형을 보았다.

"빨리 달리면 하루무칸 휴게소에서 놈들을 만날 수 있어."

마판이 말을 이었다.

"그놈들이 뭘 싣고 가는지 알아보고 빼앗든지 트럭을 폭파하든지 해야겠어."

"마판, 네가 결정할 수 있는 일이야?"

고대형이 묻자 마판이 쓴웃음을 지었다.

"석 달 전에 우리 트럭 세 대가 폭파되었어. 파슈툰족 소행으로 알려졌지만 마문 일족이 터뜨린 것이라고."

"……"

"여섯 명이 죽고 네 명이 다쳤지. 트럭에 실린 식량, 아편도 다 빼앗기고."

"……"

"그놈들하고 만나면 인사를 하는 사이지만 등을 돌리고 나서는 전쟁이야."

"너희들은 통일되기 힘들겠다."

달리는 트럭 안이어서 소음이 컸기 때문에 고대형이 소리치듯 말했다.

"파슈툰, 타지크, 하자라족에다 우르베크족, 거기에다 각 부족에도 파벌 전쟁이니."

"할 수 없지."

마판이 어둠 속에서 얼굴을 일그러뜨리며 웃었다.

"무력으로 정복하는 수밖에. 힘만 쥐면 다 순종하게 되는 거야, 아비도스."

단순하지만 맞는 말이다. 정답은 항상 짧고 단순하다. 거짓말이 긴 법이다.

밤 11시 45분, 하루무칸 공터에 들어선 4대의 트럭은 구석 쪽에 나란히 주차했다.

이곳은 휴게소 명목이지만 국도변의 넓은 황야다. 땅이 평탄해서 주차 공간이 많았고 식당, 상점이 생겨나 마을을 형성하게 된 것이다. 거대한 황무지에는 수백 대의 차량이 정차되어 있었는데 밤이 깊었기 때문이다. 지금도 차량들이 속속 들어와 쉴 자리를 찾는다. 가로등도 없고 안내 표시판도 없지만 공간이 넓어서 편리하다.

마문파의 트럭은 하카드파 트럭보다 검문소를 30분쯤 일찍 떠났기 때문에 이곳에서 쉰다면 먼저 와 있을 것이다. 트럭을 찾으라고 부하들을 보낸 마판에게 고대형이 물었다.

"어떻게 할 거야?"

"습격해서 화물을 빼앗아야지."

마판이 당연하다는 표정으로 말했다.

"놈들도 그렇게 했으니까."

"이건 강도가 따로 없군."

"무법 지대가 된 지 오래야."

마판의 얼굴에 쓴웃음이 번졌다.

"동족이라고 해서 봐주는 거 없다. 같은 언어, 같은 풍습을 갖고 있다고 다 뭉칠 것 같으냐?"

고개를 든 마판의 얼굴이 일그러졌다. 어둠 속에서 두 눈이 번들거리고 있다.

"몇 년 전에는 아버지의 사촌이 암살자를 고용해서 아버지를 암살하려다가 실패했어, 사촌이 말이야."

둘은 트럭 뒤쪽의 공터 땅바닥에 앉아 있다. 불도 피우지 않아서 두덩의 바위 같다. 근처에 서너 개의 바윗덩어리가 드문드문 보인다. 마판의 부하, 하카드족이다.

다시 마판이 말을 이었다.

"하카드 부족장이 되려는 의도였지. 그래서 우리가 사촌 일가를 몰살했어. 모두 1백 명도 넘는다."

"……"

"대의(大義)가 뭔지 알아? 강자가 펼치는 뜻이 대의야. 약자는 멸망하고 악인이 돼. 역사는 승자의 기록이며 그것은 진리가 돼."

마판의 목소리에 열기가 띠어졌다.

"진실이 밝혀진다고? 천만에. 그것은 말장난이야, 승자가 진실을 만든다고."

"음!"

마침내 고대형이 탄성을 뱉었다.

"마판, 네가 아프간을 먹어라, 내가 열심히 역사를 만들 테니까."

그러자 마판이 어둠 속에서 이를 드러내고 웃었다.

그때 옆으로 그림자 두 개가 다가왔다.

"찾았습니다."

마크반이 가쁜 숨을 고르면서 마판에게 보고했다.

마판 옆에는 2번 차 운전사 파치가 붙어 있다. 2인 1조로 수색을 하고 온 것이다.

"여기서 남쪽으로 6백 미터쯤 떨어진 식당 뒤쪽에 주차시켜 놓았습니다."

마크반이 손으로 남쪽을 가리켰다.

"차 주위에 경비병 넷이 있었고 나머지는 식당에 들어간 것 같은데 들어가 보지는 못했습니다."

"수고했다."

마판이 고개를 끄덕이면서 손목시계를 보았다, 11시 55분이다.

12시에 모이기로 했으니 수색 나갔던 부족원들이 모두 돌아올 것이다.

밤 12시 반.

식당 주위에는 수십 대의 트럭과 컨테이너 트럭, 승용차와 승합차까지 주차되어 있는데 마문 부족의 트럭은 짐칸에 텐트용 덮개를 씌운 러시아제다. 트럭 주위에 감시 넷을 세운 것을 보면 귀중품이다.

"무기인 것 같군."

마판이 혼잣소리처럼 말하더니 옆에 웅크리고 앉은 하사비를 보았다.

"하사비, 식당 안에 몇 명이 있는지 알아낼 수 있을까?"

그때 고대형이 대신 대답했다.

"그럴 것 없이 감시병을 해치우고 차를 끌고 가는 게 어때? 식당에 몇 명이 들어가 있든지 말야."

마판이 눈만 껌벅였을 때 고대형이 말을 이었다.

"트럭 안에서 자고 있는 놈도 있을 거야. 키가 없으면 내가 시동을 걸어볼 테니까."

"그게 낫겠다."

마판이 바로 마음을 바꿨다.

처음에는 감시 포함해서 마문파를 싹 처치한 후에 트럭을 갖고 갈 작정이었던 것이다.

"내가 혼자 처리할 테니까."

고대형이 트럭에서 꺼내온 베레타 92F의 탄창을 확인하며 말했다.

베레타에는 소음기가 끼워져서 총신이 10센티나 길어졌다. 어둠 속에서 검은 총신이 선명하게 드러났다.

"라이터를 켜서 신호를 하면 오도록 해."

"이봐 아비도스, 괜찮겠어?"

마판이 이맛살을 모으고 고대형을 보았다.

트럭에서 50미터쯤 떨어진 공터에서 마판과 부하 7명이 쪼그리고 앉아 있다. 폐차로 방치된 트럭 뒤쪽이다.

고개를 끄덕인 고대형이 몸을 일으켰다.

황무지는 넓다. 그래서 수백 대 차량이 주차되어 있지만 공간이 더 커서 드문드문하다. 식당은 일자형 건물로 창밖으로 불빛이 새어 나왔고 떠들썩하다. 식당 주위에도 대여섯 명이 나와 있다.

거침없이 트럭 쪽으로 다가간 고대형이 왼쪽으로 발길을 돌렸다.

식당 앞에 10여 대의 트럭과 승합차가 주차되어 있기 때문에 전혀 이상하지 않다. 이제 마문 부족의 트럭과는 20미터 거리, 트럭 뒤쪽에 쪼그리고 앉은 두 사내가 선명하게 드러났다.

고대형은 베레타를 양복 안주머니에 찔러 넣어서 두 손을 휘저으며 걷는다. 고대형은 쑵에 터번을 썼고 양복저고리만 걸쳤다. 나머지 둘은 각각 트럭 앞쪽 차체에 기대앉아 있다. 고대형이 트럭 뒤쪽으로 다가가자 쪼그리고 앉아 있던 사내들이 고개만 들었다. 거리는 5미터 정도. 고대형은 두 팔을 휘저으며 거침없이 다가갔다. 둘은 이제 고대형에게 시선을 준 채 움직이지 않는다. 고대형은 2미터쯤 거리에서 발을 멈추고는 주머니에서 베레타를 꺼내었다.

"퍽, 퍽."

꺼내자마자 겨누고 쏘는 데 2초밖에 걸리지 않았다.

2발, 각각 머리통에 총탄을 맞은 둘이 쓰러졌을 때 고대형은 몸을 날렸다.

앞쪽이다. 세 발짝을 뛰었을 때 한 명이 엉거주춤 일어섰다.

3미터.

"퍽! 퍽!"

옆쪽 차 앞바퀴에 기대앉아 있던 사내까지 거의 동시에 쏘았다.

다음 순간 고대형이 몸을 날려 트럭의 문을 열고 올라갔다. 앞쪽 운전석과 옆자리는 비었다. 그러나 뒤쪽 휴식 공간은? 이곳도 비었다.

트럭에서 뛰어내린 고대형이 옆쪽 트럭으로 내달렸다. 세 걸음 만에 운전석 문을 잡았을 때 뒤쪽에서 운전석으로 넘어오는 사내를 보았다. 이 차에는 뒤쪽 휴식 공간에 사내 하나가 자고 있었던 것이다. 소음기를 끼었지만 가까운 곳에서의 발사음은 선명하다. 발사음을 들은 것이다.

"퍽."

가까운 곳에서 쏘았기 때문에 고대형의 얼굴에 뜨거운 피가 튀었다.

손등으로 얼굴을 닦은 고대형이 주머니에서 라이터를 꺼내 불을 켰다.

한 번, 두 번, 세 번.

"우르릉."

트럭 한 대에 시동이 걸렸다.

휴식 공간에 사내가 타고 있던 트럭이다. 사내가 운전사인 모양으로 키가 꽂혀 있었다.

"끌고 가!"

옆에 있던 파치에게 지시한 고대형이 트럭에서 뛰어나와 옆쪽 트럭으로 달려갔다. 운전석 밑에 서 있던 하사비가 망연한 얼굴로 고대형을 보았다.

그러나 이야기를 나눌 여유가 없다. 운전석으로 뛰어 올라간 고대형이 핸들 아래쪽 박스를 잡아 뜯어내고는 하사비에게 소리쳤다.

"불을 비춰!"

50

하사비가 플래시를 비추자 수십 가닥의 전선이 드러났다.

그때 하사비 뒤로 마판의 모습이 보였다.

"아비도스, 다 실었는데."

마판이 다급하게 말했다.

시체 5구를 트럭에 다 실었다는 말이었다.

"먼저 가."

고대형이 보지도 않고 말했다.

"나도 따라갈 테니까."

"잘 되겠어?"

"가라니까!"

"하사비까지 셋 남겨두고 가겠다."

그리고는 마판의 모습이 어둠 속에서 사라졌다.

3분 후, 트럭의 시동이 걸렸고 플래시를 비추고 있던 하사비가 낮은 환성을 질렀다. 뒤쪽에서 초조하게 경계를 서고 있던 부하들이 서둘러 트럭에 올랐고 고대형은 트럭을 발진시켰다.

마판이 기다리는 황무지까지 가는 데 5분밖에 걸리지 않았다. 기다리고 있던 마판이 반색을 하고 달려와 고대형에게 말했다.

"가자! 따라와!"

이제 트럭 6대는 하루무칸 휴게소를 빠져나와 달리기 시작했다.

오전 2시, 이곳은 파슈툰 지역의 험한 비탈길 중턱.

마판의 지휘하에 트럭 2대에 실린 무기를 모두 옮겨 싣고 나서 시체와 함께 골짜기로 밀어 떨어뜨렸다. 그리고는 트럭 4대는 다시 길로 돌아가 타지크 부족 구역으로 달린다.

마문 부족의 트럭에는 예상했던 대로 무기가 실려 있었던 것이다. 골짜기로 떨어진 트럭은 나중에 발견되겠지만 파슈툰 부족의 소행으로 의심받게 될 것이다.

오전 6시.

잠 한숨 자지 못하고 수송대는 20시간 가까운 장거리 수송을 마치고 이스란 마을 북쪽의 기지로 들어섰다. 이곳은 요새다. 하카드족의 성(城)이라고 부르기도 한다. 바위산 중턱에 위치한 요새는 천연 동굴을 이용한 수백 개의 벙커가 배치되었고 대공 미사일까지 갖춰져 있다.

트럭에서 내린 고대형이 마판과 함께 부족장 쿨리 하카드를 만났다.

족장의 거처인 동굴 안이다.

"잘 왔어."

쿨리가 고대형의 어깨를 감싸 안고 뺨을 세 번 비비고는 놓아주었다. 무선 통신을 보안상 하지 않았기 때문에 먼저 달려 올라간 전령으로부터 이야기를 들은 것이다.

양탄자를 깔아놓은 족장실에 10여 명의 부족 원로와 지휘관이 둘러앉았다.

쿨리는 장신의 거한이다. 손도 크고 얼굴도 컸는데 콧수염과 턱수염은 잘 다듬어졌다.

고대형이 자리에 앉았을 때 쿨리가 말했다.

"아비도스, 어젯밤에 큰 공을 세웠네."

"아닙니다, 족장님."

고대형이 쓴웃음을 지었다.

"부족원들하고 손발이 맞았지요."

"하지만 어젯밤 트럭 탈취 사건은 비밀이네, 소문은 금방 퍼져 나가니까."

"알겠습니다."

"수송 대원들에게 철저하게 함구령을 내릴 거야."

"이해합니다."

"여기 있는 지휘관, 원로들만 알고 있기로 했어, 마문 놈들하고 전면전을 치르면 서로 손해니까."

쿨리가 부드러운 시선으로 고대형을 보았다.

"아비도스, 자네는 앞으로 내 보좌관을 맡게. 우리 부족의 지휘관급으로 대우해주겠네."

둘러앉은 원로와 지휘관들이 고개를 끄덕였다.

이것으로 고대형의 신고식이 부드럽게 끝났다. 하루무칸 휴게소의 무용담이 전령에 의해 퍼진 후여서 모두 거부감 없이 받아들인 것 같다.

"여기가 자네 숙소야."

마판이 안내해준 숙소도 역시 동굴이다.

아프간에 동굴이 많다고 들었지만 이곳은 아예 집이 동굴이다. 부족장 숙소도 동굴이고, 회의실도, 연병장도, 창고도, 식수도 동굴에서 뿜어 나온다.

동굴은 넓고 아늑했다. 안쪽에 화장실과 샤워장도 만들어졌다. 호텔방과 다른 건 창문이 없다는 것뿐이다. 미로 같은 동굴이 이어져서 땅속 개미굴 같기도 하다.

고대형이 양탄자가 깔린 바닥과 침대를 둘러보면서 고개를 끄덕였다.

"여자만 있으면 더 바랄 게 없군."

"여자는 마을로 가야 돼."

"언제 가는데?"

"가족이 있는 병사는 토요일에 나갔다가 일요일 저녁에 돌아오고 미혼 자는 10일에 한 번 1박 2일."

"음. 군대 조직과 비슷하구나."

"군대야, 아비도스."

의자에 앉은 마판이 벙글벙글 웃었다.

"다만 조직 체계가 다를 뿐이지. 그런데 우리 부족은 독특해. 선조가 옛 날 몽골군 식으로 부족원 조직을 만들었다고."

마판이 웃음 띤 얼굴로 말을 이었다.

"부대원 조직은 10인장, 100인장, 1천인장, 1만인장으로 나뉘었어."

"오!"

"10인장은 10명을 지휘하고 100인장은 10인장 10명을 지휘하는 식이지."

"아까 부족장실에 모인 지휘관들은 1천인장들인가?"

"그렇지. 지금까지는 1만인장을 부족장이 맡고 있어."

"난 1백인장 급인가?"

"1천인장이야."

마판이 말을 이었다.

"지휘관 급이라고."

그때 사내 하나가 커다란 가방을 등에 메고 방으로 들어섰다. 건장한 체 격의 사내가 땀을 뻘뻘 흘리고 있다. 가방을 내려놓은 사내가 두 손을 모으 고 섰다. 그때 마판이 고대형에게 말했다.

"아비도스, 이 친구가 자네 시중을 맡았네. 보칸, 인사해라."

그때 보칸이 고대형에게 허리를 꺾어 절을 했다.

짙은 수염으로 덮인 얼굴로 30대 중반 쯤.

"보칸입니다."

"보칸은 10인장이야. 자네의 심복이 될 거야."

고개를 끄덕인 고대형이 지그시 보칸을 보았다.

앞으로 보칸과 손발을 맞춰가야만 한다.

"잘 부탁해, 보칸."

"예, 아비도스님. 충실하게 모시겠습니다."

"결혼했나?"

"예, 아비도스님. 딸이 둘입니다."

"음. 아내는 하나인가?"

"예, 그렇습니다."

"아내를 더 얻을 계획이 있나?"

그때 마판이 자리에서 일어섰다.

"아비도스, 오늘은 쉬어. 다시 연락하겠네."

"파슈툰 구역에서?"

하스란 마문의 목소리는 철판을 손톱으로 긁는 것 같다.

38세, 부친이 일찍 사망한 후에 젊은 나이로 족장을 이어 받았는데 러시아의 도움을 많이 받았다. 당시에 아프간을 점령했던 러시아군 사령부가 하스란을 밀어주지 않았다면 마문 가문은 사라졌을 것이다.

족장의 텐트 안에 무거운 정적이 덮였다. 앞에 선 라프카니는 머리를 숙이고 입을 열지 않는다. 라프카니가 이번에 무기를 실은 트럭을 탈취당한 수송 책임자다. 라프카니는 탈취당한 트럭 2대가 파슈툰 지역의 골짜기에서 발견되었다는 보고를 한 것이다. 시체들도 골짜기에 쑤셔 박힌 트럭 주위에서 찾았다. 물론 트럭에 실렸던 무기들은 사라졌다.

고개를 든 하스란이 둘러앉은 원로들을 보았다. 초점이 멀어진 시선이다. 수염투성이의 얼굴에서 눈의 흰자위가 번들거리고 있다.

"쿨리 하카드의 소행이야."

하스란의 철판 긁는 목소리가 울렸다.

"파슈툰 소행으로 밀어붙이는 거야."

"족장."

원로 쿠크드가 입을 열었다.

"아직 증거가 밝혀지지 않았으니까 두고 보시지요. 그곳이 파슈툰의 아리드 부족 지역이니 염탐을 해보는 것이 낫겠습니다."

"정보원을 보내."

하스란이 바로 지시했다.

"하카드 쪽에도. 트럭 2대분 무기를 빼앗았으니 입을 다물게 했어도 소문이 나오는 법이야."

"그러지요."

원로 사이만이 대답했다.

"도로변의 마을도 조사를 하겠습니다."

"빌어먹을 놈."

다시 라프카니를 노려본 하스란이 으르렁거렸다.

"넌 복수를 하지 못하면 네 집안은 부족 명단에서 빼고 추방시킬 테다."

숨을 들이켠 라프카니가 고개를 숙였다. 최악의 처벌이다. 추방당하면 오갈 데가 없어진다.

두 명의 처와 자식 다섯을 거느리고 어디로 가란 말인가? 양 225마리, 말 7마리를 가진 라프카니는 마문 부족의 소대장 급 전사로 휘하에 17명을 거느린 간부다. 그러나 이번에 8명을 데리고 무기 수송에 나섰다가 절반 이상인 5명의 부하를 잃고 무기를 실은 트럭까지 빼앗겼다. 라프카니가 식당에 들어가 있는 동안에 당한 것이다.

하스란이 마무리를 했다.

"명예를 회복할 기간으로 한 달을 주겠다. 한 달 안에 끝내라."

보칸이 가져온 가방 안에는 무기와 달러가 가득 차 있었다. 무기는 베레타 92F와 SIG 자우에르가 각각 1정, 소음기, 허클리 앤 코흐사 제품인 MP5 기관총과 우지 기관총, 거기에다 드라구노프 저격 총이다. 탄알은 각각 5백 발. 이것이 벽에 나란히 세워졌고 구석에는 달러가 든 가방이 놓였다, 1백만 불. 이것도 무기다.

오후 7시, 동굴 안 식당에서 저녁을 먹은 고대형이 족장 쿨리에게 불려 갔다.

동굴 생활 사흘째가 되는 날 저녁이다.

그동안 동굴 안을 답사(?)하느라고 시간 가는 줄을 몰랐던 고대형이다. 아침에는 꼭 족장 주재의 지휘관 회의에 참석했기 때문에 아침에도 족장의 얼굴을 보았다.

"아비도스, 탈레반이 마침내 카불을 향해 진격을 시작했어."

족장 옆에는 마판 혼자만 앉아 있을 뿐이다.

"아마 한 달 안에 카불을 탈레반이 장악하게 될 거야."

예상하고 있던 일이어서 고대형은 시선만 주었다. 페샤와르에 있을 때 상황을 들었던 것이다.

그때 쿨리가 말을 이었다.

"아비도스, 하스란 마문이 탈레반과 연합한다는 정보가 있어."

"마문이 말입니까?"

이건 예상하지 못했다. 지미도 말해주지 않은 상황이다.

타지크족이 파슈툰과 연합하다니. 마문이나 하카드는 같은 타지크족이다. 이것은 파벌 간 싸움과는 다르다.

그때 쿨리가 고개를 끄덕였다.

"정권을 잡는 세력에 동참하겠다는 것이지. 그놈들도 명분이 없어. 부패한 라바니 정권을 없애고 파슈툰, 타지크 동맹으로 아프간을 발전시키겠단 말이지."

그런 말을 누가 못 하겠는가?

쓴웃음을 지은 고대형에게 쿨리가 정색하고 말했다.

"아비도스, 그 사기꾼 같은 놈들한테 아프간을 넘겨주면 안 돼."

"……."

"연합을 막아야 돼."

"족장님, 어떻게 하시겠다는 겁니까?"

"그래서 자네를 부른 거야, 아비도스."

"말씀하십시오."

"하스란 마문족의 서쪽에 마포트족이 있어. 인구 40만가량의 부족인데, 마문족과는 원수지간이지."

쿨리의 얼굴에 다시 쓴웃음이 번졌다.

"하스란이 마포트족을 먹으려고 했기 때문이지. 그래서 마포트는 우리한테 호의적이야."

죽은 후레딘한테서 들었다. 타지크족의 10여 개 파벌 중 사이가 좋은 부족은 없다. 겉으로는 좋은 척하면서 속으로는 암살과 약탈을 자행하면서 살아왔다. 이것이 아프간 통일을 가로막는 요인 중 하나라고 했다.

쿨리가 말을 이었다.

"마문이 파슈툰하고 붙으면 가장 불안해지는 것이 마포트족이야. 그놈들이 정권을 잡으면 마포트는 마문족에 흡수될 거야, 아비도스."

"압니다."

"마포트로 가서 마문의 옆구리를 쳐, 아비도스."

쿨리가 마침내 결론을 꺼내었다.

"내가 먼저 마포트 족장 보르타한테 전령을 보낼 테니까 말야. 보르타는 전부터 내 지원을 받고 있었으니까 반색을 하고 받아들일 거야."

"알겠습니다."

고개를 끄덕인 고대형이 쿨리를 보았다.

"제가 보칸만 데리고 가지요."

"아니, 그것으로 되겠나?"

"많을수록 불편합니다."

고대형이 말을 이었다.

"제가 공개적으로 움직일 상황이 아니니까요."

맞는 말이다. 마침내 쿨리가 고개를 끄덕였다.

"짐꾼이 있어야 합니다."

고대형의 말을 들은 보칸이 말했다.

"무기만 해도 벅찹니다."

맞는 말이다. 더구나 산악지역을 1백여 킬로나 강행군을 하는 데다 무전기까지 가져가야 한다. 입맛을 다신 고대형이 방 안을 둘러보았다.

구석에 놓인 가방에는 현금 1백만 불이 들어 있는 것이다. 이곳에서는 저것도 무기다.

수행원으로 부하 하나를 더 고용했다.

보칸의 부하, 파룬. 거인으로 힘이 장사인 23세의 청년. 그러나 털투성이의 얼굴을 보면 40세로도 보인다.

다음 날 아침, 출발하기 전에 동굴로 쿨리와 마판이 찾아왔다.

"아비도스, 자네가 떠나는 건 우리 둘밖에 모르네. 원로들한테도 비밀로 했어."

쿨리가 말을 이었다.

"보르타 마포트한테는 어젯밤에 전령이 떠났어. 자네를 기다리고 있을 거네."

고대형의 몸을 안은 쿨리가 세 번 뺨을 붙이고는 놓아주었다.

"알라신의 가호가 있기를."

마판은 고대형을 껴안기만 했지 입을 열지 않았다. 그러다 고대형을 응시하는 두 눈이 번들거렸다. 그것으로 충분하다.

우선 마을 위쪽까지 간 다음에 버스를 탔는데 고물 버스는 길가에 선 승객들을 태우고 수시로 서는 바람에 4시간 동안 40킬로밖에 가지 못했다.

오후 12시 반, 셋은 버스에서 내려 산길로 접어들었다.

모두 목동 차림으로 회색빛 쑴에 허름한 양복 상의, 더러운 터번을 둘렀고 낡은 작업화를 신었다. 셋 다 등에 커다란 짐을 졌는데 헝겊으로 만든 사료 가방이다. 가방을 열면 콩 자루와 양파, 말린 양고기가 담긴 자루가 드러난다. 그러나 그 안에는 분해된 각종 무기와 실탄이 숨겨져 있다. 고대형의 짐 가방 바닥에는 1만 불짜리 뭉치가 50개나 담겨 있다.

인적도 없는 산길을 걸은 지 4시간이 지났을 때 셋은 바위틈에 모여 앉았다.

"세 시간에 10킬로를 걸었구나."

지도를 내려다본 고대형이 보칸과 파룬에게 말했다.

"이 속도로 가면 내일 밤에야 마포트 부족령에 닿겠다."

험준한 바위산 중턱이어서 인적도 없다. 이곳은 파슈툰 부족령인 것이다.

그때 보칸이 말했다.

"도중에 파슈툰 산악 부족을 만나면 통행세를 바치든지 물품을 빼앗기게 될 겁니다."

보칸의 얼굴에 쓴웃음이 떠올랐다.

"죽이고 빼앗아 가는 놈들도 많지요."

"아튼족, 자카루족이 옛날부터 산적질을 하고 있었다지?"

"잘 아시는군요."

보칸이 고개를 끄덕였다.

"저도 이곳은 와 보지 못했습니다."

국도를 따라가면 트럭이나 버스로 마포트 영지까지 7시간이면 넉넉하게 닿겠지만 검문이 많다. 그래서 산을 넘고 골짜기를 건너 걸어가려는 것이다.

지도를 접은 고대형이 가방을 풀었다.

"모두 무기를 꺼내도록."

오후 4시가 되어가고 있다. 이곳에서 마포트령까지는 직선거리로 80킬로, 험한 산맥을 4개나 넘어야 한다.

2장 타지크 전사

"탕!"

총성이 울려서 메아리가 한참이나 울렸다. 골짜기 안이어서 그렇다.

앞장서 가던 보칸이 깜짝 놀라 내동댕이친 것처럼 바위틈에 엎드렸기 때문에 총에 맞은 것 같다. 고대형은 보칸의 뒤로 20미터쯤 떨어져 가고 있었는데 골짜기 좌우는 험준한 바위산이다.

셋도 골짜기를 올라가고 있는 중이었다. 바위틈에 몸을 숨긴 고대형이 소리쳤다.

"보칸! 괜찮으냐!"

보칸의 대답이 메아리로 울렸다.

"탕! 탕!"

그때 다시 총성이 울리더니 이번에는 고대형 앞쪽 바위에 맞아 돌 조각이 튀었다. 총성 메아리가 그쳤을 때 고대형이 소리쳤다.

"다행이야! 이놈 사격술은 형편없다!"

"탕! 탕! 탕! 탕! 탕!"

이번에는 여러 발. 다시 고대형 옆쪽 바위가 부서졌다.

"왼쪽이다!"

고대형이 메아리가 그치기를 기다렸다가 소리쳤다.

"두 놈이야!"

고대형이 손에 쥔 MP5를 바위 위에 걸치고는 왼쪽 산비탈을 보았다. 험한 바위산이다. 골짜기 폭이 2백 미터쯤 되어서 바위산 중턱까지는 직선거리로 350미터쯤 되겠다.

오후 4시 반, 아직 골짜기에 어둠이 덮이지는 않았다.

"탕! 탕! 탕! 탕!"

다시 총성과 함께 바위가 부서졌지만 이제 왼쪽 산비탈로 피해 은신해 있는 터라 총탄은 옆쪽 바위에 맞을 뿐이다. 총성이 울린 쪽을 응시하면서 고대형이 짐 가방에서 드라구노프 저격 총을 꺼내 조립하기 시작했다.

드라구노프 저격 총은 싸고 튼튼하지만 정밀도가 떨어진다는 평이 있는데 그것은 사격자에 따라 다르다. 30초 만에 결합을 마친 고대형이 스코프에 눈을 붙였을 때 위쪽에서 보칸이 소리쳤다.

"대장! 제가 그쪽으로 갈까요?"

"그대로 있어!"

고대형이 소리쳤을 때 다시 총성이 났다.

"탕! 탕!"

"앗!"

뒤쪽 파룬이다.

"맞았느냐?"

고대형이 소리쳐 묻자 파룬이 대답했다.

"아닙니다! 가방에 맞았습니다!"

놈들이 위치를 바꾼 것이다.

고대형이 발밑의 머리통만 한 돌멩이에 터번을 둘러서 위쪽 바위 위에 올려놓았다. 그러고는 왼쪽 바위산을 겨누고 스코프에 눈을 붙였다.

5초쯤 지났을 때다. 왼쪽 바위산에서 번쩍이는 섬광이 보이더니 터번을 감은 돌멩이 옆쪽 바위가 부서지면서 파편이 튀었다.

고대형이 섬광이 번쩍인 곳을 향해 스코프를 맞췄다. 보인다, 터번을 감은 사내의 얼굴 절반. 그것은 나머지 절반이 총에 가려져 있기 때문이다.

그 반쪽 얼굴에 스코프를 맞춘 고대형이 숨을 들이켜면서 방아쇠에 손가락을 걸었다.

거리는 425미터. 사내가 쥔 것도 AK-47이다. 사정거리 8백. 유효거리 3백인 AK-47로 이 정도의 사격 솜씨를 보인다는 건 훌륭하다. 칭찬받아야 한다.

사내가 다시 얼굴을 바짝 총신에 붙이고 있다. 또 쏘려는 것이다.

그때 고대형이 부드럽게 방아쇠를 당겼다.

"타앙!"

골짜기를 울리는 총성이 퍼졌다.

그 순간 고대형은 스코프에 비친 사내의 얼굴 반쪽이 부서지는 것을 보았다. 눈에 맞아 총탄이 폭발했기 때문이다.

스코프에서 눈을 떼지 않은 채 고대형이 총구를 이동했다. 위로, 좌로, 우로.

그때 우측 5미터 지점에서 이쪽을 보고 있는 사내의 얼굴이 드러났다.

사내는 얼굴을 든 채 이쪽을 내려다보는 중이다. 두 손에 AK-47을 쥐고 엎드려 있다.

고대형이 사내의 얼굴을 스코프에 넣고는 다시 숨을 들이켰다.

"타앙!"

이번에도 얼굴에 총탄을 맞은 사내가 머리 없는 시체가 되어 털썩 엎어졌다.

"두 놈 잡았어!"

고대형이 소리치면서 자리에서 일어섰다.

"왼쪽으로 이동!"

왼쪽 산비탈을 올라가 시체를 확인하려는 것이다. 그러면 그놈들이 온 길도 확인할 수 있을 테니까. 그 길을 따라 이동하려는 것이다.

"이놈들은 아튼족입니다."

보칸이 시체를 뒤지다가 말했다. 주머니에서 부적 같은 헝겊 조각을 꺼낸 보칸이 말을 이었다.

"둘씩, 셋씩 산길에 나와서 통행인을 죽이고 옷까지 싹 벗겨가는 놈들이지요. 이 근처에 마을이 있을 겁니다."

적지인 것이다. 주위가 어두워지기 시작했기 때문에 고대형이 발을 떼었다. 오늘 밤 쉴 곳을 찾아야 한다.

그때 뒤에서 보칸이 말했다.

"대장, 이렇게 먼 거리인데 귀신같은 사격 솜씨이십니다."

참지 못하고 한 말이다.

"저기."

파룬이 가리킨 곳에 불빛이 보였다. 별무리 밑쪽 별 같은 불빛이어서 고대형도 알아보지 못했던 것이다.

"오!"

그곳을 응시했던 보칸이 감탄했다.

"파룬, 네 시력이 좋구나."

가끔 매의 눈이라고 불릴 정도로 시력이 출중한 유목민이 있다. 바로 파룬인 것 같다.

고대형이 발을 떼면서 말했다.

"가자."

바위산을 타고 그들은 한 걸음씩 전진하는 중이었다. 이곳은 바위산 중턱, 해발 1천 미터도 넘는 고지인 데다 험한 바위로 뒤덮인 지형이다.

오후 8시 반, 아튼족 노상강도를 처치하고 4시간째 전진해 왔다.

점점 가까워지면서 불빛이 2개로 늘어났다. 민가 2채다.

밤이 깊어지더니 추위가 몰려왔기 때문에 고대형이 다가가면서 말했다.

"오늘 밤은 저곳에서 쉬자."

산속의 집, 바위 조각을 모아서 만든 사각형의 허름한 집. 옆쪽에 돌로 만든 우리에 양 몇 마리가 갇혀 있다. 집 안에서 아이 울음소리가 들렸다.

고대형이 고개를 돌려 옆에 선 보칸을 보았다.

"그 두 놈의 집인 것 같다."

"그렇군요. 두 집에서 한 사람씩 강도질 나왔는지도 모릅니다."

"할 수 없지."

발을 뗀 고대형이 턱으로 뒷집을 가리켰다.

"보칸, 너는 뒷집을 맡아. 들어가서 하룻밤 쉬겠다고 해라."

대문도 없는 터라 판자로 만든 문을 두드리자 바로 아이를 안은 여자가 나왔다.

히잡도 걸치지 않은 맨머리의 여자. 방 안의 촛불에 비친 얼굴은 숨이 멎을 만큼 미인이다.

아, 이런 일이, 산속에 이런 미인이 있다니.

허름한 원피스에 맨발. 아이는 1살쯤 되었을까? 발가벗긴 몸을 더러운 헝겊으로 감싸 놓았다.

고대형을 본 여자가 눈을 크게 떴다. 제 식구가 온 줄로 알았나?

"누구세요?"

파슈툰어. 고대형이 유창한 파슈툰어로 대답했다.

"지나가다 쉬려고 들렀소. 난 자카루족의 모하메드라고 합니다."

"주인이 밖에 나가셨는데요."

여자가 당황한 표정으로 말했다.

"집에 저하고 아이뿐이어서요."

고대형의 시선이 집 안을 훑었다.

변변한 가구도 없는 돌집에는 구석에 아궁이가 붙여졌고 땅바닥에 거적이 깔렸을 뿐이다. 안쪽에 낡은 양탄자가 깔린 곳이 자는 곳 같다.

"밖에서 잘 수도 없는 일. 주인이 올 때까지 안에서 기다리게 해줄 수는 없소?"

고대형이 묻자 잠깐 망설이던 여자가 비켜섰다.

"들어오시지요."

여자의 옆을 스쳐 집 안으로 들어서면서 고대형은 체취를 맡았다. 오랜만에 맡는 여자만의 냄새다.

그때 뒤쪽에서 인기척이 나더니 보칸이 들어섰다. 보칸은 아직도 손에 AK-47을 쥐었다. 그것을 본 여자의 얼굴이 굳어졌다. 고대형은 드라구노프와 MP5를 배낭에 다시 넣고 허리춤에 베레타만 찔러놓았기 때문이다.

"대장, 뒷집에는 노인 부부가 있습니다. 아들이 사냥 나갔다는데요."

보칸의 시선이 여자에게 옮겨졌다.

"이 집 주인하고 둘이 말입니다."

고대형이 쏘아 죽인 두 남자가 맞다. 사람 사냥을 나갔다가 사냥당한 셈이다.

고개를 끄덕인 고대형이 말했다.

"사냥 갔다 돌아올 때까지 우리가 여기서 쉬기로 하지. 넌 뒷집에서 쉬어라. 저녁을 만들어 달라고 해, 저녁 값은 주고."

집 안에 음식이라고는 밀가루 한 줌과 반쯤 썩은 빵 조각 두 개뿐이었기 때문에 고대형이 배낭에서 양고기 말린 것과 콩을 내놓았다. 여자의 눈이 둥그레졌다.

"이걸로 저녁을 해요. 같이 먹읍시다."

고대형이 3인분도 충분할 만큼 콩과 고기를 내놓았다.

"내가 요리를 할까요?"

"아녜요, 제가."

당황한 여자의 얼굴이 붉어졌다.

잠이 든 아이를 구석에 눕힌 여자가 요리를 시작했다.

"남편은 어디로 사냥을 간 거요?"

여자의 등에 대고 묻자 여자가 앞을 향한 채 대답했다.

"그건 모르겠어요."

"언제 나갔는데요?"

"아침에 나갔는데……"

강도질을 하려고 아침에 떠났구나.

여자의 뒷몸을 훑어보던 고대형이 입 안에 고인 침을 삼켰다.

양고기를 물에 불려서 고기 냄새가 퍼져 나왔기 때문만은 아니다.

밤, 오전 1시가 넘었다. 불을 끈 방 안은 조용하다

여자는 맛있게 요리를 먹었다. 콩과 함께 삶은 양고기는 맛이 있어서 둘다 포식을 했다.

뒷집의 보칸도 파룬과 함께 제 식량을 내놓아 노인 부부와 나눠먹었다고 했다. 그쪽도 이제는 잠이 들었을 것이다.

고대형은 문 쪽의 땅바닥에 모포를 깔고 누워 있었는데 안쪽의 여자가 자꾸 뒤척이는 것을 의식하고 있다. 잠이 들지 않은 것이다.

다시 30분쯤이 지났을 때 고대형이 낮게 말했다.

"남편이 돌아오지 않을 모양이오. 이런 일이 자주 있습니까?"

"가끔요."

여자의 목소리는 갈라져 있다.

"서쪽 산맥을 넘어서 친척 집에서 자고 올 때도 있어요."

"다른 남자가 이곳에서 자고 간 적도 있어요?"

"없어요."

"내가 자고 간 줄 알면 쫓아내지 않을까?"

"남자 구실이나 제대로 해야 큰소리를 치지."

"저런."

고대형의 얼굴에 저절로 웃음이 떠올랐다.

이것은 신호다. 적진에서 문을 열어 주겠다는 내통자의 신호가 아닌가.

"남자 구실이라니 무슨 말이오?"

"몰라요."

"나는 억제하려고 이를 악물고 참는 사람인데, 구실을 못 하는 남자도 있단 말이오?"

"글쎄 말이에요."

같이 밥을 포식한 처지라 가까워지기는 했다.

고대형이 상반신을 비스듬히 일으켜 세우고는 여자 쪽을 보았다.

"내가 그쪽으로 갔다가 내일 아침에는 흔적도 없이 사라져 주겠소. 그럼 아무도 모르겠지."

"조건이 있어요."

"뭔데?"

벌써 상반신을 일으킨 고대형에게 여자가 말을 이었다.

"당신 짐 가방에 든 콩하고 양고기 말린 것을 절반만 나눠줘요."

"다 주지."

벌떡 일어선 고대형이 여자에게 다가갔다. 그러자 여자가 옆쪽으로 자리를 넓혀 누우면서 말했다.

"밖에서 인기척이 나면 바로 떨어져야 돼요."

"물론이지."

죽은 귀신이 오겠는가?

다음 날, 아침 7시에 일어나 다시 여자가 해준 요리를 먹고 고대형은 돌집을 나왔다. 여자에게 남은 콩과 고기를 다 주고 나왔다.

"대장, 저것들은 강도질로 먹고사는 것 같았습니다."

앞장 선 보칸이 산모퉁이를 돌면서 말했다.

"집에서 키우는 양 4마리는 젖도 나오지 않았는데 식용으로 시장에서 사왔다네요."

강도질로 번 돈으로 사온 것이다. 산에는 풀도 없어서 사료를 먹어야 한다.

보칸이 혼잣소리를 했다.

"그동안 강도질로 수없이 죽였을 테니 그 대가를 받은 것이지요."

고대형은 문득 여자와의 밤을 떠올리고는 숨을 들이켰다.

여자는 격정적이었다. 남편 기척이 나면 떨어지자고 하더니 밖에서 벼락이 떨어져도 못 들을 정도였다. 매달리고 또 매달리면서 환성을 질렀다. 고대형에게는 환락의 밤이었다. 그래서 밤이 새는 줄도 몰랐다니까.

오전 11시, 보르타 마포트는 손님을 맞는다.

이곳은 마포트족의 족장 거처. 방 안에는 족장 마포트와 원로 카신 둘뿐이다. 앞에 앉은 타하난은 하카드족의 원로이며 마포트와는 여러 번 만난 사이다. 그래서 전령으로 온 것이다.

마포트가 입을 열었다.

"그럼 족장께서 '신의 손'을 보내주셨단 말이지요?"

"그렇습니다, 족장."

타하난이 지그시 마포트를 보았다.

마포트는 50세. 7년 전에 부친으로부터 족장 직을 이어받은 토박이. 토박이란 아프간 밖으로 나간 적이 없는 인사를 말한다.

그러나 마포트는 천성이 곧고 욕심이 없어서 다른 족장들처럼 축재를 하지 않았다. 아편도 재배하지 않았기 때문에 무기도 구형이 많다. 다만 부족원들이 족장에 대한 충성심이 높아서 분열되지 않은 것이 장점이다.

마포트가 길게 숨을 뱉었다.

"지금으로서는 '신의 손'을 의지하는 수밖에 방법이 없구려."

"요긴하게 쓰실 수가 있을 것입니다."

타하난이 말을 이었다.

"족장의 후계자 마판과 카이로에서 지기가 된 인물로 뛰어난 '신의 손'이라고 족장이 말씀하셨소."

'신의 손'이란 곧 암살자 또는 저격수다.

타지크 부족은 전부터 암살자를 '신의 손'으로 추앙하고 있었다.

고개를 끄덕인 마포트가 말을 이었다.

"마문이 파슈툰의 탈레반과 연합해서 정권을 탈취한다면 가장 먼저 우리 부족을 합병할 거요. 탈레반의 오마르는 제 부족도 아니니까 포상으로 우리 부족을 넘겨주겠지."

이를 악문 마포트가 고개를 저었다.

"내가 목숨을 걸고 놈을 막을 거요."

"그래서 '신의 손', 아비도스가 족장을 도울 것입니다."

타하난이 결론을 맺었다.

"이곳이 마문 부족의 구역입니다."

바위에 새겨진 표시를 본 보칸이 고대형에게 말했다.

오후 3시 반, 그들은 바위산 중턱에 서 있었는데 앞쪽은 고원 지대다.

고개를 끄덕인 고대형이 지도를 보았다.

"저 고원을 건너면 마포트 부족령이다."

앞쪽의 고원을 15킬로 정도만 지나면 마포트 지역인 것이다.

지도를 접은 고대형이 발을 떼었을 때 파룬이 손으로 앞쪽을 가리켰다.

"대장, 저기 넷이 있습니다."

"오!"

그쪽을 본 고대형이 얼굴을 펴고 웃었다.

"너는 과연 매의 눈이구나."

파룬이 멋쩍은 웃음만 띠었지만 눈을 크게 뜨고 초점을 잡아야만 보이는 위치였다. 그만큼 멀고 바위에 가려 흐릿했기 때문이다. 5백 미터가 넘는다.

"이놈이 이런 재주가 있는지 몰랐습니다."

보칸도 파룬을 칭찬했다.

아래쪽 고원이다. 그냥 산을 내려갔다가 꼼짝 못하고 발각될 뻔했다. 아래쪽 산비탈은 은폐물이 없는 데다 고원 앞에 펼쳐진 상태였기 때문이다.

그 자리에서 엎드린 고대형이 먼저 스코프를 꺼내 고원을 내려다보았다.

과연 네 명. 바위 뒤가 매복지다. 산에서 내려오는 자들을 검문하는 초소 역할이다.

"마문 부족이다."

터번의 무늬를 본 고대형이 스코프를 눈에 붙인 채 말했다.

"무기는 AK-47 4정. 그리고 뒤쪽에 벙커가 있다. 그 벙커 안에 몇 명이 들어있는지 알 수가 없군."

벙커가 바위 뒤에 가려서 문의 위쪽만 보였기 때문이다. 거리는 535미터.

"대장, 어두워지기를 기다렸다가 돌파하는 것이 낫지 않겠습니까?"

보칸이 묻자 고대형이 고개를 저었다.

"앞으로 3시간 넘게 기다려야 한다. 그럴 시간이 없어."

고대형이 배낭 속에 넣었던 드라구노프를 꺼내면서 말했다.

"해치우고 가자."

다시 자리 잡은 위치에서는 바위 옆과 뒤쪽 벙커 입구의 절반 정도까지 드러났다. 밖에 나와 있는 마문족 병사 넷은 무릎 뒷부분부터 다 보인다.

거리는 470미터. 최대한 가깝게 접근한 거리다.

바위 위에 드라구노프를 거치한 고대형이 스코프에 눈을 붙였다.

옆쪽에 엎드린 보칸과 파룬도 제각기 앞쪽을 응시하고 있다.

고대형은 먼저 지휘관으로 보이는 사내를 겨누었다. 지시하는 모습이 보였기 때문이다. 손으로 어디를 가리키면서 말하는 모습이 그렇다.

숨을 고른 고대형이 방아쇠를 부드럽게 당겼다.

"타앙!"

총성이 울렸고 지휘관이 벌떡 뒤로 넘어졌다.

"타앙!"

지휘관 옆의 사내가 그쪽으로 몸을 돌렸다가 머리가 터지면서 엎어졌다.

"타앙!"

좌측의 사내가 엎드리다가 뒹굴었다.

"타앙!"

뒤로 도망가던 사내가 두 발짝을 떼고 나서 옆쪽 바위 위로 쓰러졌다.

4발 발사에 단 한 발도 빗나가지 않았다.

숨을 죽이고 있던 보칸이 입 안에 고인 침을 삼켰다. 그러나 입을 열지는 못한다. 고대형이 스코프에 눈을 붙인 채 움직이지 않았기 때문이다. 파룬은 눈만 치켜뜨고 앞쪽을 응시하고 있다.

그 순간.

"타앙!"

다시 고대형의 드라구노프에서 총성이 울렸다.

그때 시력이 별로인 보칸도 뒤쪽의 어둑한 벙커 안에서 희끗한 물체가 나타났다가 밖으로 엎어지는 것이 보였다. 또 한 명이 있었던 것이다. 총성에 놀라 문 안에서 얼쩡거리다가 총탄에 맞고 밖으로 쓰러졌다.

보르타 마포트는 반색을 하고 고대형을 맞았다.

"잘 오셨소."

뺨을 세 번 부딪고 나서 다시 고대형의 어깨를 두 손으로 움켜쥐었다가 놓은 마포트가 양탄자 위의 자리를 가리켰다.

오후 9시가 조금 안 된 시간, 족장의 거처 응접실에는 원로 카신 하나만 기다리고 있었다.

보칸과 파룬에게도 수고했다는 인사를 한 마포트가 하인을 불러 둘을 접대하라고 지시하고 나서야 셋이 양탄자 위에 앉았다.

이곳은 300호 정도의 마을 중심부. 마포트족의 마을이다. 족장 보르타 마포트는 이곳 마포트 마을의 거처를 지휘부로 사용하고 있다.

카불의 라바니 정권의 통치권이 이곳까지 미치지 않기 때문에 마포트는 족장이며 통치자 역할까지 한다.

"아비도스, 탈레반의 오마르가 벌써 카불 남방 60킬로까지 진격했소."

마포트는 50세, 둥근 얼굴에 시선이 부드럽다. 중키에 마른 체격.

차를 권한 마포트가 말을 이었다.

"마문은 2천 병력을 지원하고 곧 출진한다고 합니다. 탈레반의 좌측을 맡아서 정부군을 친다는데."

마포트의 얼굴에 쓴웃음이 떠올랐다.

"탈레반이 정권을 잡으면 우리 타지크족의 대표로 나서서 군소 타지크족을 흡수할 계획이지."

마문 부족의 영역이 마포트 부족과 접경하고 있으니 그 첫 번째 순서가 마포트 부족일 것이다.

고개를 든 고대형이 마포트를 보았다.

"오면서 마문 부족의 감시초소 하나를 초토화시켰습니다. 고원 아래쪽 초소인데 곧 마문족에 비상이 걸릴 겁니다."

"고원 아래쪽이면 파슈툰의 자카루족 경계선이군."

마포트의 두 눈이 번들거렸다.

"몇 명이 초소에 있었지요?"

"다섯 명입니다."

"비상이 걸렸겠군."

마포트가 카신에게 말했다.

"카신, 마문족 동향을 알아봐, 다섯 명이 몰살당했다면 큰일일 테니까."

"예, 족장."

카신은 흰 수염으로 덮인 60대쯤의 사내다.

고개를 든 카신이 주름진 얼굴로 고대형을 보았다.

"아비도스 님, 마문이 노골적으로 마포트족 병합을 시도한 지 오래되었습니다. 실제로 우리 마포트족 구역에도 마문이 보낸 첩자들이 많습니다. 포섭당한 간부들도 있을 것 같습니다. 그래서 부끄럽지만 족장님하고 저하고 아비도스 님을 맞는 것이지요."

"하카드 측한테서 들었습니다."

고대형이 쓴웃음을 짓고 말했다. 죽은 후레딘한테서도 들은 것이다.

그때 카신이 말을 이었다.

"마문이 타지크 부족의 병균입니다. 마문이 없어져야 타지크족이 통일되고 아프간의 중심이 될 수 있습니다."

고대형이 고개만 끄덕였을 때 마포트가 입을 열었다.

"아비도스 님, 그대가 하스란 마문을 암살해주시오. 하스란 마문은 아들이 15살밖에 되지 않아서 그놈만 죽으면 마문 부족은 사분오열됩니다."

"……."

"하스란 마문의 원로인 쿠크드와 사이만이 수습하려고 하겠지만 둘의 사이가 좋지 않아서 갈라질 거요. 그때면 마문가는 망할 거요."

마포트가 번들거리는 눈으로 고대형을 보았다.

"마문은 전쟁에 직접 출전하지 않고 부족령에서 원격 지휘를 할 거요."

"그렇다면."

고대형이 마포트의 말을 잘랐다.

"내가 다시 이곳에서 마문 부족의 구역으로 가야될 것 같군요."

"면목이 없소."

마포트가 멋쩍은 얼굴로 고대형을 보았다.

"우리가 적극 돕겠소, 아비도스 씨."

"마문 구역에 들어가야 될 것 같습니다."

"그래서 우리가 준비를 했소."

이번엔 카신이 나섰다.

"마문령 중심인 테라우 마을에서 10킬로쯤 떨어진 도로변 상가 지역에 사료 가게가 있소. 그 가게 주인이 우리 동조자요."

카신이 말을 이었다.

"사료 가게가 넓고 출입자가 많아서 은신하기에는 적당할 것입니다. 아비도스 님 일행 셋이 섞여도 흔적이 나타나지 않을 것이오."

"내일 출발하지요."

고대형이 말하자 마포트가 고개를 끄덕였다.

"오늘 밤에 산쿠즈에게 전령을 보내겠소."

사료 가게 주인이 산쿠즈인 모양이다.

지도를 본 보칸이 고대형에게 말했다.

"3년 전에 제가 가본 곳입니다. 지나면서 보았는데 큰 사료 가게였습니다."

고개를 든 보칸이 고대형을 보았다.

"여기서 마문족 구역까지는 차로 가서 산길로 30킬로쯤 걸으면 되겠습니다."

아프간의 심장부로 깊숙이 들어가는 셈이다. 카불 근처에서는 전쟁이 시작되고 있다.

이곳은 마포트가 마련해준 주택 안이다. 밤이 늦었지만 잘 차려준 저녁을 먹고 나서 셋은 응접실에 둘러앉아 있다.

밤 11시가 되어가고 있다. 짐 가방이 응접실 구석에 놓여 있었는데 이젠 풀 필요도 없다. 내일 아침에는 다시 떠나야 하기 때문이다.

그때 고대형이 보칸에게 물었다. 보칸은 30대 중반이다.

"보칸, 네 가족은 몇이냐?"

불쑥 물었더니 보칸이 당황한 듯 눈동자가 흔들렸다. 그러나 대답은 했다.

"예. 일곱, 아니 여덟입니다."

"네가 결혼했던가?"

"예, 아비도스 님."

"처는 하나야?"

"아직 하나올시다."

"또 처를 데려올 거냐?"

"아닙니다."

보칸이 고개를 저었다.

"하나로 충분합니다, 아비도스 님."

"그런데 왜 '아직'이란 말을 써?"

지금 둘은 타지크어로 대화하고 있다.

보칸이 손으로 뒷머리를 긁적였다.

"버릇이 되었습니다, 아비도스 님."

"무슨 말이야?"

"마누라가 둘 이상은 되어야 남자 노릇을 한다는 풍습 때문입니다."

고개를 끄덕인 고대형이 다시 물었다.

"그럼 가족이 여덟이라면 구성은 어떻게 되는 거냐?"

"예. 제 어머니하고 동생 셋, 처하고 아이 둘입니다."

"아이는 몇 살이야?"

"다섯 살, 세 살입니다."

"동생들도 데리고 있나?"

"예. 남동생이 스물 하나, 스물, 그리고 여동생이 열여섯 살입니다."

"가족이 많군."

"스물일곱, 스물다섯 살짜리 남동생은 결혼해서 분가했습니다. 제가 미혼인 동생들을 데리고 있는 것입니다."

"어떻게 생활을 하는 거냐? 식구가 여덟이나 되는데?"

"저는 상근병사로 10인장이기 때문에 한 달에 1천 아프가니를 받습니다."

"그걸로 식량을 얼마나 사나?"

"집에서 양을 30마리쯤 기르고 있기 때문에 빵하고 옷가지만 사면 되지요."

"1천 아프가니는 몇 달러야?"

"20달러쯤 될 겁니다."

고개를 끄덕인 고대형이 이제는 파룬을 보았다.

파룬은 23살, 미혼인 것을 안다.

"파룬, 너도 상근병사이니 수당은 얼마를 받나?"

"한 달에 600 아프가니를 받습니다."

"가족은?"

"마을에 가족 14명이 삽니다. 아버지, 어머니 둘, 그리고 형님 가족, 동생들까지 합해서 그렇게 됩니다."

더 물어볼 의욕이 꺾인 고대형이 배낭에서 1만 불 뭉치 하나를 꺼내 100불짜리를 한참 동안 세었다. 돈을 세는 동안 방 안이 조용해졌다.

이윽고 고대형이 돈뭉치 하나를 보칸에게 내밀었다.

"보칸, 받아라."

보칸이 숨을 들이켰지만 받았을 때 고대형이 돈을 눈으로 가리키며 말했다.

"5천 불이다. 내일 떠나기 전에 원로 카신에게 부탁해서 네 가족한테 전해 주라고 해."

보칸이 눈만 껌벅이면서 대답을 못하고 있을 때 고대형이 이번에는 파룬에게 돈뭉치 하나를 내밀었다.

"이거 2천 불이다. 받아."

파룬이 두 손으로 받았을 때 고대형이 말을 잇는다.

"너도 카신한테 부탁해서 네 가족한테 보내."

그러고는 고대형이 자리에서 일어섰다.

그것이 생명보험금 용도로 주는 것이라고 말 안 해도 알 것이다.

다음 날 오전 9시, 셋은 마포트 부족의 구역에서 버스를 탔다.

아침 일찍 고대형은 마포트와 카신을 만났고 보칸과 파룬은 수건으로 겹겹이 싼 돈을 전달해달라고 부탁했다.

버스를 타고 4시간을 달려 마문 부족과의 경계선 근방 마을에 내린 셋은 늦은 점심을 먹고 어두워지기를 기다렸다. 밤에 이동하려는 것이다.

그 시간에 마문 부족의 중심지인 테라우 마을에서 출정식이 열리고 있다.

트럭 40여 대, 장갑차 6대, 무장 지프 12대로 이루어진 대열은 주민들에게 오랜만의 구경거리였다. 출정식장에는 탈레반에서 파견된 오마르의 측근, 하비브까지 나와 있었기 때문에 마문은 주민을 다 동원했다.

이윽고 장갑차를 선두로 출정군이 마을을 떠났을 때 마문이 하비브와 함께 지휘부로 사용하는 저택으로 돌아왔다. 마문은 들뜬 표정이다.

"하비브 씨, 카불에 입성할 때는 나도 갈 겁니다."

족장실에 둘이 앉았을 때 마문이 말했다.

"그 영광스러운 순간을 내가 놓칠 수가 없지요."

"내가 연락을 드리지요."

40대 후반의 하비브가 웃음 띤 얼굴로 말을 이었다.

"지금 라바니는 도망갈 궁리나 하고 있을 겁니다. 3개 사단이 카불 외곽에 남아 있지만 곧 무너질 테니까요."

오늘 타지크 부족 중 하나인 마문족이 2,200명의 지원군을 파견한 것이다. 1개 연대 병력보다 많다.

그때 마문이 하비브를 보았다.

"하비브 씨, 15개 타지크 부족의 관리를 저한테 맡겨주시면 목숨을 바쳐 탈레반 정권을 지켜 드리겠습니다."

"오마르 님께 말씀드리지요."

하비브가 웃음 띤 얼굴로 고개를 끄덕였다.

타지크 부족 중 탈레반 전투병을 지원한 것은 마문족밖에 없는 것이다.

오전 2시 반.

이리야 마을의 산쿠즈 사료 가게는 24시간 대문을 열어 놓는다. 밤길을 걸어 찾아오는 손님들도 많기 때문이다. 교통이 발달되지 않아서 산속에 사는 유목민은 말이나 노새, 당나귀를 이용한다.

셋이 대문 안으로 들어섰을 때 안쪽 마구간 근처에서 사내 하나가 다가왔다.

"어디서 오신 거요?"

허름한 쑴 차림의 50대다.

"타라한에서."

미리 맞춰둔 암호다.

타라한은 이곳에서 40킬로쯤 떨어진 험준한 산악지대. 마문 부족의 서쪽 경계선 근처다.

고개를 끄덕인 사내가 앞장을 서며 말했다.

"기다리고 있었습니다. 따라오시오."

안쪽에도 마구간이 있다. 마구간 옆쪽 건물로 들어간 사내가 안쪽을 가리키며 말했다. 건물 안은 어둡다.

"마루방 왼쪽 방으로 들어가시오."

사내가 고대형을 보면서 말을 이었다.

"주인만 가시오. 하인들은 나하고 밖에서 기다립시다."

고개를 끄덕인 고대형이 마루방에 올랐고 보칸과 파룬은 사내와 함께 밖으로 나갔다.

안쪽에서 희미한 불빛이 보인다.

마룻바닥에 양탄자를 깔아서 부드럽기는 하다. 왼쪽 방으로 들어선 고대형이 벽을 등지고 앉았다. 넓은 방은 비었다. 이곳은 전기도 들어오지 않아서 벽에 기름등이 2개 켜져 있을 뿐이다. 문은 2개, 앞뒤에 있는데 문짝도 없다. 뻥 뚫린 문이다. 집 안도 조용하다. 여기까지 오는 데 일자형 건물 2동을 지났다. 마당도 넓었고 반대쪽에는 창고로 보이는 건물이 2동, 수십 명의 종업원이 감당할 규모다.

그때 반대쪽 문에서 여자가 나타났다. 히잡만 쓰고 몸에는 검정색 원피스를 걸쳤다, 발끝까지 닿는 긴 원피스. 허리에는 끈을 매어서 잘록한 허리가 드러났다.

다가온 여자가 다섯 걸음쯤 앞에서 멈춰 서더니 물었다.

"타라한에서 오셨지요?"

타지크어. 그때서야 고대형이 자리에서 몸을 일으켰다.

여자 모습이 보이기에 차 따르는 하녀인 줄 알았던 것이다.

아니다.

"예. 그런데 주인은 어디 계십니까?"

"제가 주인인데요."

여자가 한 걸음 더 다가서서 고대형을 보았다.

"산쿠즈는 제 아버님이십니다. 지금 카불에 가 계세요."

"아. 카불에."

"열흘 전에 가셨는데 제가 아버님 대신 일을 합니다."

"아아!"

"제가 오늘 오후에 마포트 님이 보내신 전령도 만나 보았습니다."

여자가 한 걸음 더 다가서면서 몸을 비틀었기 때문에 얼굴이 드러났다.

지금까지는 불빛을 등지고 있었기 때문에 얼굴 윤곽이 보이지 않았다.

고대형은 숨을 들이켰다.

미모다, 숨이 막힐 것 같은 미모.

이곳은 외국의 침략을 많이 받아서 그런지 미인이 많다. 각 종족의 우성 인자만 나타나면 이런 기가 막힌 미인이 나온다.

"앉으시지요."

여자가 손으로 자리를 권했는데 손가락이 섬세했다.

손톱에 검정색 매니큐어를 발랐구나.

고대형이 자리에 앉았고 여자가 앞쪽에 앉더니 인사를 했다.

"사일라입니다."

"난 아비도스요."

고대형이 지그시 사일라를 보았다.

집 안 어느 쪽에선가 말 울음소리가 들렸다.

"내가 무슨 일로 왔는지도 알고 있습니까?"

"들었습니다."

사일라가 시선을 떼지 않은 채 대답했다.

"각오도 하고 있습니다."

"폐를 끼치지 않도록 노력할 겁니다."

"그것이 뜻대로 되지 않을 수도 있지요."

사일라의 얼굴에 희미하게 웃음이 떠올랐다.

"우리 집의 하인이 24명입니다. 하인 가족이 또 30명 가깝게 되고요. 오가는 손님이 하루에 수십 명이고 지금 투숙한 손님은 14명이네요."

사일라가 말을 이었다.

"아비도스 님은 타라한에서 말 사료를 사러 오신 손님 행세를 하시지요."

"이곳에 사일라 님의 가족은?"

"어머니는 돌아가셨고 남동생 둘이 있지요. 그 둘은 카이로에서 대학에 다닙니다. 그리고 저는……."

사일라가 똑바로 고대형을 보았다.

"아직 미혼입니다."

84

고개를 끄덕인 고대형이 물었다.

"우리 정체를 알고 있는 건 우리를 여기까지 안내해 온 사람하고 또 누가 있습니까?"

"아까 만나신 집사, 요나스뿐입니다."

사일라가 말을 이었다.

"집 안에서 둘이지요."

"내일 테라우 마을에 정찰을 나갈 텐데 집사가 안내해 줄 수 있을까요?"

"제가 가지요."

"당신이……."

"저하고 부부 행세를 하고 시종 하나를 데려가는 것이 자연스럽게 보일 것입니다."

"그렇게 해준다면야……."

"빨리 끝내는 게 낫죠."

"우리가 떠나도 무사해야 할 텐데……."

"우리도 떠납니다."

순간 고대형이 숨을 들이켰다.

계속해서 주도권을 빼앗기는 것 같았지만 개운하기도 했기 때문이다.

"어디로 떠난다는 겁니까?"

"이 나라를요."

사일라의 검은 눈동자가 빛을 받아 반짝였다.

"그래서 아버지가 카불에 가 계신 거죠."

고대형이 시선을 내렸다. 사연은 나중에 물어보기로 하자.

카신을 통해 가족에게 거금을 보낸 후부터 보칸과 파룬의 의기는 세 배쯤 불어났다. 몸에 활기가 일어나고 있는 것이 눈에 보일 정도라니까.

숙소로 배정된 방에 들어서자 둘이 반색을 하고 다가와 앞에 앉는다.

이곳은 객사다. 손님들이 묵는 방인데 고대형 일행에게는 10평쯤 되는 큰 방을 준비해 놓았다. 거기에다 가장 안쪽의 숙소였고 다른 방하고는 뚝 떨어진 독채다. 가만 보니까 객사중 이런 독채는 이곳 하나다.

"주인을 만났다."

고대형은 둘에게 털어놓기로 했다. 앞으로 생사를 함께할 심복들인 것이다.

"주인도 이 나라를 떠날 작정이라고 한다."

숨을 들이켠 둘에게 사일라한테서 들은 이야기를 했더니 보칸이 고개부터 끄덕이며 말했다.

"탈레반이 쳐들어온다는 소문이 났을 때부터 지식인들, 자본가들이 해외로 탈출하기 시작했습니다."

보칸이 주위를 둘러보는 시늉을 했다.

"아마 지금쯤 탈출자가 폭증할 것입니다. 탈레반이 정권을 장악하면 지식인, 부자, 영어를 쓰는 사람까지 싹 죽인다는 소문이 돌고 있거든요."

목소리를 낮춘 보칸이 말을 이었다.

"특히 여자들은 더 합니다. 여자들은 학교도 다니지 못하게 하고 직장에서도 쫓아낸다는 것입니다. 이러니 배운 여자들이 이 나라를 빠져 나가려고 하지 않겠습니까?"

이것이 현장에서 들은 정보다. 죽은 후레딘도 이런 이야기는 해주지 않았다.

고개를 끄덕인 고대형이 모포를 끌어당기며 말했다.

"내일 사일라하고 테라우 정찰이다. 보칸은 내 시종으로 따라가고 파룬은 이곳에서 짐을 지켜라."

오전 9시가 되었을 때 마을 끝 쪽에 서 있던 고대형과 보칸은 다가오는 승합차를 보았다.

사일라가 운전하는 승합차다. 차가 멈추자 둘은 차에 올랐다. 사료 가게에서 함께 타고 올 수는 없었기 때문이다.

사일라는 차도르 차림이었는데 얼굴은 내놓았다. 아침에 보는 사일라의 모습은 더 환하고 더 아름다웠다. 검은 옷을 입은 천사처럼 느껴졌다.

사일라가 옆자리에 앉은 고대형에게 말했다.

"우선 마을을 한 바퀴 돌고 시장 옆쪽에 주차하지요. 그곳에서 마문의 저택과 그 옆쪽 부대 막사까지 보실 수 있을 테니까요."

익숙한 솜씨로 차를 운전하면서 사일라가 말을 이었다.

"저도 마을 안 시장에서 물건을 사야 하니까 같이 다니시지요."

테라우 마을은 30킬로 거리여서 1시간이면 닿는다.

고개를 끄덕인 고대형이 사일라에게 물었다.

"사일라, 하스란 마문을 본 적이 있소?"

"그럼요."

사일라가 말을 이었다.

"우리는 하스란에게 세금을 가장 많이 내는 집안 중 하나거든요."

"……."

"그래서 동생들이 카이로 유학을 갈 수 있었고 저는 테헤란에서 대학을 다녔습니다."

뒤쪽의 보칸은 숨을 죽였고 고대형은 고개만 끄덕였다.

점점 사일라 가족의 내막이 밝혀지고 있다.

사일라가 말을 이었다.

"아버지가 카불에 가신 이유는 하스란 마문한테 군자금을 뜯기지 않으려고 피해가신 겁니다. 라바니 정권의 군사령관 아무디 중장 집안의 혼사를 핑계로 대고 가셨지요."

"……."

"며칠 전에 연락이 왔는데 아버지는 카불에서 타지키스탄으로 넘어간다고 하셨습니다."

"그럼 사일라 씨가 혼자 남은 셈이군."

고대형이 정색하고 사일라를 보았다.

"하마터면 만나지 못할 뻔한 것 아뇨?"

"아뇨. 저는 마지막까지 남아 있었을 겁니다. 아버지도 절 믿고 계셨고요."

사일라가 이를 드러내고 웃었다.

"아버지는 제가 남자보다 낫다고 하셨지요. 실제로 이란에서 돌아온 후에 3년 동안 가게를 내가 경영했습니다."

"언제 떠날 겁니까?"

고대형이 묻자 사일라가 다시 웃었다.

"이제 결정했어요."

그러고는 입을 다물었기 때문에 고대형은 더 묻지 않았다.

차를 주차시킨 사일라는 천으로 얼굴을 가렸기 때문에 히잡이 되었다.

히잡은 니캅이라고도 불리는데 눈만 내놓은 여자들의 외출복이다. 이렇게 되면 제 가족도 알아보지 못한다. 남편하고 표시를 해서 알아볼 수는 있겠지.

고대형도 이제 수염이 코밑과 턱을 덮은 데다 터번을 쓰고 쑵에 넝마 같은 가운을 걸쳐서 영락없는 마문족이다.

사일라와 나란히 걸으면 부부다. 부부간이나 이렇게 붙어서 걷는 것이다.

그 뒤를 짐꾼 차림의 보칸이 짐을 담는 망태를 메고 따른다.

"저기가 마문의 거처예요."

사일라가 눈으로 왼쪽 길 건너편 사원을 가리키며 말했다.

흙담 높이가 4미터는 되었고 안에서 둥근 모스크 지붕이 솟아난 사원이 아닌가.

사일라가 말을 이었다.

"여기서는 안이 보이지 않지만 3층 저택으로 경호 소대 40명이 상주하고 있어요. 나도 한 번 초대를 받았기 때문에 압니다."

저택의 담장 길이는 2백 미터 가깝게 되었다. 대문은 1개로 트럭도 들어갈 수 있도록 넓었는데 후문은 승용차가 빠져나갈 만했다. 저택 옆에는 군부대 막사가 있다.

저택을 한 바퀴 돌고 나서 사일라가 고대형을 보았다.

"전에는 시내에 총을 들고 다니는 병사들이 많았는데 오늘은 거의 보이지 않네요. 어제 카불 근처로 출정했기 때문인 것 같군요."

어제 출정식 때 뿌렸던 색종이가 아직도 길바닥에 흩어져 있다.

고개를 든 고대형이 사일라에게 물었다.

"하스란 마문의 일정을 알아볼 수 없을까요?"

고대형의 시선을 받은 사일라가 잠깐 생각하더니 말했다.

"알아볼게요. 우리 친척이 족장의 축사 관리인이거든요."

마문의 저택은 성이나 같았다. 밖에서는 둥근 탑만 보이는 성이다.

점심은 시장의 양고기 식당에서 셋이 먹었는데 사일라는 얼굴을 가린 검정색 천만 내렸다. 시장 안의 여자들도 모두 그런다.

이곳 식당은 식탁이 없고 땅바닥에 앉아서 둥근 쟁반에 담긴 양고기와 쌀밥을 주먹으로 쥐어 먹는다. 땅바닥에 비닐 장판이 깔렸고 가족용으로 천 칸막이가 내려져 있어서 남녀 구별이 되었다. 쟁반 앞에는 사람 수에 맞춰 물그릇이 놓였는데 손을 씻는 그릇이다.

사일라가 양고기를 삼키고 나서 고대형에게 말했다.

"여기도 카불과 마찬가지로 뇌물이 성행해요. 라바니 정권의 악취가 이곳까지 덮인 것이지요."

식당 안은 소란스럽다. 가족과 함께 온 손님들이 많아서 여자들도 들락거리고 있다.

지나는 여자 뒷모습을 칸막이 틈 사이로 보면서 사일라가 말을 이었다.

"우리는 마문한테도 사료를 납품하는데 구매 부장이 뇌물을 먹어야 사료 값을 줍니다."

사일라의 얼굴에 쓴웃음이 번졌다.

"사료 값의 10퍼센트를 요구해서 우리는 가격을 10퍼센트 올리는 것이죠."

"그렇다면 마문의 일정을 알 만한 놈들에게 접근해서 털어놓게 만들어야 되겠군."

"요나스가 발이 넓으니까 시키는 게 낫겠어요."

요나스는 사료 가게의 집사로 고대형을 맞아들인 인물이다. 사료 가게에서는 사일라와 요나스 둘만이 고대형의 정체를 안다.

고개를 끄덕인 고대형이 말했다.

"좋아요. 내가 접대비를 대지."

마문의 성은 한두 명의 결사대로 침투할 수는 없다. 마문의 일정을 보고 나서 방법을 결정하는 것이 낫다. 서둘 필요가 없는 것이다.

파슈툰의 자카루 지역에서 내려오는 방향의 초소원이 몰살당한 사건은 바로 마문에게 보고되었지만 출정식 때문에 잠깐 보류되었다.

대형 사건이다. 마문족의 초소원이 몰살당한 사건은 이것이 처음이었다.

원로 쿠크드는 그것이 파슈툰의 자카루 부족 소행으로 보았다.

"자카루가 우리 쪽 고원에서 아편 재배를 했습니다. 그러다가 감시 초소에 발각되자 공격한 것입니다."

오후 8시 반, 원로 회의에서 쿠크드가 말했다.

마문 부족장 집무실 안이다. 바닥에 양탄자를 깔아놓은 집무실에 마문과 두 원로 쿠크드와 사이만, 그리고 경호 대장 함단까지 넷이 둘러앉아 있다.

"자카루 족장 아사마에게 항의하는 전령을 보내고 손해배상 청구를 해야 합니다."

격하게 말한 쿠크드는 58세, 대를 이은 마문가 가신이다. 테라우 마을 위쪽 골짜기가 쿠크드 가문의 땅이다. 그곳에서 양 3천여 마리, 말 2백여 필을 기르는 목장주. 아들 셋은 모두 마문 부족의 간부로 그중 둘째 아들이 이번 아프간 '회복전쟁'에 대대장으로 출전했다. 그러니 발언권이 셀 수밖에.

그때 사이만이 고개를 들었다.

49세, 하스란 마문의 사부 겸 마문 부족의 총리 격이다. 카이로에서 대학을 졸업하고 고향에 돌아와 하스란 마문을 20년 가깝게 교육시킨 사부. 현재 직책이 부족장 자문관이다.

"수상합니다."

사이만이 마문을 보았다.

"우리 영역으로 적이 침투한 것 같습니다."

"적이라니?"

마문이 이맛살을 찌푸렸다.

"누군데?"

"지난번 트럭을 탈취당하고 나서 또 이런 일이 벌어졌지 않습니까?"

순간 이번에는 쿠크드도 긴장했다. 이번 사건으로 잠시 트럭이 탈취당한 사건이 묻혔기 때문이다. 우연인지 그때도 5명이 사살당했다.

사이만이 말을 이었다.

"아직 무기를 탈취해 간 놈들도 잡지 못했는데 이번에는 국경 초소가 몰살당했습니다. 이것은 계획적인 작전 같습니다."

"글쎄, 그것이 누구 짓이라는 거야?"

마문이 짜증난 얼굴로 물었을 때 사이만이 대답했다.

"하카드족 같습니다."

"하카드?"

숨을 들이켠 마문이 사이만을 노려보았다.

"쿨리 하카드란 말인가?"

"하카드에서 용병을 고용한다는 소문이 페샤와르에서 돌고 있었습니다."

"그런 소문은 오래전부터 돌았지."

"지금은 전시입니다, 족장."

사이만이 정색하고 마문을 보았다.

"하카드나 마포트족도 모두 사생결단을 할 자세라는 것을 잊지 마셔야 됩니다."

이제는 쿠크드도 토를 달지 않았다.

"요나스, 당신은 어떻게 할 계획이야?"

고대형이 묻자 요나스가 고개를 들었다.

오후 7시 반, 고대형은 테라우 마을에서 돌아와 숙소에서 집사 요나스와 마주 보고 앉아 있다. 옆쪽에 사일라가 앉아 있었는데 잠자코 시선만 준다.

요나스가 입을 열었다.

"난 병든 마누라가 있어서 떠나기가 힘듭니다. 자식 셋은 각각 분가해서 살기 때문에 연락 안 한 지 오래되었습니다."

"만일 주인집 가족이 사라졌을 때 당신을 동조자로 추궁할지도 모르지 않나?"

"물론 나한테 묻겠지만……"

요나스가 흐린 눈으로 고대형을 보았다.

"모른다고 해야지요. 아마 날 어쩌지는 못할 겁니다. 마문가의 간부들도 다 알고 지내는 사이니까요."

요나스는 60대 중반으로 이 집안의 대를 이은 집사다.

고대형이 재킷 주머니에서 둥글게 말아서 고무줄로 묶은 100불짜리 지폐 뭉치를 꺼내 요나스에게 내밀었다.

"요나스, 이거 5천 불이야."

숨을 들이켠 요나스가 돈뭉치만 보았을 때 고대형이 말을 이었다.

"이 돈으로 인부를 사서 부인을 타지키스탄으로 은밀히 떠나보내도록 해."

"……"

"내일 당장 할 수 있겠지?"

"아비도스 님, 이건 너무 많습니다."

요나스가 방바닥에 놓인 돈뭉치를 보면서 고개를 절레절레 흔들었다.

"너무 많이 주셨습니다."

"타지키스탄에 친척이 있나?"

"국경 근처에 마누라 친척이 삽니다."

타지크족인 마문, 하카드족까지 고향인 타지키스탄에 친척이 없는 사람이 드물다.

고대형이 돈뭉치를 요나스 앞쪽으로 더 밀었다.

"요나스, 내일 당장 부인을 타지키스탄으로 옮기고 일을 하자고."

"예, 아비도스 님."

요나스가 붉어진 눈으로 돈뭉치를 쥐면서 말했다.

"제가 이 돈으로 마문의 일정을 알아내겠습니다."

"아니. 그 정보비는 이것으로 써."

고대형이 다시 돈뭉치를 꺼내 앞에 놓았다.

이것은 2천 불이다. 요나스의 2년분 수당이다.

요나스가 2개의 돈뭉치를 들고 발이 허공에 뜬 것처럼 허둥거리며 방을 나갔을 때 외면하고 있던 사일라가 고대형을 보았다.

"아비도스, 작전을 끝내고 당신은 어디로 가실 건가요?"

"파키스탄으로 돌아갈 예정이었는데 계획을 바꿨습니다."

고대형이 불빛에 반짝이는 사일라의 눈을 응시하면서 말을 이었다.

"같이 타지키스탄으로 갑시다. 내가 모셔다 드리지."

사일라가 시선을 내렸다.

사료 가게는 꾸준히 영업이 된다. 남쪽에서 가져온 마른 건초를 창고에 쌓고 수시로 찾아오는 손님한테 몇 덩이씩 사료를 파는 일이 계속되었다.

보칸과 파룬은 요나스와 함께 테라우 마을에 식품이나 연장을 사려고 외출하면서 지리를 익혔다.

가게 안의 거주민은 남녀 합해서 40여 명. 하인들의 가족들도 일을 분담

하여 취사, 청소, 빨래 등을 했기 때문에 대식구다. 사료 가게에 투숙했다가 돌아가는 손님들은 대부분 먼 곳에 사는 사람들이어서 노새나 말을 끌고 와 사료를 싣고 간다. 그래서 마구간에는 항상 10여 마리가 매여 있다.

오후 7시, 집사 요나스가 마구간 앞에서 마구간지기, 하우멧에게 물었다.

"오늘은 말이 몇 마리냐?"

"말 7필, 노새 4필이오."

하우멧은 20년째 마구간지기다.

고개를 끄덕인 요나스가 하우멧을 보았다.

"하우멧, 내가 요즘 앞이 잘 안 보이는데 앞으로 네가 거래 장부를 맡아."

"그러지요."

하우멧은 하인 중 서열이 가장 높았기 때문에 대번에 승낙했다.

거래 장부는 지금까지 집사 요나스가 맡아온 것이다.

일 욕심이 많은 데다 으스대기 좋아하는 하우멧이 한 발짝 다가섰다.

"마님도 승낙하신 거요?"

"그러니까 내가 너한테 맡긴 거지."

"그렇군요."

몸을 돌린 요나스의 등에 대고 하우멧이 허리를 굽혔다.

"열심히 하지요. 실망시켜 드리지 않겠습니다요."

"카불이 함락되기 직전이라는군요."

사일라가 고대형에게 말했다.

안채 응접실 안, 오후 7시 반. 고대형이 사료 가게에 투숙한 지 7일째가 되는 날이다.

사일라가 말을 이었다.

"이젠 이 지역도 완전히 탈레반의 영역에 들어간 것이나 같아요. 아래쪽 파슈툰족 경계선에 주둔했던 정부군 1개 연대도 카불로 철수했다는군요."

사일라는 오가는 손님들과 자주 대화를 하는 터라 가게가 정보 집합소나 같다.

고대형이 사일라를 보았다.

"하지만 마문의 일정이 드러나지 않아서 시간만 지나는군요. 준비는 다 되었는데 말요."

요나스는 어제 먼 친척 둘과 함께 부인을 타지키스탄으로 출발시켰다. 버스를 갈아타야지만 타지크 국경까지는 검문소도 없는 여행이다. 타지크 국경에서도 아프간 쪽이나 타지크 쪽에서도 여권 검사도 없이 통과시켜 주니까 아마 내일쯤이면 도착했다는 전갈이 올 것이다.

다음 날 오전 10시쯤 되었을 때 요나스가 고대형의 숙소로 찾아왔다.

막 아침식사를 마친 고대형이 거실에서 요나스를 맞는다.

"좋은 소식이 있나?"

"예, 아비도스 님."

요나스가 상기된 얼굴로 털썩 앞쪽에 앉았다.

거실에 있던 보칸과 파룬도 다가오더니 요나스 뒤에 섰다.

고대형의 시선을 받은 요나스가 입을 열었다.

"마문의 내일 일정을 알아냈습니다."

"내일 일정을?"

"예. 내일 오후 3시에 마문이 제2차 출정대를 보낸다고 합니다."

"그래서?"

"이번에는 트럭 6대에 식량과 군수품을 실어서 보내는 것인데 마문이 마을 남쪽의 공터에서 출정대를 전송한다는 것입니다."

"확실한가?"

"예. 트럭 운전사로 떠나는 핫삼의 어머니가 우리 가게 하인, 타라반의 먼 친척입니다."

"……."

"어젯밤에 핫삼 어머니가 타라반한테 와서 겉옷을 빌려갔다는군요. 핫삼한테 입힌다고요."

"……."

"핫삼은 열흘 후에 돌아온다고 했답니다."

그때 고대형이 요나스를 보았다.

"요나스, 내일 작전이 실패하건 성공하건 간에 우리는 여기를 떠날 거야. 그럼 이곳 하인들도 이상하게 생각하겠지, 그렇지 않나?"

"그렇습니다."

요나스가 얼굴을 일그러뜨리며 웃었다.

"그렇지 않아도 하인들 중에 아비도스 님 일행이 오래 묵고 계신 것을 이상하게 생각하는 놈들이 있습니다."

사일라와 요나스가 귀빈으로 대우하고 있어서 잠잠할 뿐이다.

고대형이 말을 이었다.

"요나스, 내일 오후에 여기를 떠나는 것이 낫겠어."

"예, 나리."

요나스의 눈동자가 흔들렸다.

"아씨는 어떻게 할까요?"

"내가 아씨한테는 따로 말할 테니까, 당신 몸이나 챙겨."

"예, 나리."

요나스가 번들거리는 눈으로 고대형을 보았다.

"나리, 알라신이 도와주실 것입니다."

"내일 아침에 움직이는 것보다 오늘 자리를 잡는 것이 낫습니다."

요나스가 거실을 나가고 셋이 남았을 때 보칸이 바로 말했다. 지금까지 요나스 뒤에 서서 듣기만 했던 보칸이다.

보칸이 말을 이었다.

"오늘 밤에 마을 남쪽으로 가서 위치를 잡지요, 대장님."

"떠나자."

고개를 끄덕인 고대형이 자리에서 일어섰다.

"내가 주인한테 말하고 올 테니까 너희들은 짐을 꾸리도록."

"그럼 제가 모셔다 드리지요."

고대형의 말을 들은 사일라가 말했다.

"오늘 밤부터 나가신다면 식량도 준비해야 될 것 같네요. 여행자용 양고기 말린 것과 치즈, 물통을 준비해 드릴게요."

그러자 고대형의 얼굴에 저절로 웃음이 떠올랐다.

사일라의 차분한 준비성에 감동한 것이다. 마침 그 부탁을 할 참이었다.

"사일라, 내일 오후 3시에 출정식이라니까 당신도 오후에 떠나도록 해요."

사일라에게 말했지만 서둘러 밖으로 나가면서 대답하지 않았다.

밤 10시.

요나스에게는 말하지 않았지만 승합차에 짐을 싣는데 어둠 속에서 요나스가 나타났다.

이곳은 마구간 옆 외진 곳이어서 인적이 없다.

"아비도스 님, 부디 성공하시기를."

고대형에게 다가간 요나스가 낮게 말하더니 주머니에서 돈뭉치를 꺼내 내밀었다. 지난번 고대형이 정보 수집 자금으로 준 돈뭉치다.

"주신 돈에서 제가 3백 불을 쓰고 1천7백 불이 남았습니다."

"요나스."

쓴웃음을 지은 고대형이 돈뭉치를 요나스의 주머니에 쑤셔 넣었다.

"타지키스탄에서 새 생활을 하는 데 써."

"고맙습니다."

그때 어둠 속에서 사일라가 나타났다.

요나스를 본 사일라가 다가와 말했다.

"요나스, 나도 지금 떠날 거야."

"옛! 주인님도?"

놀란 요나스가 낮게 소리쳤고 옆에 서 있던 고대형도 숨을 들이켰다.

그러나 요나스 앞에서 대놓고 묻지는 못했다.

그때 사일라가 어둠 속에서 반짝이는 눈으로 요나스를 보았다.

"요나스, 가게는 하우멧이 잘 운영하겠지?"

"예. 가게 식구들은 다 먹고 살 겁니다."

요나스가 목이 메었는지 작게 헛기침을 했다.

"아씨, 부디 몸 건강하십시오."

"잘살아, 요나스. 하리타에게도 안부 전하고."

하리타는 요나스의 부인인 모양이다.

짐을 다 실은 보칸과 파룬이 뒤에 서 있었기 때문에 사일라는 운전석에 올랐다.

곧 네 남녀를 태운 승합차가 사료 가게의 대문을 빠져 나갔다.

차가 어둠에 덮인 이리야 마을을 빠져나갈 때 고대형이 사일라를 보았다.

"내일 오후 3시에 출정식이라고 했는데. 사일라, 당신은 우리를 그 근처까지 내려주고 가는 것이 낫겠어."

"일 끝내고 도망치는 데 차가 필요할 거예요."

사일라가 핸들을 쥐고 말했다.

"내가 그 근처에서 기다리든지 아니면 다른 곳에 주차시켜 놓고 기다리죠."

뒤쪽 자리에 앉은 보칸과 파룬은 숨을 죽이고 있다. 둘은 사일라의 행동에 놀란 것이다.

사일라가 힐끗 고대형을 보았다.

"난 탈레반 놈들이 장악한 이 나라를 생각하면 끔찍해요."

사일라의 목소리가 차 안에 울렸다.

"그 탈레반에 붙어서 동족을 팔아먹는 하스란 마문 같은 놈하고 같은 땅에 살 수는 없어요."

고대형은 입을 다물었다.

아프간 전쟁은 결국 부족 간의 내전이다. 러시아, 미국은 그것을 이용한 침략이고.

출정식이 열릴 광장은 텅 비었다. 무슨 장식도 없다. 경비병도 없었지만 청소는 깨끗하게 해 놓았다.

이곳은 테라우 마을 남쪽의 공터. 산비탈 밑에 오래되어서 무너진 축사가 있고 그 앞쪽 황무지를 평탄하게 닦아서 광장을 만들어 놓았다.

승합차를 축사 옆에 세운 고대형이 주위를 둘러보고 말했다.

"저쪽밖에 없다."

고대형이 산 중턱을 눈으로 가리켰다.

산 중턱에서 광장까지의 거리는 5백 미터도 되지 않는다.

보칸도 고개를 끄덕였다. 방법은 저격뿐이다.

드라구노프 저격 총의 유효 사정거리는 8백 미터. 고대형이 자신할 수 있는 거리는 6백 미터 정도다.

고대형이 사일라를 돌아보았다.

"사일라, 당신은 저쪽 산 너머의 길가에서 대기하고 있으면 좋겠는데."

고대형이 '좋겠는데'라는 표현이 마음에 들지 않아서 저절로 이맛살이 찌푸려졌다. 그래서 이번에는 목소리가 굵어졌다.

"일이 끝나면 우리는 산을 넘어서 반대편으로 갈 거요. 거기서 기다리도록."

"이 산 건너편은 동쪽으로 가는 국도가 있어요."

사일라가 손으로 길을 가리켰다.

"이 길을 따라가다가 산모퉁이에서 북쪽으로 꺾어져야 합니다. 그러면 갈림길에서 파이자바드로 가는 이정표가 박혀 있어요. 그 길로 4킬로쯤 가면 모칸이라는 작은 마을이 나옵니다. 그 마을 입구의 가게 앞에 차를 세워 두고 있을게요."

고개를 끄덕인 고대형이 옆에 선 보칸과 파룬을 돌아보았다.

"잘 들었지?"

둘이 동시에 고개를 끄덕이자 고대형이 사일라를 보았다.

"사일라, 만일 우리가 오후 6시까지 가지 않았을 때는 당신 혼자서 떠나도록."

어둠 속에서 사일라의 눈동자를 응시한 고대형이 말을 이었다.

"무슨 말인지 알 거요. 사일라, 6시가 되면 바로 떠나야 돼요. 당신이 위험해지니까, 알겠지요?"

"예, 그럴게요."

사일라가 고개를 끄덕이자 고대형은 몸을 돌렸다.

폐축사를 지나 산비탈을 올라갈 때 보칸이 말했다.

"대장님, 가게 안 분위기도 뒤숭숭했습니다. 하우멧이 집사 대리를 맡게 된다는 소문이 쫙 퍼졌더군요."

"곧 요나스도 떠날 거다."

바위산이 가팔랐기 때문에 바위를 밟고 한 발짝씩 오르면서 고대형이 말을 이었다.

"사일라도 혼자 남아 있을 수는 없어, 가게 하인들도 이제는 우리를 미심쩍게 생각하고 있을 테니까."

밤이 깊었다. 한 걸음씩 바위산을 오르면서 고대형이 고개를 돌려 공터를 보았다.

위치를 잘 잡아야 한다.

"이곳이 좋습니다."

보칸은 산을 잘 타서 멀찍이 앞서 갔다가 고대형이 다가왔을 때 말했다.

깊은 밤, 오전 2시가 되어가고 있다.

이곳은 산 중턱, 아래쪽으로 광장이 보였는데 희미한 전체 윤곽이 드러났다. 광장은 직사각형 형태다. 가로와 세로가 300미터, 150미터 정도. 도로에서 10미터쯤 안쪽으로 만들어진 황무지를 대충 닦아서 만든 공터다.

바위틈에 서서 광장을 내려다보던 고대형이 왼쪽 귀퉁이를 가리켰다. 도로의 반대쪽 부분이다.

"왼쪽이 사열대를 세우기에 적당하겠지? 무개 지프나 트럭을 세워놓고 그 위에 올라서면 되겠다."

"그렇군요."

보칸이 고개를 끄덕였다.

"축사 안쪽은 어수선하고 오른쪽은 입구라 왼쪽이 적당합니다."

위쪽은 면적이 좁아서 앞에 펼쳐 세울 공간이 부족하다.

배낭에서 드라구노프에서 분리시킨 스코프를 꺼낸 고대형이 먼저 거리부터 재었다.

직선거리로 525미터다.

고개를 끄덕인 고대형이 보칸과 파룬에게 지시했다.

"자, 이 근처로 정하자."

저격 장소를 정한 후에 도주로도 정정해야만 한다.

바위가 험해서 밑쪽에서 얼른 눈에 띄지는 않겠지만 저격 장소는 뻔하다.

일단 저격 장소를 정한 후에 산꼭대기로 물러나 있다가 출정식이 진행될 때 내려와야 될 것이었다. 마문 측에서 감시병을 보내 바위산을 수색할지도 모르기 때문이다.

오전 5시 반.

도주로까지 점검하고 산꼭대기 부근의 은신처에 도착한 셋이 그때서야 휴식을 취했다. 날이 밝아지면서 아래쪽의 광장이 선명하게 드러났다.

이곳은 커다란 바위틈의 공간이다. 조립해놓은 드라구노프 스코프에 나타난 거리는 584미터다. 직선거리이기 때문에 아래쪽 저격 지점과의 거리는 2백 미터가 넘을 것이다.

험한 산이다. 풀도 나무도 없는 바위산이어서 길도 없다. 바위틈 사이로 기어올랐다가 내려가야만 한다.

셋은 6시간이 넘도록 산을 오르내렸기 때문에 지쳤다.

"내가 경계 설 테니까 먼저 자라."

바위에 등을 붙인 고대형이 둘에게 말했다.

세 시간씩만 자면 작전 시작이다.

"그날 밤, 휴게소에 하카드족 트럭 4대가 들어왔습니다."

라프카니가 충혈된 눈으로 마문을 보았다.

휴게소에서 트럭 2대와 부하 5명을 잃은 라프카니는 그날 이후로 일족에서 추방당한 것이나 같았다.

마문은 한 달 기간을 주고 사건 규명을 지시했지만 기대하지는 않았다, 어쨌든 라프카니를 처단하여 부족 병사들의 기강을 세우는 것이 목적이었으니까.

그런데 오늘 아침 라프카니가 정보를 가져온 것이다.

"그래? 하카드의 트럭이 같은 시간에 그곳에 있었다고?"

마문이 눈을 크게 뜨고 묻자 라프카니가 숨을 고르고 나서 대답했다.

"예. 아튼족 트럭 운전사한테서 제가 직접 들었습니다. 하카드 트럭 4대가 들어왔는데 일찍 떠났다는 것입니다."

"……."

"근처에 주차하고 있었는데 자다 일어나 보니까 날이 밝기도 전에 사라져버렸다는 것입니다."

마문이 옆쪽에 앉은 원로 쿠크드와 사이만을 번갈아 보았다. 얼굴이 일그러져 있다.

"역시 하카드였어."

"그놈들을 멸족시켜야 합니다. 그놈들은 우리하고 같은 타지크족이 아닙니다."

쿠크드가 격해진 목소리로 말했다.

"이번에 탈레반이 정권을 잡으면 하카드족까지 우리가 병합해야 합니다. 쿨리 하카드와 그 아들놈 마판까지만 없애면 됩니다."

그때 사이만이 말했다.

"증거만 확실하게 잡으면 법적으로도 해결할 수가 있습니다."

사이만까지 동조했기 때문에 마문이 고개를 끄덕였다.

만족한 표정이다.

"라프카니, 그 아튼족 운전사를 증인으로 삼을 테니까 네가 잘 챙겨둬라."

"예. 제가 이름과 주소까지 다 알아놓았습니다."

사기가 일어난 라프카니가 소리치듯 말했다.

"좋아. 오늘 출정식이 끝나고 나서 그 이야기를 다시 하기로 하지."

기분이 좋아진 마문이 웃음 띤 얼굴로 라프카니에게 말했다.

"수고했다, 라프카니."

라프카니가 방을 나갔을 때 마문이 두 원로를 둘러보며 말했다.

"라바니 정권이 곧 붕괴될 테니 이 기회에 마포트족뿐만 아니라 하카드까지 우리가 장악한다면 아프가니스탄의 타지크는 우리가 통일할 수 있는 거요."

마문의 얼굴에 웃음이 떠올랐다.

"오늘 탈레반에게 제2차 군수품 지원을 끝내고 나면 나는 카불로 갈 거요."

마문은 탈레반 정권이 수립되면 정권의 요직을 기대하고 있다. 그리고 오마르의 측근 하비브로부터 언질도 받은 것이다.

"준비를 합니다."

바위틈으로 광장을 내려다본 보칸이 말했다.

오전 8시 반.

트럭 한 대가 광장으로 들어오더니 병사들이 내렸다. 군복을 입은 병사들이 아니다. 농부 복장에 총만 멘 병사들, 곧 그들은 광장 왼쪽에 대형 천막을 세우기 시작했기 때문에 고대형이 고개를 끄덕였다.

예상대로다. 고대형이 드라구노프의 스코프로 트럭을 겨누었다.

6백 미터도 되지 않았지만 아래쪽의 저격 장소로 내려가면 더 정확해질 것이었다.

오후 3시까지 기다렸다가 바위틈을 타고 내려가기로 하자.

그때 도로에서 다시 트럭 한 대가 들어왔다. 뒤쪽 짐칸에 병사들을 가득 태우고 있다.

광장에 멈춘 트럭에서 병사들이 내리더니 지휘관으로 보이는 사내의 지시를 받아 광장 경계를 한다. 그러더니 10여 명이 이쪽을 향해 다가오기 시작했다. 아래를 내려다보던 셋이 긴장했다. 산에 오른다면 피해야 된다. 그러나 이곳까지 오르려면 최소한 한 시간 반은 걸린다. 그만큼 산이 험하기 때문이다.

그때 사내들이 폐축사 뒤쪽 부근에서 멈추더니 산을 올려다보았다. 소리는 들리지 않았지만 손가락으로 이쪽저쪽을 가리키고 있다. 이윽고 사내들은 둘씩 셋씩 흩어지더니 산기슭에 자리 잡았다. 그곳이 광장의 바위산에 대한 최전선 경비 초소가 되었다.

오전 11시, 텐트와 연단 준비까지 다 되었다.

연단은 예상했던 대로 트럭 1대가 옆구리를 보이고 세워졌고 짐칸에 마이크가 설치되었다. 마이크 시험을 하느라고 목소리가 바위산에 부딪치며 울렸다. 메아리는 없다.

12시가 조금 못 되었을 때 트럭 입장, 6대다.

군수품이 이미 단단하게 짐칸에 묶인 상태. 트럭을 호위하고 갈 트럭 2대와 무장 지프 2대까지 모두 10대. 트럭에는 병사 40명가량이 호위대로 탔다. 무장 지프 뒷좌석에는 M-60 기관총이 설치되었는데 위협적이다.

스코프로 M-60을 내려다본 고대형의 얼굴에 웃음이 떠올랐다.

월남전의 영화를 보면 저 총을 들고 난사하는 거구의 백인이 나온다. 그러나 저 총은 실패작이다. 분당 발사 속도가 500~600발로 총신이 뜨거워지면 바꿔야 하는데 그때부터 총과 싸워야 한다. 그래서 전문가들은 쓰지 않고 영화 촬영용으로만 쓰인다.

그때 보칸의 목소리가 울렸다.

"대장, 저 기관총 사정거리는 얼맙니까?"

"유효 사정거리는 1킬로야. 그러나 걱정할 것 없다, 총알이 보이니까."

고대형이 던지듯 말했다.

거짓말이다. 바위산 지형에는 M-60이 어울리지 않는다. 차라리 저격을 하거나 박격포가 낫다. 엄폐물이 많은 곳에서는 겨누어 쏘는 것이 효율적이다.

1시 반이 되었을 때 마을에서 가족, 주민을 실은 트럭과 지프, 고물 승용차까지 모여들었다. 출정의 축하객이다. 쉴 새 없이 몰려드는 바람에 위쪽의 주차장에 50여 대의 차량이 주차되었고 도로 입구에도 차량이 주차되기 시작했다.

"마을 사람들이 다 오는 모양이군."

바위틈으로 내려다본 보칸이 혼잣소리를 했다. 걸어서도 무리지어 오고 있다.

"개새끼는 맨 나중에 나타나겠지."

"저기 트럭에는 아이들이 탔습니다."

눈이 밝은 파룬이 망원경도 보지 않고 말했다.

광장으로 들어서는 트럭을 보았더니 과연 아이들이 손에 종이로 만든 알록달록한 꽃과 헝겊 조각을 들고 있다.

보칸이 투덜거렸다.

"마을 사람들이 다 오는 모양이다."

아래쪽 폐축사를 내려다보았더니 경비병은 30여 명으로 늘어나 있었지만 모두 광장 쪽을 향해 앉거나 서서 구경을 하고 있다. 폐축사 뒤쪽에 모인 경비병의 지휘자도 보이지 않았다.

그때 고대형이 드라구노프를 들고 자리에서 일어섰다.

"자, 가자."

순간 보칸과 파룬이 와락 긴장하더니 따라 일어섰다.

총과 실탄이 든 탄띠만을 쥐고 나선다. 배낭 3개는 이곳에 남겨두었는데 도망갈 때 갖고 가면 된다.

저격 포인트로 내려왔을 때는 2시 45분이다.

2백 미터 거리였지만 바위산이 험한 데다 아래쪽에 노출되지 않으려고 했기 때문에 1시간 가깝게 걸린 것이다. 다시 돌아갈 때도 이 루트를 이용해야 될 테니까. 새벽에 봐두었던 저격 포인트에 드라구노프를 거치한 고대형이 길게 숨을 뱉었다.

그때 파룬이 낮게 소리쳤다.

"옵니다."

스코프를 눈에 붙일 것도 없이 도로를 달려오는 차량 대열이 보였다.

무장 지프 2대가 선도하고 그다음이 5센티 포를 장착한 장갑차 1대, 그 뒤를 똑같이 생긴 검정색 SUV 차량. 그 뒤를 호위병을 태운 트럭 1대와 무장 지프 2대가 따르는 거창한 행렬, 길이가 1백 미터도 넘는다. 여기에 오토바이 대열만 추가하면 미국 대통령 행차라고 해도 믿을 것이다.

"개새끼."

옆쪽에 엎드린 보칸이 투덜거렸다.

"오늘이 네가 죽는 날이다."

한국말로 한다면 제삿날이라고 하겠지.

"많이 모였군."

앞쪽 SUV에서 내린 마문이 웃음 띤 얼굴로 말했다.

마문은 연단 옆쪽에서 내려 텐트를 향해 걸어가는 중이다.

군중들은 트럭의 뒤쪽에 운집해 있었는데 대충 2천 명 가깝게 되었다. 트럭으로 만든 연단은 군중을 향해 옆쪽 면을 보이며 세워졌고 앞쪽을 향한 짐칸 칸막이가 내려졌다. 그래서 짐칸에 오르면 전신이 다 드러난다. 트럭 위에 세워진 마이크는 이미 테스트가 끝난 상태.

"와아, 와아!"

마문의 부하가 선창하자 군중들이 따라서 함성을 외친다. 아이들이 더 소리를 지른다.

군중들 옆쪽으로 출정할 트럭과 경호 지프가 나란히 주차되었는데 장관이다.

마문이 도착하자 트럭 운전사와 경호병들이 트럭 앞쪽에 정렬했다. 그 앞에 지휘관이 섰고, 군복을 입지 않았지만 제각기 단정한 쑵 차림에 재킷 윗도리를 걸쳤고 등에 비스듬히 AK-47을 메었다.

그때 트럭 위로 사내 하나가 오르더니 마이크에 대고 말했다.

"곧 우리의 위대하신 가족, 하스란 마문 족장께서 나와 출정단을 축하하십니다! 여러분, 기다려 주십시오!"

목소리가 위로 올라와 이쪽이 귀가 아플 정도였다.

고대형이 스코프에 눈을 붙이고 연단 위를 겨냥했다.

524미터다. 이곳에서 트럭 위쪽 인물은 왼쪽이 보이는 위치다. 지금도 524미터 거리의 사내 옆얼굴이 또렷하게 보인다. 눈 옆에 지름 1센티 정도의 혹이 나왔다. 총구가 옆얼굴을 겨누고 있는 것이다.

이제는 보칸과 파룬도 납작 엎드린 채 숨을 죽이고 있다. 각각 머리통만 내놓았는데 그것도 바위 조각으로 반쯤 가려 놓았다.

고대형의 드라구노프도 스코프 렌즈에 반사광 차단막이 붙여졌고 총신은 햇볕을 정통으로 받아도 반사되지 않는 검정 색소를 입혔다.

그때 텐트에서 마문이 나왔다. 흰 쑵 차림, 머리에 티 한 점 없는 흰색 터번을 둘렀으니 마치 흰 옷을 입은 성자 같다. 그 뒤를 사내들이 대여섯 명 따랐는데 원로와 간부들일 것이다.

숨을 들이켠 고대형이 스코프를 막 트럭 위로 오른 마문에게 맞췄다.

마문 얼굴은 처음 본다. 옆얼굴이었지만 자신만만한 표정, 짙은 수염. 원로와 간부들은 트럭에 오르지 않는다. 트럭 위에는 사회자와 마문, 둘뿐이다.

군중들이 조금 조용해졌고 출정 트럭 앞에 서 있는 군인들도 부동자세가 되어 있다.

그때 사회자가 소리쳤다.

"위대하신 마문 족장께서 출정 환영 인사를 하십니다!"

"후루루루루루."

여자들의 혀를 굴리는 날카로운 소리가 울리기 시작했다. 하나둘이 아니다. 수십, 수백 개 호루라기가 울리는 것 같다. 이 소리가 소용돌이쳐서 올라오는 바람에 고대형은 머리끝이 서는 느낌을 받는다. 고대형은 스코프에 바짝 눈을 붙였다.

마문이 웃는다. 저 소리를 즐기는 것 같다.

이윽고 마문이 손을 들자 혀 굴리는 소리가 딱 그쳤다.

그때 사회자가 트럭에서 내려갔고 마문 혼자 남았다. 마문이 마이크를 손으로 쥐더니 다른 한 손은 높게 치켜들었다.

"마문족이여, 영원하라!"

"와앗!"

"후루루루루루!"

함성과 혀 굴리는 소리가 우레처럼 응답했고 그것이 신호인 것처럼 군중 속의 아이들이 일제히 색종이를 허공에 뿌렸다. 바람이 조금 있어서 색종이가 흩날렸다.

그것을 본 고대형이 숨을 들이켜고는 드라구노프의 좌우 편차를 조종했다.

바람이 좌에서 우로 분다. 풍속은 5백 미터 거리에 영향을 줄 것 같지 않지만 좌우 편차 조절 노브를 한 클릭만 좌로 이동. 그러고는 스코프의 십자형 선 위로 마문의 옆쪽 머리를 올려놓았다. 방아쇠가 부드럽다. 손가락을 걸치고 일단, 이단, 손가락이 부드럽게 더 안쪽으로 2밀리쯤 당겨졌을 때 발사음이 일어났다.

"퍽석!"

소음기가 끼워졌기 때문에 총신은 10센티 정도 늘어난 135센티. 그래서 발사음이 몽둥이로 모래 자루를 두들기는 소리로 변했다.

총탄의 속도는 초속 830미터, 1초도 안 되는 순간에 닿는다.

다음 순간 입을 딱 벌렸던 마문의 왼쪽 머리통이 부서졌다.

망원경으로 그것을 보던 보칸도 입을 딱 벌렸다.

마문의 머리 윗부분이 수박통 쪼개지는 것처럼 부서진 것이다. 붉은 살점보다 흰 뇌수가 뿜어져서 흰 수박이 세워진 채 부서지는 것 같다.

마문이 트럭 밑으로 떨어진 순간 광장은 난리가 일어났다. 마문의 머리가 부서진 순간에는 가만있다가 5초쯤 지나서다.

"퍽석! 퍽석!"

막 소란이 일어나기 직전, 그러니까 5초 동안에 고대형의 드라구노프에서는 다시 2발이 연속 발사되었다.

조금 전 마문과 함께 입장했던 고위층, 나이 든 인물만 겨냥해서 쏜 것이다.

타깃 둘도 명중, 하나는 머리가 부서졌고 또 하나는 가슴에 손바닥만 한 구멍이 뚫렸다.

고대형이 사용한 총탄은 7.62밀리로 특수 제작된 철갑쇄열탄이다. 뚫고 들어가서 폭발한다. 두께 2센티의 강철판도 뚫는다.

그때 고대형이 일어섰다.

"가자."

아래쪽 광장은 난리다. 놀란 병사들이 사방에 대고 총을 난사했고 장갑차가 포신을 이쪽으로 돌리더니 산에 대고 발포를 시작했다, 저격지는 이곳

밖에 없으니까.

포탄은 이쪽저쪽에서 폭발했고 그것을 신호로 총탄이 빗발처럼 쏟아지기 시작했다.

군중들은 사방으로 흩어져 도망가고 있다. 바위틈으로 산을 오르면서 앞장섰던 보칸이 격정을 참지 못하고 소리쳤다.

"알라 아르바크! 마침내 해치웠다!"

뒤를 따르던 파룬도 질세라 소리쳤다.

"알라 아르바크! 대장 만세!"

산꼭대기에서 배낭을 찾아 메고 산을 내려가 다시 작은 바위산 하나를 넘었다. 그다음에 골짜기를 따라 내려갔을 때 국도가 나타났다.

오후 6시, 거사 3시간이 지났다.

3시간이나 산을 탄 것이다.

국도로 다가갔을 때 이미 어둠에 덮인 길가에 세워진 이정표가 희미하게 보였다.

오가는 차량이 드문드문 있었기 때문에 길가로 숨듯이 다가간 고대형은 '파이자바드'라고 쓰인 이정표를 보았다.

이곳에서 4킬로를 가야 모칸이라는 마을이 나온다고 했던가?

길가 도랑을 따라서 가면 1시간도 더 걸릴 것이다. 그때 보칸이 앞장을 서면서 말했다.

"어쨌든 방향은 이쪽입니다, 대장."

'어쨌든'이라는 타지크어가 머릿속에 박혔다. 그 말 속에 '사일라가 떠났건 남았건 간에'라는 뜻이 섞여 있다, 그쪽으로 도망치는 것은 맞으니까.

이곳은 마문이 암살된 광장에서 14킬로 떨어진 지점이다. 이미 마문 쪽

전 영토에 알려졌을 것이다.

　모칸 마을의 불빛이 보였을 때는 오후 7시 반, 길을 피해서 걸었기 때문이다. 차량 통행이 잦아졌고 테라우 마을 쪽으로 향하는 병력 수송차가 대부분이었다.

　그때 앞장서 가던 보칸이 낮게 소리쳤다.

　"아, 차가 있습니다!"

　보칸이 번들거리는 눈으로 고대형을 보았다.

　"마님 차가 맞습니다!"

　거리가 50미터쯤 되었지만 맞다. 사일라의 차다.

　그런데 보칸이 말한 마님이라는 말이 머릿속에 여운처럼 남았다.

　누구의 마님이란 말인가?

　이번에도 보칸이 길가에 주차된 차로 다가갔을 때 어둠 속에서 사일라가 귀신처럼 나타났다. 길가 돌무더기 뒤에 있었던 것 같다.

　"보칸, 아비도스 님도?"

　먼저 보칸을 발견한 사일라가 물었다.

　"아이구, 마님."

　화들짝 놀란 보칸이 손으로 뒤쪽을 가리켰다.

　"뒤에 오십니다."

　그 순간에 사일라도 고대형의 모습을 보았다.

　다가온 고대형에게 사일라가 서두르듯 말했다.

　"길가 가게에서 손님들이 떠드는 소리를 들었어요."

　바짝 다가선 사일라한테서 옅은 향내가 맡아졌다.

사일라는 검정색 차도르를 걸쳤지만 얼굴은 내놓았다.

"마문, 사이만, 쿠크드까지 셋이 죽었어요. 2차 출정은 보류되었고 각 마을의 원로들을 모으고 있어요."

고개를 끄덕인 고대형이 발을 떼었다.

"갑시다."

일단 이곳에서 벗어나야 한다.

3장 사일라의 샘

　3시간을 달려서 마문 쪽의 경계를 벗어났다. 이곳도 역시 타지크 부족인 스와리족의 영역이다. 스와리족은 부족원이 15만 정도의 소수 부족으로 중립 성향, 그러나 단결력이 강해서 비록 영국이 1차 대전 때 사용하던 리엔필드 소총으로 무장하고 있어도 무시하지 못하는 부족이다.

　스와리족의 외딴집을 발견한 넷은 그곳에서 일단 민박을 했다. 아프간은 민박이 통용되어서 적당한 값을 쳐주면 방을 내주고 식사까지 만들어 준다.

　넷은 도로에서 300미터쯤 떨어진 산기슭의 농가에 투숙한 것이다.

　집주인은 50대쯤의 농부였는데 넷을 보더니 별채의 방 2개를 내주었다.

　"이 방을 당신 부부가 쓰시고 저 방은 하인용이오."

　주인이 고대형에게 손으로 방을 가리키면서 말했다.

　아프간 화폐 아프가니로 달라는 대로 주었지만 미화 10달러도 안 되는 숙박비다.

　밤 11시 반이 되어 가고 있다.

　주인이 고대형, 사일라를 부부 취급하는 것은 당연하다. 둘이 부부 행세를 하고 있었기 때문이다. 그렇지 않으면 의심받는다.

잠자코 안쪽 큰방으로 들어선 고대형이 혼잣소리처럼 말했다.

"이제야 내가 마누라하고 한방에서 자게 되는군."

사일라가 얼굴을 가린 천을 풀다가 고대형을 쳐다보았다. 무슨 말인지 속셈을 알아보려는 표정이다.

바닥에는 낡아서 걸레처럼 되어 버린 양탄자가 깔려 있었지만 깨끗했다.

그때 사일라가 차도르까지 벗었는데 안에는 진 바지에 긴팔 셔츠를 입었다. 이제는 완전히 서양 여자 모습니다. 운동화까지 신었기 때문에 더 그렇다.

벽에 등을 붙이고 앉은 사일라가 입을 열었다.

"테헤란에서 대학을 다닐 때 남자를 만났지요."

사일라가 정색하고 고대형을 보았다.

"대학 조교였는데 어느 날 약속 장소에 나오지 않더군요."

"……."

"다음 날 학교에도 나오지 않았는데, 알고 보니까 종교경찰에 체포되어 가족이 모두 정치범 수용소로 끌려갔더라고요."

사일라의 눈동자가 흐려졌다. 먼 곳을 보는 것 같다.

"그 남자는 이란을 사랑하는 애국자였어요. 민족과 역사에 대한 자긍심이 높았고 국가에 어떻게 봉사할지 꿈에 부풀었던 남자였지요."

"……."

"그런데 호메이니는 단숨에 그 남자를, 그 남자의 가족을, 그 남자와 같은 집단을 종교법으로 반역자로 처단해버리더군요."

"다 그래요."

배낭에서 베라타를 꺼내 실탄을 확인하면서 고대형이 말했다.

"이 세상을 살다가 죽은 사람들의 절반 이상이 억울하게 죽었을 거요."

사일라의 눈동자에 초점이 잡혔다.

그것을 본 고대형이 씩 웃었다.

"내가 죽인 인물 중 90퍼센트 정도도 억울하게 갔을 겁니다."

고대형이 생각났다는 듯이 고개를 끄덕였다.

"내가 오늘 죽인 마문과 기타 두 놈도 그 억울한 놈들 중에 포함되었을 거요."

베레타를 방바닥에 내려놓은 고대형이 배낭을 베고 누우면서 길게 숨을 뱉었다.

방 복판의 기둥에 걸린 기름등 불꽃이 흔들거리고 있다.

"사일라, 잘 때 불을 끄도록 해요."

고대형이 눈을 감으면서 말했다.

"보안상 말하는 거요, 불은 꺼야 안전하니까."

눈을 뜬 고대형이 손목시계부터 보았다.

오전 2시 반, 3시간이 지났다.

슬그머니 몸을 일으킨 고대형이 방 안을 둘러보았다.

사일라가 불을 껐기 때문에 방 안은 어둡다. 그러나 어둠에 익숙해진 고대형의 눈에 구석 쪽 벽에 등을 붙이고 모로 누워 있는 사일라의 윤곽이 드러났다. 이쪽으로 얼굴을 향하고 있다. 몸을 차도르 천으로 덮었기 때문에 얼굴이 선명하게 부각되었다. 거리는 3미터.

고대형은 자리에서 일어섰다. 그러고는 발을 떼었다.

한 걸음, 두 걸음. 사일라와의 거리가 1미터로 가까워졌다.

사일라의 감은 눈이 보인다. 입술이 조금 열려 있다.

그때 세 걸음째 발을 떼자 거리가 멀어졌다.

다시 발을 뗀 고대형이 헝겊으로 만들어진 문을 젖히고는 밖으로 나갔다.

별채를 돌아 아래쪽으로 30미터쯤 내려갔을 때 돌무더기 뒤에서 검은 그림자가 솟아올랐다. 경계를 서고 있었던 파룬이다. 손에 AK-47을 쥐고 있다.

"대장이십니까?"

파룬이 낮게 물었다.

"그래. 넌 들어가서 자. 내가 6시까지 보초 설 테니까."

"대장님, 보칸 차례인데요."

"놔둬라. 그냥 자게 깨우지 마."

파룬과 보칸이 교대로 보초를 서기로 한 것이다.

파룬이 별채 쪽으로 사라지자 고대형이 돌무더기에 등을 붙이고 쪼그리고 앉았다.

앞쪽에 샛길이 펼쳐졌고 왼쪽 언덕 모퉁이를 돌아가면 도로가 나온다. 별이 휘황하게 떠 있어서 50미터 전방의 머리통만 한 바위 윤곽도 뚜렷하게 드러났다. 주위를 둘러보던 고대형이 길게 숨을 뱉었다.

날씨는 서늘하다.

방에 누워 있다가 견디지 못하고 나온 것이다.

사일라는 눈을 감고 자는 시늉을 하고 있었지만 깨어 있었다.

숨을 고르게 쉬려고 하다가 참지 못하고 침을 삼켰다.

사일라가 기다리지는 않았을 것이다. 그러나 고대형이 다가가 안는다면 거부하지도 않았을 것이다.

고대형의 얼굴에 웃음이 떠올랐다. 자신의 이런 행태가 처음이었기 때문이다. 욕정이 솟으면 당장 해결했다. 망설인 적이 없다. 다만 억지로 성사시키지는 않았다, 그건 진짜 짐승이 할 짓이니까.

그런데 지금은 왜 그랬을까? 이유는 모르겠다, 생각하기도 싫고.

1시간쯤 지났을까? 고대형이 뒤쪽에서 울리는 인기척에 숨을 들이켰다.

고개를 돌리지 않은 것은 인기척이 들린 순간 그 주인공이 누구인지를 알았기 때문이다. 보칸이나 파룬이 아니다. 뒤쪽 안채의 주인 가족이 나왔을 리는 없다. 사일라다.

고개를 돌린 고대형은 뒤쪽에 선 사일라가 주위를 두리번거리는 것을 보았다. 자신을 찾고 있다. 거리는 20미터 정도.

고대형이 몸을 일으켰다. 일부러 돌무더기에서 돌 한 개도 떨어트렸다.

그 순간 인기척에 놀란 사일라가 이쪽을 보더니 고대형을 알아보았다, 별빛이 밝았으니까.

사일라가 시선을 준 채 다가왔다. 진 바지에 밝은 색 셔츠 차림, 서양 여자가 다가온다. 긴 머리는 뒤로 묶어서 올렸기 때문에 사슴 모가지 같은 목이 드러났다.

이윽고 다가온 사일라가 멈춰 섰다. 3미터 거리.

눈동자가 별빛을 받아 반짝였다.

고대형의 시선을 받은 사일라가 눈도 깜박이지 않고 말했다.

"옆에 있을게요."

"왜?"

둘은 마주 보고 서 있다.

그때 사일라가 한 걸음 더 다가가 섰다.

"잠 못 잤어요."

"알아요, 사일라."

그때 바짝 다가선 사일라가 두 손으로 고대형의 허리를 감아 안았다.

"아비도스."

"난……."

고대형이 말을 잇지 못하고 숨을 들이켰다.

난 아비도스가 아니고 고대형이라고 말할 뻔했던 것이다. 숨을 멈춘 고대형이 사일라의 얼굴을 두 손으로 감싸 안았다.

사일라의 입술에 입을 붙인 순간 고대형은 세상이 환해지는 느낌을 받았다.

근처에 조명탄이 터진 것 같다. 이게 무슨 현상인지 모르겠다.

사일라의 입 안은 기적의 샘 같았다. 꿀 같은 샘이 흐르다가도 그것이 레몬 향으로 바뀐다. 뜨거운 숨결은 봄바람이다.

둘이 엉켜 서 있다가 돌무더기에 부딪쳐 돌덩이가 굴러 떨어졌다.

사일라가 비틀거리더니 겨우 중심을 잡고 웃었다. 이가 하얗게 드러났다.

"왜 넓은 땅을 두고 여기 있어요?"

사일라가 고대형보다 더 정신을 차린 것 같다.

고대형은 마문을 암살할 때보다 이 작업이 더 어렵다는 것을 깨달았다.

"저기로 가요."

사일라가 고대형의 허리를 감싸 안더니 돌무더기 옆쪽 평지로 안내했다.

시간이 얼마나 지났는지 모른다. 아직 날도 밝지 않았고 별무리도 그대로다.

둘은 자연인이 되어 별무리를 올려다보면서 나란히 누워있다. 자연인이라는 것은 둘이 태어날 때의 몸 그대로라는 뜻이다.

사일라는 고대형의 팔을 베개 삼아 베고 있다.

격렬한 사랑을 나눴지만 소음은 자제했다, 그랬다가는 30미터쯤 떨어진 별채, 안채에서 다 들었을 테니까.

둘의 몸 위로 서늘한 밤기운이 덮이고 있었지만 오히려 몸이 더 가벼워지는 느낌이다. 시원하다. 땀에 밴 몸에 덮이는 별들의 선물 같다.

그때 사일라가 별을 향한 채 말했다.

"오늘 밤을 잊지 못할 거예요."

다음 날 아침.

고대형이 운전하는 승합차가 농가를 출발했다. 이곳에서 타지키스탄 국경까지는 250킬로. 차로 8시간 거리지만 비포장도로가 많은 데다 군데군데 무너진 산악 도로가 있다고 했다.

샛길에서 도로로 나왔을 때 옆자리에 앉은 사일라가 말했다.

"천천히 달려요, 아비도스, 검문은 없지만 가끔 강도가 나타나니까요."

"강도?"

고개를 돌린 고대형이 사일라를 보았다.

지금은 고대형이 운전을 한다. 보칸과 파룬은 운전을 못하니까 사일라하고 둘이 번갈아 하는 수밖에 없다.

"네. 한적한 도로에서는 지나는 행인을 무조건 죽이고 차도 공격할 때도 있다고 해요."

"이런. 난 못 들었는데."

도로에는 차가 드문드문 오간다. 인구 밀도가 적은 데다 차가 많지 않아서 지금도 말이 이끄는 수레가 다닌다.

사일라가 말을 이었다.

"그래서 각 마을에서는 자위대가 버스나 트럭을 호위해준다는군요."

"요나스 부인은 잘 빠져나간 거요?"

"요나스 부인은 동쪽의 파슈툰 거주지를 통했기 때문에 돌아갔지만 안전했죠."

"그렇군."

고대형이 쓴웃음을 지었다.

이쪽은 북쪽으로 방향을 잡아서 직진하고 있는 것이다. 마문 영지를 빨리 벗어나기 위해서는 어쩔 수 없었다. 타지키스탄으로 북상하는 도로는 비포장도로였고 좁다. 달린 지 두 시간이 되었을 때 이정표를 보았더니 40킬로밖에 가지 못했다. 더구나 오래된 일제 승합차는 덜덜거리기 시작했기 때문에 고대형은 길가에 차를 세웠다.

좌우로 황무지가 펼쳐진 길가다. 가끔 차가 오갔지만 자욱한 흙먼지가 날리는 바람에 터번으로 입을 막아야만 했다.

차 엔진 보닛을 열고 라디에이터에 물을 넣던 고대형이 투덜거렸다.

"이건 30년도 더 된 차군. 라디에이터에 물을 넣다니."

"48년 되었어요."

옆으로 다가온 사일라가 웃었다.

"이 차를 아버지한테 갖다 드리고 싶어서요."

"타지키스탄에서도 20년쯤 더 타려고?"

"아니. 거기선 모셔두겠죠. 할아버지가 영국 외교관한테서 산 차니까요."

"영국 외교관이 일본인한테서 빼앗았겠군, 일본이 패망했을 때니까."

"그건 모르죠."

"사일라, 어젯밤 당신은 꿀을 바른 요정 같았어."

그 순간 옆에 서 있던 사일라의 얼굴이 순식간에 새빨개지더니 몸을 돌렸다.

그러고는 뒤쪽으로 사라졌기 때문에 고대형이 라디에이터의 꼭지를 잠갔다.

오후 12시 반.

겨우 5킬로쯤 더 가서 길가의 가게 앞에 세웠다.

길 복판에 바위가 떨어진 건 보통이고 패어서 아이 하나가 들어갈 만한 구멍이 만들어진 곳도 있다. 밤에 멋모르고 가다가 차바퀴가 빠지는 건 약과고 뒤집힐 만도 했다. 그래서 두 시간 동안 5킬로를 전진한 것이다.

가게 앞에는 7, 8명의 손님이 플라스틱 걸상에 앉거나 서 있었는데 모두 차를 타고 온 사내들이다. 차가 4대 세워져 있는 것이다.

"어디로 가는 겁니까?"

50대쯤의 트럭 운전사가 고대형에게 물었다.

"타지키스탄."

고대형이 대답하자 사내가 힐끗 일행을 보더니 고개를 끄덕였다.

"힘드시겠소. 이 길은 힘들어."

"왜 그럽니까?"

옆을 따르던 보칸이 묻자 사내가 대답했다.

"바리타스 산길이 세 군데나 무너져서 차량 통행이 금지되었소. 아마 한 달쯤 기다려야 길이 뚫릴 거요."

"저런. 세 곳이나."

보칸이 혀를 찼다.

그러나 다른 길이 있느냐는 따위는 묻지 않았다. 의심받을 행동은 하지 않는 것이 낫다.

"돌아가는 수밖에 없죠."

차 안에 있던 사일라가 고대형의 말을 듣더니 바로 말했다.

"아래쪽으로 요나스 부인이 간 길로 돌아가는 거죠. 이틀쯤 걸리겠네요."

지도상으로 3배도 넘는 길이다.

사일라는 두 시간 전에 '꿀 바른 요정'이란 말을 들은 후부터 단 한 번도 고대형하고 시선을 마주치지 않았다. 말도 걸지 않았다가 지금 처음 말하는 것이다.

"갓댐."

마침내 고대형이 욕을 하고 나서 차 밖에 서 있는 둘을 불렀다.

돌아가려는 것이다.

마을마다 샛길이 많았기 때문에 지도에 표시되지 않는 지름길도 있다. 그러나 가다 서다 하면서 주민들에게 물어야 할 것이다.

"마문이 죽었다고?"

손뼉을 친 쿨리 하카드가 이를 드러내고 웃었다.

"알라 아크바르!"

옆에 앉아 있던 마판 하카드가 두 손을 치켜 올렸다가 얼굴을 쓰다듬은 후에 가슴에 붙였다.

"알라 아크바르!"

쿨리 하카드가 뒤늦게 알라신을 찬양한 후에 앞에 앉은 아부하진을 보았다.

아부하진은 방금 마문에 대한 정보를 받은 것이다. 마문 영지에서 일어난 사건이 순식간에 아프간 전역으로 퍼졌고 아부하진도 들은 것이다.

아부하진이 들뜬 얼굴로 말을 이었다.

"수천 명의 주민이 보는 앞에서 마문이 저격당했다는 것입니다. 총탄에 맞은 머리통이 그대로 날아가 버렸답니다."

"허어."

"출정식에서 연설을 하던 도중이었답니다. 그러니 출정식장이 난리가 났고 출정도 보류되었다는 것입니다."

"허어."

쿨리와 마판의 시선이 부딪쳤다.

아부하진은 정보부서의 하급 간부여서 고대형이 누군지, 여기서 마포트에게 파견된 것도 모르는 것이다.

쿨리가 고개를 돌려 아부하진을 보았다.

"알라신께서 신의 암살자를 마문에게 보낸 모양이다. 그놈이 타지크 전 부족을 파슈툰의 탈레반에게 바치려고 하니 신의 암살자가 출현한 것이다."

쿨리는 암살자를 신이 보낸 것으로 승격시켰다.

신의 벌을 받았다는 것으로 만들려는 것이다.

마포트의 기쁨은 쿨리 하카드의 4배 정도는 되었다. 마문이 바로 몸을 감은 거대한 뱀이었기 때문이다.

쿨리 하카드에게 비교할 정도가 아니었다.

"알라 아크바르!"

마포트는 마문의 죽음을 전해 듣고 '알라'를 100번도 더 외쳤다.

고개를 든 마포트가 원로 카신에게 물었다.

"카신, 아비도스 님은 지금 어디 계신가?"

"모릅니다."

카신이 눈썹을 모았다.

"지금쯤 연락이 올 때가 되었는데요."

그때 마포트가 고개를 저었다.

"나한테 보고할 의무는 없어."

"무슨 말씀이신지……."

"아비도스 님은 내 부하가 아니란 말이야."

"그건 그렇습니다만……."

"내 은인이지."

마포트가 어깨를 부풀렸다가 내렸다.

"아니, 우리 부족을 살린 은인이야."

"……."

"마문을 그대로 두었다면 탈레반 정권이 되자마자 우리 마포트족을 병합하고……."

울컥한 마포트가 입을 다물었다.

그다음 순서는 뻔하다. 라이벌이었던 하카드족을 탈레반과 함께 붕괴시키고 나면 나머지 10여 개 타지크족은 마문의 손아귀에 들어온다. 그것이 탈레반 정권의 아프간 통치에도 이로울 테니까.

그때 마포트가 혼잣소리처럼 말했다.

"알라의 위대한 암살자다."

마침내 승합차가 고장이 났다.

온 길을 세 시간째 돌아가던 중이었다. 차가 왼쪽으로 기우는 것 같더니 곧 쇠 부딪치는 소리가 들렸기 때문에 고대형이 급히 차를 세웠지만 이미 차축이 부서진 후였다. A/S는 있지도 않았고 이 정도면 폐차해야 된다.

오후 4시 반.

산모퉁이를 돌아가던 중이어서 산길에는 부서진 차와 넷뿐이다.

오가는 차도 보이지 않아서 고대형은 문득 이곳이 딴 세상처럼 느껴졌다.

"버리고 가야겠다."

차를 내려다보면서 고대형이 말했다.

반대쪽에 선 사일라에게 반쯤 몸을 돌린 자세다.

보칸과 파룬은 말이 없었고 사일라는 차의 보닛을 손바닥으로 가만가만 쓰다듬는 중이다.

"짐 내려."

다시 고대형이 말하자 보칸과 파룬이 차에서 배낭을 꺼내 내려놓았다.

그때서야 고대형이 고개를 들고 사일라를 보았다.

"사일라, 차 버려야 해요."

사일라는 외면한 채였고 고대형이 말을 이었다.

"다 떠날 때가 있는 법이오."

"……."

"헤어지기가 슬프다면 바퀴 한 짝만 떼어서 파룬한테 짊어지고 가게 합시다."

그 말을 들은 파룬이 놀라 바퀴를 보았고 그것을 본 보칸이 '끅끅' 웃었다. 이를 악문 채 웃으면 그런 소리가 난다.

그때 사일라가 고개를 들어 고대형을 보았다.

시선이 마주친 순간 고대형은 저도 모르게 입맛 다시는 소리를 냈다.

사일라의 눈에서 눈물이 흘러내리고 있었던 것이다.

"이 차로 돌아가신 어머니를 싣고 병원에 갔어요."

사일라의 목소리가 산모퉁이를 울렸다.

"할아버지가 날 태우고 마을에 가셨고."

"……."

"아버지는 이 차 이름을 '마호멧'이라고 지어 주셨죠."

"……."

"이 차가 바로 우리 가문, 우리 역사였는데······."

그때 고대형이 운전석에 오르면서 보칸과 파룬에게 말했다.

"내가 차머리를 반대쪽으로 돌릴 테니까 너희들은 밀어."

다시 시동을 걸자 마호멧이 깨어났다.

고대형은 좁은 산길에서 덜그럭거리는 승합차를 여러 번 왔다 갔다 한 다음에 머리를 지금까지 온 길 쪽으로 향해 놓고는 길가에 바짝 붙여 세웠다.

세워놓고 얼마 되지 않았을 때다.

왼쪽 바퀴 밑에서 연기가 피어오르더니 '우지끈' 소리와 함께 차가 주저앉았다. 차축이 완전히 부러지면서 차체가 땅에 닿아버린 것이다.

운전석에 앉아 있던 고대형이 열린 문짝을 잡고 밖으로 뒹굴며 떨어졌다.

그러나 마호멧의 숨결은 아직 거칠다. 엔진이 꺼지지 않은 것이다.

그때까지 한쪽에 비켜 서 있던 사일라가 다가와 다시 마호멧의 보닛을 두 손으로 짚었다.

산길 모퉁이에 어둠이 덮이기 시작했다.

그때 고대형이 주먹으로 마호멧의 보닛을 두드리며 말했다.

"장하다! 마호멧!"

고대형의 목소리가 산모퉁이를 울렸다.

"내가 아씨 데리고 갈 테니까 걱정 마라!"

마호멧이 대답이라도 하는 것처럼 으르렁거렸다. 워낙 똥차라 엔진 소음이 크다.

고대형이 소리치듯 말을 이었다.

"네 몸을 한 조각 떼어가서 네 생각이 날 때마다 보도록 하자."

그러고는 주머니에서 다용도 칼을 꺼내 마호멧의 운전석 시트를 잘랐다.

워낙 낡은 가죽시트라 칼날이 가는 대로 금방 베어졌다.

곧 손바닥만 한 조각을 떼어낸 후에 고대형이 키를 비틀어 엔진을 껐다.

마호멧이 죽었다.

산비탈 길을 걸어 내려가는 네 명. 이제 밤이다. 산은 어둠이 빨리 온다.

앞장은 보칸이 섰고 그 뒤를 고대형과 사일라가, 뒤쪽으로 10미터쯤 떨어진 곳에 파룬이 따른다.

오가는 차도 없는 데다 인적도 없고 민가도 보이지 않는다. 이 길은 거쳐온 길이 아니다.

그때 고대형이 지금까지 주머니에 넣고 있던 마호멧의 시트 조각을 꺼내 사일라에게 내밀었다.

"여기."

사일라가 힐끗 보더니 잠자코 받아 차도르 안에다 넣었다.

안에 입은 바지 주머니에 넣었겠지.

"그리고 이것."

고대형이 이번에는 자동차 열쇠를 꺼내 내밀었다.

사일라가 이번에도 잠자코 받아 넣는다.

고대형이 말을 이었다.

"열쇠는 마호멧의 심장이겠고 운전석 천 조각은 당신 조부, 아버지, 어머니 등의 체취가 밴 피부 역할이겠지."

고대형이 앞쪽을 향한 채로 말을 이었다.

"차에다 이름을 붙여놓고 헤어지기 싫다면서 바퀴 떼어가겠다는 인간은 지구상에 당신 하나뿐일 거야."

"내가 언제……."

사일라가 마침내 입을 열었다가 한숨을 쉬었다. 고대형의 유인술에 끌려 든 것이다.

그때 힐끗 사일라를 본 고대형이 말을 이었다.

"마호멧은 죽은 후에도 사일라, 당신을 위해서 봉사할 거요."

사일라의 시선을 받은 고대형이 말을 이었다.

"우리를 추적해 오는 놈들한테 우리가 간 방향을 몸으로 말해줄 테니까."

사일라의 눈동자에 초점이 잡혔다.

그 이야기를 해준 것도 이 때문이다.

사일라가 절박한 현실을 깨닫고 감상을 버리도록 한 것이다.

하지만 모르겠다, 군 시절에 전쟁터에서 아침저녁으로 인간을 죽이면서 꽃에 대한 시를 쓰는 놈도 보았으니까

그때 앞장서 가던 보칸이 발걸음을 늦추더니 다가온 고대형에게 말했다.

"저쪽, 아래쪽에 불빛이 보이는데요."

바위에 가려서 보이지 않았다가 몇 걸음 더 나갔을 때 불빛이 보였다.

민가다.

골짜기 아래쪽의 민가까지 1시간이 걸렸다. 길도 없는 바위산을 내려가 다가 사일라는 두 번이나 미끄러져 엉덩방아를 찧었다. 차도르를 벗어 배낭 에 넣고 바지 차림이 되었어도 그렇다.

마침내 고대형이 사일라의 손을 잡아 균형을 잡아줘야만 했다.

민가는 산에 사는 유랑민의 거처다. 대개 10여 마리에서 30마리 정도의 산양을 키우면서 이동을 하는데 바위산에 드문드문 있는 목초지를 찾아다 닌다. 돌로 만든 민가는 나무가 귀해서 문에 넝마 같은 천을 늘어뜨려 놓았 고 창틀만 만들어 놓았다.

안에서 사내들의 두런거리는 목소리가 울렸는데 서너 명이다.

먼저 민가 창가로 소리죽여 다가간 파룬이 집 안을 들여다보더니 뒷걸음질로 돌아왔다.

주위는 짙은 어둠에 덮였고 고기 굽는 냄새가 났다.

"안에 다섯 명이 있습니다."

파룬이 낮게 말했다.

"산적입니다. 총을 벽에 기대어 놓았는데 지금 양을 구워 먹고 있습니다."

"이런."

고대형이 옆에 선 보칸을 보았다.

"다른 곳으로 갈 수도 없고 안에 들어가 놈들을 묶어놓고 쉬기도 어렵구나."

"산적입니다. 죽이지요, 대장님."

보칸이 바로 말했다.

"집 안에 피를 흘리면 닦기 힘드니까 밖으로 끌고 나가서 처형하지요."

"그게 마음먹은 대로 되겠느냐?"

셋이 상의하는 동안 사일라는 뒤쪽에 서서 눈동자만 굴리고 있다.

이윽고 고대형이 허리에 찬 베레타를 꺼내고는 배낭에서 소음기를 찾아내 끼었다.

"근처에 누가 있을지 모르니까 조심하는 것이 낫다."

배낭을 내려놓은 고대형이 사일라에게 말했다.

"사일라, 당신은 저 바위 뒤에서 기다리도록."

옆쪽 바위를 가리킨 고대형이 이번에는 파룬에게 말했다.

"파룬, 넌 집 뒤로 돌아가라. 뛰쳐나오는 놈이 있으면 쏴 죽여라."

"예, 대장님."

베레타를 고쳐 쥔 고대형이 앞장을 서면서 보칸에게 말했다.

"내가 놈들을 밖으로 몰아낼 테니까, 넌 문 밖에서 기다려라. 둘 다 들어갈 필요는 없다."

"예, 대장님."

보칸이 AK-47을 고쳐 쥐면서 말했다.

보칸과 파룬은 30발 탄창이 채워진 AK-47을 쥐고 있었지만 소음기가 끼워지지 않았다.

거적을 젖히고 안으로 들어선 고대형이 베레타를 겨누고 소리쳤다.

"모두 손들어라!"

그 순간 다섯이 일제히 고개를 들고 고대형을 보았다.

모두 험상궂은 얼굴, 수염투성이에 넝마 같은 쑴을 걸치고 제각기 고기를 쥐고 먹는 중이다.

민가 끝 쪽의 화덕 주위에 모여 있었는데 둘은 서 있다. 왼쪽 벽에 AK-47과 탄창, 수류탄까지 쌓여 있고 탁자 위에 탄띠와 권총 2정도 놓여 있다.

방 안에는 3초쯤의 정적이 덮였다.

그러고 나서 사내 하나가 들고 있던 고깃덩이를 땅바닥에 떨어뜨리더니 고대형이 쥔 베레타에서 시선을 떼어 문 쪽을 보았다.

"너 누구야?"

사내가 묻더니 시선이 벽에 붙여진 AK-47로 옮겨졌다. 2미터쯤 떨어져 있다.

그러더니 사내가 다시 묻는다.

"너, 우리가 누군지 알아?"

그때 고대형이 사내의 이마를 겨누고 방아쇠를 당겼다.

3미터 50 정도의 거리, 이 거리에서는 눈을 감고도 맞춘다.

"퍽!"

이마가 뚫린 사내가 뒤로 넘어지면서 양고기를 굽는 불구덩이로 상반신이 들어갔다.

"앗!"

불똥이 튄 사내들이 일제히 몸을 비틀었기 때문에 한 놈은 AK-47쪽으로 손을 뻗었다.

"퍽!"

막 AK-47을 쥐었던 사내의 옆머리가 부서졌다.

"퍽!"

그 옆의 사내는 뒤통수가 뚫렸다.

그때 집 안으로 보칸이 뛰어 들어왔다.

첫 발사음을 듣고 들어온 것이다.

"카카캉!"

세 발이 발사되면서 문밖으로 도망가던 사내 한 명의 등짝에 모두 명중.

그때 나머지 한 명이 뒤쪽 문을 박차고 뛰어나갔다.

"카카카캉."

이번에는 뒤쪽에서 발사음 네 발. 파룬이 기다렸다가 잡은 것이다.

시체 치우는 데는 10분쯤밖에 걸리지 않았다.

피를 더 흘리기 전에 서둘러서 집 밖으로 끌고나갔기 때문이다. 그래도 집 안에 피가 낭자했기 때문에 삽을 찾아서 바닥을 긁고 재를 뿌리는 작업이 시간이 걸렸다.

그때까지 사일라를 집 안으로 들이지 않았다.

이윽고 집 안을 다 정돈했을 때 밤 11시가 되어갈 무렵이다.

"이 고기는 먹을 만합니다."

아직 굽지 않은 양 다리 한쪽을 들고 보칸이 말했다.

"아직 채소도 남아있군요."

보칸이 익숙하게 아궁이의 불씨를 살리더니 고기를 썰었다.

파룬은 밖에서 경비를 서고 있다.

총성이 골짜기에서 울렸으니까 경계를 해야만 한다.

시체 5구는 골짜기 한쪽에 쌓아놓았으니 언젠가는 발견될 것이다.

그때 고대형이 탁자 위에 놓인 산적들의 탄띠에서 실탄 대신 넣어진 지갑을 보았다. 지갑이 2개나 들어 있다.

지갑을 꺼낸 고대형이 내용물을 보았다.

너덜너덜해진 10불짜리 달러 몇 장, 그리고 신분증이 10여 개나 들어 있다.

산적들이 처리한 민간인일 것이다. 다른 지갑에도 약간의 돈과 신분증.

산적들은 수십 명의 민간인을 죽이고 이 신분증을 빼앗은 것 같다.

그때 신분증을 본 보칸이 말했다.

"신분증도 돈이 됩니다. 파키스탄인들이 개당 20불 정도로 사 갑니다."

양고기를 구우면서 보칸이 말을 이었다.

"밀수할 때 그 신분증을 써먹는다고 합니다."

그때 구석에 쪼그리고 앉아 있던 사일라가 꾸벅꾸벅 졸았기 때문에 고대형이 담요를 가져다가 덮어 주었다.

사일라가 눈을 떴다가 다시 감더니 담요를 당겨 머리를 덮었다.

고기가 다 구워졌을 때 사일라를 깨웠더니 꼬치에 꿴 고기 몇 점을 먹고 나서 다시 잤다.

이번에는 구석에 모로 누웠기 때문에 다시 모포를 덮어주었다.

사일라와 시선이 2초쯤 부딪쳤지만 그동안에 수십 개의 단어가 쏟아져 나오는 것 같다, 감사, 따스함, 향기, 부드러움, 거기에 어떤 욕망까지.

다시 눈을 감은 사일라가 모포를 머리끝까지 뒤집어썼다.

냄새나는 모포였지만 피로는 못 당하지.

오전 4시에 민가에서 50미터쯤 떨어진 바위틈에서 경비를 서던 고대형이 뒤쪽에서 들리는 인기척에 고개를 돌렸다.

민가 앞쪽 바위 옆에 선 사일라가 돌멩이를 던진 것이다.

밖의 경비 초소가 어딘지 모르니까 일부러 기적을 낸 것인데 대담하다. 안에 있던 보칸과 파룬도 다 들었을 것이다. 밖으로 나오는 것까지 다 보았겠지.

몸을 일으킨 고대형이 손을 흔들었더니 사일라가 알아보았다.

별빛이 휘황한 밤이어서 그림자까지 만들어질 정도다.

고대형이 서서 다가오는 사일라를 물끄러미 바라보았다.

산골짜기의 새벽은 춥다.

사일라는 모포를 둘러쓰고 다가와 섰다. 거리는 1미터 정도.

"왜?"

이번에도 고대형이 그렇게 물었다.

사일라의 눈동자가 별빛을 받아 반짝이고 있다.

그때 사일라가 입을 열었다.

"내가 지금 당신한테 다가오면서 무슨 생각을 했는지 맞춰 봐요."

"뭐라고 핑계를 대지? 하는 소리가 내 귀에 다 들리던데."

"틀렸어. 다시."

"타지키스탄에서 결혼을 하고 아들 넷만 낳자는 이야기를 하자."

"아휴."

눈을 흘긴 사일라가 바짝 다가서더니 고대형을 올려다보았다.

몸이 빈틈없이 닿았고 고대형이 모포째 사일라의 허리를 감아 안았다.

그때 사일라가 말을 이었다.

"키스할 때 입 냄새가 나면 어쩌나, 하는 생각."

고대형이 고개를 숙여 사일라의 입을 맞췄다.

곧 젤리 같은 혀가 빠져나왔고 고대형이 함께 삼켰다.

이윽고 입을 뗀 고대형이 말했다.

"내가 말했잖아, 당신은 꿀을 바른 요정이라고."

둘은 바위틈의 공간에 끌어안은 채 앉았다.

고대형이 사일라의 바지를 벗기면서 말을 이었다.

"사일라, 당신은 꿀이야, 몸 전체가."

다음 날은 일찍 출발했기 때문에 오전 11시 반이 되었을 때 타지크족 중 하나인 자카르족 영지로 들어섰다.

넷이 민가 6채가 드문드문 서 있는 길가의 끝 집에 닿았을 때 노인 하나가 나왔다. 열린 대문 안을 보니까 좁은 마당 안쪽에 가게가 차려져 있다.

그것을 본 사일라가 먼저 집 안으로 들어섰다.

그때 보칸이 노인에게 물었다.

"살람 마리쿰. 여기 버스 다닙니까?"

"마리쿰 살람. 로폴르까지 가는 버스가 오후 2시쯤 옵니다."

로폴르는 타지키스탄 쪽으로 400킬로쯤 떨어진 인구 2만 명 정도의 도시다.

돌아왔기 때문에 길이 멀어진 것이다.

그 말을 들은 고대형이 머릿속에 지도를 펴고 계산했다.

로폴르에서 마포트 영지까지는 150킬로. 하카드 영지도 비슷했다.

하카드에서 타지키스탄까지는 2백 킬로가 조금 넘는다.

고개를 끄덕인 고대형이 가게에서 물건을 구경하고 있는 사일라에게 다가갔다.

아프가니를 꺼내 식수와 빵을 산 사일라를 마당 구석으로 데려간 고대형이 말했다.

"사일라, 여기서 로폴르까지 가서 거기 하카드령으로 가는 게 낫겠어."

사일라는 쳐다만 보았고 고대형이 말을 이었다.

"로폴르에서 하카드 영지가 150킬로니까 거기서 타지키스탄은 300킬로 정도야."

"하카드는 안전해요?"

"보칸, 파룬도 하카드에서 데려온 부하들이야. 난 하카드에서 마포트로 왔다고."

"그럼 가요."

사일라가 고개를 끄덕였다.

"난 당신 따라갈 테니까."

"거기선 새벽에 날 찾아오지 않아도 될 거야."

그때 사일라가 눈을 흘길 줄 알았더니 웃었다.

2시 반에 버스를 타고 5시간 만에 로폴르에 도착했는데 이곳은 산길에 강도가 출몰하지 않았다.

고대형이 느낀 점은 가난한 지역일수록 강도, 산적이 많다는 점이다.

이곳은 제법 풍족한 지역이어서 사일라가 몸을 웅크릴 정도였다. 차도르가 흙먼지로 더럽혀져 있었기 때문이다.

그래서 로폴르에 도착한 후에 고대형은 사일라와 함께 시장에 들러 가장 비싼 차도르와 장식까지 샀다. 온 김에 고대형과 보칸, 파룬의 옷과 신발도 새것으로 샀다. 배낭까지 사고 나서 가장 좋은 여관에 투숙했다. 욕실까지 딸린 방을 얻었는데 고대형은 사일라와 '부부 방'을 잡았다. 사일라는 결혼 5년쯤 지난 여자처럼 행세했다.

로폴르는 타지크족 제루만 부족의 구역이다.

제루만 부족은 인구 60만, 중심도시가 로폴르시이고 족장, 안디 제루만이 시장을 겸임하고 있다. 53세. 중립적인 인물이며 러시아, 미국, 파슈툰의 탈레반과도 우호적인 관계를 맺어왔다.

제루만의 '부족 병사'는 약 5천 명. 러시아, 미국 무기가 섞여 있다.

여관방을 잡아 놓고 시내로 나간 고대형과 보칸이 곧 길가 식당에 들어가 전화기를 빌렸다. 식당 전화를 하는 것이 가장 안전하다.

발신음이 다섯 번 울렸을 때 응답 소리가 울렸다.

마판 하카드다.

"누구시오?"

"마판, 나야, 아비도스."

"앗, 아비도스, 지금 어디야?"

펄쩍 뛰듯이 반긴 마판이 물었다.

"여기 로폴르야."

"아니. 왜 거기까지 돌아갔어?"

"타지키스탄으로 가려다가 돌아온 거야."

"아니. 왜?"

"길이 끊겨서."

"그렇군. 바리타스 산맥에 산사태가 났다고 들었어."

"그래서 내일 이곳에서 그쪽으로 갈 거야."

"좋아. 그럼 내가 차를 보내지. 그쪽 제루만 구역까지는 문제없으니까."

"4명이야."

"한 명은 누구야?"

"여자야."

사일라 가족은 마포트가 소개시켜 주었기 때문에 마판은 모른다.

그러나 마판은 곧 응답했다.

"알았어. 7인승 승합차를 보내지. 둘이 타고 갈 거야."

"바크다 여관으로 보내."

"아침 일찍 출발시킬 테니까 12시 안에 바크다 여관에 도착하겠지."

마판이 떠들썩한 목소리로 말을 잇는다.

"아버지가 얼마나 기뻐하시는지 모르네, 아비도스."

여관으로 돌아온 고대형에게 사일라가 말했다.

"아버지는 내일 타지키스탄으로 출발하신다는군요."

사일라의 아버지, 산쿠즈는 지금 카불에 있는 것이다.

사일라가 말을 이었다.

"비행기를 타신다고 했어요."

"카불 근처까지 탈레반 군이 진격했다는데 괜찮을까?"

"내일은 가능하다고 했어요."

고개를 끄덕인 고대형이 사일라를 보았다.

"내일 하카드 가문에서 이곳으로 차를 보낼 거요, 사일라."

방 안이다. 고대형이 손을 뻗어 옆에 앉은 사일라의 손을 쥐었다.

따뜻하고 말랑한 손이다.

"내가 하카드에서 당신을 타지키스탄으로 보내줄게."

탈레반 군(軍)과 정부군은 카불 남쪽에서 최후의 결전을 앞두고 있지만 이미 대세는 결정된 것이나 같았다. 카불에 남아 있는 병력은 약 2개 사단. 탈레반의 병력도 비슷했지만 사기는 정부군의 10배는 되었다. 본래 개전 초기에는 정부군 병력이 7개 사단이었던 것이다. 그것이 연전연패. 이제는 '왔다'는 소리만 듣고도 다 도망가서 2개 사단만 겨우 남아 있는 상황.

탈레반의 지도자, 오마르는 카불 점령 후의 '내각', '법령 발표' 준비까지 마친 상태다.

"마문을 암살한 놈이 누구야?"

애꾸눈 오마르가 한쪽 눈을 번쩍이면서 묻자 하비브가 상반신을 세웠다.

"마포트에서 암살자를 보냈다는 소문이 맞는 것 같습니다."

"저주받을 놈들. 마포트를 직할령으로 만들어 버려야겠군."

카불에서 마포트령까지 가려면 다른 타지크 부족 서너 개를 거쳐야 한다.

그때 하비브가 말했다.

"이번에 마문족이 부족장과 함께 두 원로까지 잃고 혼란에 빠졌습니다. 고만고만한 지휘관들이 서로 싸우려는 조짐을 보이는데요."

"카불을 점령하고 나서 바로 마문 구역을 접수하도록 하지."

"우리가 통치하면 반란이 일어날 가능성이 많습니다."

그렇다. 아무리 오마르가 강력한 군사력을 갖고 있다고 해도 그렇다.

타지크 부족은 다른 부족의 통치를 받지 않으려고 할 것이다. 타지크는 타지크인이 통치해야 된다. 오마르가 외눈을 번쩍이며 하비브를 보았다.

이곳은 카불 남쪽 4킬로 지점. 오후 10시 반, 벙커 안에는 오마르와 하비브 둘뿐이다.

"마문 부족을 가만두면 하카드가 먹을 것이다."

하비브가 시선만 주었고 오마르가 말을 이었다.

"하카드와 마포트가 연합할 가능성이 많아, 하비브."

"그렇습니다."

하카드와 마문이 타지크 부족의 라이벌 관계인 것은 모두가 아는 사실이다.

이제 마문이 죽었으니 타지크 부족은 하카드 일가(一家) 체제가 되었다. 여기에다 하카드와 마포트가 연합하면 수습하기가 힘들다.

오마르가 말을 이었다.

"하비브, 네가 암살대를 편성해서 하카드 일족을 쳐라. 오사마에게 부탁해도 되겠지."

오마르는 결정이 빠르다.

눈을 뜬 고대형이 눈동자의 초점을 잡았을 때 바로 10센티쯤 거리에 있는 사일라의 얼굴을 보았다.

이른 아침, 햇살이 다 퍼지지 않은 새벽이다.

어스름한 빛이 유리창을 통해 비쳤고 사일라의 얼굴이 환하게 드러났다.

흑백 영화처럼 회백색 피부, 검은 눈동자 안에 고대형의 얼굴이 찍혀 있다.

고대형이 사일라의 허리를 당겨 안았다.

가게에서 산 흰 실크 가운만 걸친 사일라의 몸이 빈틈없이 밀착되었다. 따뜻하고 탄력이 강한 몸이다.

사일라도 고대형의 어깨를 감아 안았기 때문에 사지가 엉켜졌다.

벽시계가 오전 5시 10분을 가리키고 있다.

"아비도스, 하카드 가문에 가면 우리는 어디서 살죠?"

그때 고대형의 눈앞에 '개미굴'이 떠올랐다.

바위산에 만들어진 개미굴은 하카드의 진지다. 벙커라고 불려도 된다.

그러나 그곳 시설은 호텔 수준이다.

"거긴 지휘부가 바위산에 동굴을 파놓고 들어가 있는데 우리는 마을에서 살기로 하지."

"그래요."

사일라가 고대형의 가슴에 볼을 붙이면서 말했다.

"난 당신하고 하카드에서 살겠어요."

"사일라, 난 언젠가는 하카드에서도 떠날 거야."

마침내 고대형이 본심을 털어놓았다.

"난 용병이라고. 하카드로 파견된 암살자야."

"그래요. 하카드에서 떠날 때도 같이 떠나요."

사일라가 웃음 띤 얼굴로 고대형을 보았다.

"같은 방향이 될지는 알 수 없지만."

11시 반이 되었을 때 러시아제 7인승 승합차가 바크다 여관 앞에 도착했다.

차를 가져온 둘은 보칸과 파룬과도 아는 사이여서 떠들썩한 인사가 오갔다.

넷을 태운 승합차는 곧 여관을 떠나 하카드 구역으로 출발했다.

그날 오후 3시경에 마침내 카불이 탈레반에 함락되었다.

라바니 정권은 붕괴되었고 정부군은 항복했다.

군 지휘관들과 함께 라바니는 축출되었는데 도주한 것이나 같다.

미리 도망갈 테니까 길을 열어달라고 탈레반 측에 부탁했기 때문이다.

1992년부터 4년 동안 아프간을 엉망진창으로 관리하던 라바니 정권은 이렇게 몰락했다.

"갓댐. 결국 이렇게 되었군."

예상하고 있었지만 라바니 정권의 허무한 몰락을 본 후버가 눈살을 찌푸리며 웃었다.

뉴욕, 브루클린의 안가 응접실 안.

앞에는 언제나처럼 부장보 윌슨과 중동 보좌관 아놀드가 앉아 있다.

후버가 아놀드에게 물었다.

"그래. 어쨌든 오마르의 견제 세력은 갖춰지고 있지?"

"예, 부장님."

아놀드가 어깨를 폈다.

50세, CIA 경력은 윌슨과 비슷하지만 실무 전문가. 중동에서만 15년 동안 작전을 했다.

지금도 턱수염을 기른 상태, 콧수염까지 길렀다가 후버가 깎으라고 하는 바람에 마지못해 깎았다.

"일단 타지크에서 오마르에게 협력하던 마문을 제거했습니다."

아놀드가 말을 이었다.

"따라서 하카드가 마포트 부족과 연합, 붕괴된 마문 부족까지 잠식해 들어가면 탈레반을 견제할 수 있습니다."

144

"마문 부족은 오마르가 가만 둘까?"

"지금 당장은 북부 지역까지 신경을 쓸 수 없을 겁니다. 그러니까……."

"지금 암살자는 어디에 있지?"

후버의 입에서 암살자란 단어가 나왔다. 고대형을 말한다. 지금까지는 용병 또는 '그'라고만 칭했었다.

"마을 구역을 탈출해서 하카드 쪽으로 가는 중일 겁니다."

"그놈이 할 일이 많아."

혼잣소리로 말한 후버가 윌슨을 보았다.

"윌슨, 네가 내일 클린턴을 만나."

대통령에게 아프간 사태를 보고해야 하는 것이다.

당연히 CIA 부장인 후버가 가야한다. 윌슨이 고개를 끄덕였다.

"예, 모시고 가지요. 준비할 건 뭡니까?"

"모시고 가다니?"

이맛살을 찌푸린 후버가 되물었다.

"부장님 말입니다."

"글쎄. 난 안 간다니까? 난 그자식이 오벌룸에 앉아 있는 걸 보면 기분이 더러워."

윌슨은 입맛을 다셨고 아놀드는 외면했다.

아놀드가 없었다면 후버는 오벌룸을 '오랄룸'이라고 불렀을 것이다.

르윈스키 사건 때문이다.

"부장님. 그래도……."

"비서실장한테 이야기했어, 내가 치과 치료를 받는다고."

"아, 예."

"클린턴한테 암살자 이야기는 말고, 타지크족을 연합시켜 탈레반을 견제

하는 중이라고 말해."

"예, 부장님."

"내가 몸이 아프냐고 묻거든 하루에 한 번씩 정식으로 침대에서 섹스를 할 정도라고 말해."

"……."

"오랄은 안 한다고."

"……."

"업무 시간에는 특히."

그때 윌슨이 헛기침을 하고 후버를 보았다. 지금까지는 외면하고 있었다.

"부장님, 오사마 빈 라덴은 어떻게 할까요? 대통령이 물어보실 것 같습니다."

"갓댐."

마침내 후버가 손을 뻗어 앞에 놓인 파이프를 쥐었다.

"이번 탈레반의 라바니 정권 붕괴에 오사마는 개입하지 않았지?"

후버가 묻자 아놀드가 대답했다.

"예, 오사마가 나타난 흔적은 없습니다. 그놈이 이끄는 알 카에다 조직이 개입한 것 같지는 않습니다."

"'같지는 않습니다.'란 말은 내 앞에서 쓰는 거냐?"

"죄송합니다, 부장님."

거구의 아놀드가 쩔쩔 매었다.

"주의 하겠습니다."

"그러니까 네가 부장보도 못 되고 보좌관을 하는 거야."

"저는 과장급으로 내려가서 다시 현장에서 뛰고 싶습니다."

후버가 파이프에 담배를 꾹꾹 눌러 담았다.

오사마 빈 라덴의 이름을 듣고 나서 심기가 뒤틀린 것이 분명했다.

오사마 빈 라덴은 사우디 출신의 테러리스트 지도자다. 오사마는 아프간에서 알 카에다라는 테러단을 조직하고 여러 번 테러를 일으켰다. 본래 알 카에다는 오사마가 아프간에 침략한 러시아군에 대항하기 위하여 만든 무장 단체였다. 그래서 미국은 당시의 알 카에다를 비밀리에 지원해주기도 했던 것이다. 1989년 소련군이 아프간에서 철수 후에 오사마의 알 카에다는 반미로 돌아선 것이다. 오사마가 탈레반 지도자 오마르를 지원하고 있었던 것은 분명했다.

고개를 든 후버가 윌슨과 아놀드를 번갈아 보았다.

"오사마, 그 선오버비치가 아프간에 있는 건 확실하지?"

"예."

아놀드가 먼저 대답했다.

"확실합니다. 북부의 산악지역에 은신하고 있습니다."

윌슨이 말을 이었다.

"알 카에다 세력은 많이 약화되어 있습니다. 오사마가 탈레반에게 자금 지원을 해줬겠지만 군사력을 보탤 형편은 아닙니다."

"그 개아들 놈을 찾아야 돼."

후버가 아놀드를 보았다.

"하카드 쪽에 연락해서 암살자한테 오사마를 찾는 책임을 줘. 잡으면 바로 죽여서 머리를 소포로 보내라고."

"예, 부장님."

후버의 시선이 윌슨에게 옮겨졌다.

"그, 오랄룸에 가서."

마침내 오랄룸이 입 밖에 나왔다.

"오랄룸 주인이 오사마에 대해서 묻거든 지금 수색 중이라고 해. 이번 그 애꾸눈 놈의 전쟁에는 그놈이 개입하지 않았다고 하고."

이렇게 회의가 끝났다.

"아비도스, 자넨 영웅이네."

고대형을 껴안았다가 풀어준 하카드가 엄숙한 표정을 짓고 말했다.

"이것은 우리 몇 명만 알고 있다는 것이 유감이야."

이곳은 하카드 군(軍) 진영인 바위산 안.

고대형은 족장의 동굴에서 부족의 원로와 지휘관들에게 둘러싸여 있다.

"소문이 퍼지면 안 되지요."

마판이 웃음 띤 얼굴로 말했다.

"암살자 명예는 비밀로 지켜져야 되니까요."

원로들과도 인사를 마친 고대형이 자리에 앉았다.

암살자가 명예로운 직책이라는 사실을 고대형은 이제야 알았다.

아랍 부족만의 특성인지도 모른다. 암살자를 '신의 사자'로 부르기도 했던 것이다.

부족장의 벙커에 둘러앉은 원로, 지휘관은 10여 명.

고대형이 마문을 암살하고 돌아왔다는 사실을 아는 사람들이다.

하카드가 입을 열었다.

"이보게, 아비도스. 카불에는 오마르가 들어가 전국에 계엄령을 선포하고 이곳 우리 구역에도 장관을 보낸다네."

하카드의 얼굴에 쓴웃음이 떠올랐다.

"탈레반 군(軍)은 보내지는 못하고 아래쪽 이스란에 관리들을 파견한다는 것이지. 라바니가 고용했던 놈들은 어느새 다 도망갔어."

148

탈레반 군(軍)으로 전국 각지를 다 통지할 수는 없는 것이다. 각 지역의 부족 군과 전쟁이 일어날 수도 있으니까. 그러니 탈레반 군(軍)은 카불을 중심으로 수도권만 방어하는 형태다. 라바니 정권도 그랬다.

그때 고대형이 입을 열었다.

"족장 각하, 이번 작전을 도와준 사람을 데리고 왔습니다."

이미 보고를 들은 터라 하카드는 고개만 끄덕였고 고대형이 말을 이었다.

"그 사람하고 이스란시에서 거주하고 싶습니다만."

"그러지."

말이 끝나기도 전에 하카드가 커다랗게 고개를 끄덕였다.

"이스란의 내 저택 하나를 주겠네. 그곳에다 하인과 하녀, 경비병 50명을 주지. 이번에 데려간 보칸을 50인장으로 승진시켜 경비 대장으로 보내겠어."

하카드가 말을 이었다.

"그렇군. 파룬도 10인장으로 승진시켜서 저택으로 보내지."

"고맙습니다, 족장 각하."

"그런데 결혼식을 해야 되지 않겠는가?"

하카드가 정색하고 묻는 바람에 당황한 고대형이 주위를 둘러보았다.

모두 얼굴에 웃음을 띠고 있다. 마판은 얼른 외면했지만 웃음을 참는 것이 분명했다.

"아닙니다. 아직 그럴 필요는 없습니다."

"하긴 요즘은 전시니까."

고개를 끄덕인 하카드가 말을 이었다.

"내가 자네 아내로 보내려고 여자 셋을 준비해놨는데 이번에 함께 데려가지 않겠나? 모두 가문이 좋고 교육도 잘 받은 데다 미인이라네."

"……."

"그리고 여자 아버지들이 자네라면 딸을 보내겠다고 환영했어."

"족장 각하, 저는 아직 준비가 덜 되었습니다."

"아내가 많다고 걱정할 것 없네. 한 달에 한 번씩만 잠자리를 해도 돼."

이야기가 딴 데로 갔기 때문에 고대형이 한숨을 쉬었고 그때 마판이 나섰다.

"아버님, 아비도스가 쉬어야 할 것 같습니다."

"그렇지."

하카드가 고개를 끄덕였다.

"오늘만 이곳에서 쉬고 내일은 저택으로 옮겨 가게. 그동안 다 준비해놓을 테니까."

오사마 빈 라덴은 1957년생이니 1996년 현재 39세. 그러나 이미 중동은 물론이고 세계적으로 테러리스트 명단에 오른 인물이다.

2미터 가까운 장신의 빈 라덴은 사우디 리야드에서 부유한 석유 재벌 가문에서 태어났다. 무함마드 빈 라덴의 10번째 부인 하이다 알마티스 사이에서 태어난 것이다. 하이다 알마티스는 2미터가 넘는 장신이며 빈 라덴의 키도 195센티가 넘는다. 그러나 체중은 75킬로 정도여서 호리호리한 편이다.

그 빈 라덴이 교외의 저택에서 하비브와 마주 앉아 양고기로 저녁을 먹고 있다.

이곳은 오마르가 빈 라덴에게 제공한 대저택. 라바니 정권의 총리가 살던 저택을 제공한 것이니 오마르의 빈 라덴에 대한 대우가 어느 정도인지 알 수 있는 예다.

어린 양고기를 뜯어 쌀밥과 함께 삼킨 빈 라덴을 보고 하비브가 웃었다.

"오사마, 당신은 채식주의자로 알려져 있습니다. 어떻게 된 거요?"

"채식주의자로 알려지면 분위기가 부드러워질 것 같아서."

"핫."

하비브가 소리 내어 웃었다.

"알 카에다의 지도자께서 분위기를 걱정하시는군."

"미국 놈과 유태인 놈들은 속아 넘어가지 않겠지."

빈 라덴의 얼굴이 갑자기 굳어졌다.

"이번에 탈레반이 아프간을 점령한 것이 우리들이 미 제국주의 놈들을 중동에서 몰아내는 계기가 될 것이오."

"알라 아크바르."

하비브가 두 손을 뻗으며 알라를 찬양했다.

"알라 아크바르."

빈 라덴이 따라서 찬양했을 때 하비브가 손을 물그릇에 씻으면서 말했다.

"오사마, 부탁이 있소."

"무슨 일이오?"

"미국의 암살자가 이곳에 들어와 있소."

"암살자가?"

"그렇소."

"카불에 말이오?"

"아니오."

정색한 하비브가 빈 라덴을 보았다.

"며칠 전 하스란 마문이 암살당했지 않소? 그것이 미국이 보낸 암살자 소행이오."

"분명하오?"

"5백 미터도 넘는 거리에서 하스란 마문과 두 원로, 쿠크드와 사이만까지 정확히 저격해 죽였소. 미국 암살자 아니고는 그런 일을 할 놈이 없소."

하비브가 번들거리는 눈으로 빈 라덴을 보았다.

"오사마, 오마르 지도자의 부탁이오. 그놈을 잡아주시오."

"해 드려야지."

선선히 고개를 끄덕인 빈 라덴이 말을 이었다.

"내가 수단에서 훈련시킨 알 카에다 암살팀이 있소."

"알고 있습니다."

"나는 이번 탈레반의 아프간 해방을 이용해서 알 카에다를 아프간에서 대폭 증강시킬 거요."

"그건 오마르 지도자께서 약속을 하신 일이오, 오사마."

"좋아. 그 암살자의 정보는?"

"하카드족."

하비브가 짧게 말했지만 빈 라덴이 깊게 고개를 끄덕였다.

검은 두 눈도 깊게 가라앉아 있다.

"내가 공주가 된 기분이네.

저택을 둘러보고 응접실로 돌아온 사일라가 활짝 웃었다. 가지런한 이가 드러났고 두 눈이 반짝였다.

오후 1시, 이스란 마을 북쪽에 위치한 저택 안이다.

이곳은 대지가 넓어서 3면은 아예 담장도 없다. 산과 맞닿아 있기 때문이다. 앞쪽은 비스듬히 내려가는 잔디밭이다. 오른쪽은 개울이 흐르고 왼쪽은 경사가 심한 골짜기여서 나무 담장은 앞쪽 좌우로만 1백 미터 가깝게 펼쳐졌을 뿐이다.

차로 국도에서 샛길로 들어와 5백 미터쯤 달린 다음 우측으로 꺾어지면 저택이 보이는 것이다. 저택 정면에서는 왼쪽 산비탈만 보인다. 2층 대저택은 왼쪽에 부속동까지 거느렸고 방이 35개 마구간에는 말이 15필이나 있다. 차고의 차는 승합차 2대까지 포함해서 8대. 그중 2대는 M-60 기관포를 장착한 무장 지프이다.

2층 응접실의 베란다로 나간 사일라가 아래쪽 잔디밭을 보았다.

올록볼록한 구릉으로 이어진 잔디밭 길이는 2백 미터 가깝게 된다. 그 잔디밭 중앙으로 구불구불 찻길이 저택 현관까지 이어졌다.

"영국의 왕궁에서 내려다보는 것 같아."

다시 사일라가 탄성을 뱉었을 때 참을 수 없어진 고대형이 다가가 사일라의 몸을 뒤에서 껴안았다. 사일라의 머리에 얼굴을 묻은 고대형이 말했다.

"사일라, 우리 호위병이 50명이야."

"알아, 여보."

"하인은 15명이고."

"그래, 여보."

"하카드는 우리가 여기서 계속 살아도 된다고 했어."

"당신이 말한 대로 여기서 자식 넷을 낳을 수 있어, 여보."

사일라가 뒤로 손을 뻗어 고대형의 머리칼을 쥐었다.

집 안이어서 사일라와 고대형은 히잡과 터번을 벗어놓고 있다.

사일라의 상반신이 펴졌고 고대형은 두 손으로 솟아오른 젖가슴을 움켜쥐었다.

사일라가 고개를 돌려 뭔가를 기다리는 표정을 짓더니 눈을 감는다.

고대형은 반쯤 벌어진 사일라의 입을 보았다.

오사마 빈 라덴에 의해서 창설된 알 카에다는 이슬람 근본주의 테러 단체다.

그러나 처음에는 아프간을 침략한 소련에 대항하기 위하여 창설된 지원 단체였다. 그것이 소련이 1989년 철군한 후에 반미 테러단체로 변질한 것이다. 빈 라덴은 철저한 반미·반유대주의자였다.

미국의 대 중동 정책의 바탕에는 아랍 민족을 정복하기 위한 전략이 숨어 있다고 확신했다. 그래서 미국의 어떤 정책, 원조, 대화도 믿지 않았다. 미국을 말살해야만 중동의 아랍 민족이 자유를 찾게 된다고 역설했다.

그리하여 끊임없는 투쟁, 즉 테러가 미국을 약화시키는 최선의 방법이라고 가르쳤다. 테러의 과정에서 어린애나 여자, 노약자가 희생되는 것도 전혀 개의치 않도록 교육시켰다. 신을 위한 성전인 것이다.

성전에서 죽는 것이 가장 영광이며 신의 축복을 받는 일이라는 것을 알 카에다 대원들은 믿게 되었다.

자파드 우디시, 알 카에다의 암살자다.

암살자는 성전(聖戰)을 가장 먼저 치르는 용사이며 신(神)의 대리인으로도 불리는 영광스러운 직책이다.

알 카에다는 지금까지 57명의 암살자를 배출했는데 모두 죽었다.

모두 자폭테러를 하거나 외로운 임무를 부여받고 암살자 임무를 완수한 것이다.

자파드 우디시는 36세, 알 카에다에 가입한 지 9년 만에 암살자로 임명되었다. 휘하에는 부하 7명이 따르고 있었으니 8명, 트럭의 짐칸에 타고 흔들리면서 달려가는 중이다.

백악관의 오벌룸, 빌 클린턴이 앞에 앉은 윌슨을 물끄러미 보았다.

좌우에는 국무장관 맥킨지, 국방장관 유진이 앉아 있다.

오후 3시 반.

"이봐요, 윌슨, 후버 씨는 아직도 치과 치료가 끝나지 않았소?"

"예, 각하."

윌슨이 정색하고 클린턴을 보았다.

"오늘은 가장 중요한 날입니다."

"뭔데?"

"임플란트 치아를 박는 날이거든요."

"그렇군."

"각하께 죄송하다는 말씀을 전하라고 했습니다."

"전쟁 때도 임플란트 한다고 휴전을 해야겠군."

그러면서 클린턴이 맥킨지와 유진을 보았지만 시선도 마주치지 못했다.

숨을 고른 클린턴이 물었다.

"그 오마르인지 아무리인지 애꾸 놈이 미국 시민 다섯 명을 이유도 없이 인질로 삼았어. 이건 호메이니보다 더 질이 나쁜 놈이야."

말이 길다 보니 과열된 냄비처럼 클린턴의 부아가 점점 끓어올랐다.

"그런데 우리 미국은 속수무책이라니? 그 엄청난 예산을 쓰고 있는 CIA에서도 해결책이 당장 없다니, 이게 말이나 되는 소리야?"

윌슨이 탁자에 시선을 준 채 숨만 쉬었고 클린턴의 목소리가 '오랄룸'에서 더 높아졌다.

"남자 셋, 여자 둘, 모두 관광객이야. 그중 여자 하나는 임신 중이야. 그놈들은 임산부를 반역죄로 유치장에 넣었다고!"

그때 윌슨이 고개를 들었다.

"각하, 탈레반 정부의 의도를 파악 중입니다. 며칠만 기다려 주십시오."

클린턴의 어깨가 들썩이는 것은 호흡을 고르는 것이다.

3일 전, 탈레반이 아프간 정부를 전복시킨 다음 날, 카불에 있던 미국인 5명을 반역죄로 체포한 것이다. 그런데 미국인 5명은 관광객이 아니었다. 관광 비자를 받고 카불에 머물고 있었지만 CIA 요원이었던 것이다.

라바니 정권에 협조하고 있다가 탈레반에 잡힌 것인데 누가 밀고를 한 것이 분명했다.

그때 클린턴이 입을 열었다.

"여론이 CIA의 무능을 떠들기 시작했고 결국 그 책임은 CIA에 휘둘린 채 방관하고 있던 나에게 돌아올 거야, 윌슨 씨."

클린턴은 영리한 인간이다. 전임 부시는 게임이 안 될 만큼 치밀하고 앞을 내다본다.

윌슨의 시선을 받은 클린턴이 쓴웃음을 지었다.

"후버 씨한테 전해, 임플란트로 때울 일이 아니라고. 다음에는 얼굴 보자고."

"다섯을 처치하겠군."

윌슨의 보고를 받은 후버가 책상 위에 두 손을 깍지 끼면서 말했다.

백악관에서 3블록밖에 떨어지지 않은 이스턴호텔의 객실 안, 후버가 이곳에서 윌슨을 기다리고 있었던 것이다.

윌슨이 고개를 들었다

"부장님, 무슨 말씀이십니까?"

"그 애꾸눈 놈이 다섯 명을 처형할 것이라고 했어."

"아무리 괴팍한 놈이라고 해도 그럴 수 있겠습니까?"

"오마르는 그들을 반역범이라고만 했어. 그 이유를 아나?"

"자백을 시키려는 것이지요. 탈레반 놈들의 전형적인 수법입니다."

"갓댐. 아마 견디지 못할 거다."

후버가 눈앞의 파이프를 노려보며 말했다.

"이미 그놈들은 다섯 명이 CIA 요원인지를 알고 있는 거야."

그렇다. 라바니 정권에서 그 요원들과 함께 일했던 자들이 자수하면서 불었을 것이다. 교활한 오마르는 일단 반역범으로 체포해놓고 TV에 그들이 CIA 요원이라고 자백하는 것을 전 세계에 방영하려는 것이다.

고개를 든 후버가 얼굴을 일그러뜨리며 웃었다.

"저기 오랄맨도 그 다섯이 CIA 요원인 줄 알고 있을 거다. 옆에 있던 맥킨지, 유진, 그 개아들 놈들도."

"……."

"국방부 기밀팀, 국무부 작전팀도 라바니 정권과 인연을 맺고 있었으니까 아마 오랄맨한테 이야기해줬을 수도 있지."

"그래서인지 둘은 입만 딱 다물고 있었습니다."

"이번 사건이 끝나면 그 두 놈의 약점 하나씩 꺼내서 언론에 흘리도록."

"예, 부장님."

"그래서 오마르가 그 다섯을 처형하는 거야."

다시 후버가 혼잣소리처럼 말했는데 두 눈이 번들거리고 있다.

숨을 들이켠 윌슨이 주위부터 둘러보았다.

방 안에는 둘뿐이다. 이곳을 도청할 인간은 이 세상에는 없다.

그때 후버가 입술도 달싹이지 않고 말을 이었다.

"그들이 자백하기 전에 오마르가 처형하는 거야."

자, 이게 말이 되는 소리인가?

다음 순간 윌슨이 숨을 들이켜면서 어금니를 물었다.

"하카드족이 대단하군."

우디시가 이 사이로 말했다.

일행 8명은 하카드령으로 들어와 산을 타고 이스란 마을로 접근하는 중이다.

오후 3시, 산 중턱에서 내려다본 하카드 서북방 구역은 다른 부족과는 달랐다. 도로는 깨끗하게 정비되었고 길가의 검문소는 그 자체가 진지다.

그 소문을 들은 우디시는 하카드 구역을 길 따라 가지 않고 인적이 없는 산길을 지름길로 주파하고 있다. 산 중턱에서 쉬는 우디시 일행은 모두 하카드족 차림이다.

하카드족 인구는 2백만이다. 아프간 4천만 인구의 27퍼센트인 1천여만 명을 차지하는 타지크 부족 중 가장 인구가 많다. 타지크 부족은 다시 15개의 가문으로 나뉘어졌기 때문이다.

그때 우디시의 옆으로 한타이가 다가왔다.

"대장, 타르곤을 척후로 보내겠습니다. 이스란 마을에 다녀오려면 만 하루는 걸리겠는데요. 그 이상이 될지도 모릅니다."

"그러더라도 보내야지."

우디시의 목소리는 마치 철판을 송곳으로 긁는 것 같다.

한타이의 뒤로 타르곤이 다가왔다.

타르곤은 이스란 마을에서 3년간 산 적이 있는 파슈툰족이다. 그 후로 알 카에다에 가입한 것이다.

우디시가 타르곤에게 말했다.

"타르곤, 암살자가 이스란에 있다면 소문이 났을 거다. 암살자 소문은 퍼지는 법이야."

타르곤이 눈만 껌벅였고 우디시가 말을 이었다.

"네가 아는 놈이 대장간의 하인이라고 했지?"

"예, 그놈은 하카드족도 아닙니다. 우즈베크족이에요."

"그놈한테 이걸 줘라."

우디시가 주머니에서 꺼낸 달러를 내밀었다. 구겨지고 때가 묻은 100불짜리 지폐 4장이다.

타르곤이 숨을 들이켰다.

이 돈이면 대장간 하인의 3년 임금은 될 것이다. 이 돈이면 자립해 나갈 수도 있다. 이 돈의 절반이면 집 한 채를 산다. 이 돈이면 양을 50마리쯤 산다.

지폐를 두 손으로 받아 쥔 타르곤이 말했다.

"이 돈이면 제 아비도 팔아먹을 겁니다."

"아니, 짐."

놀란 고대형이 눈을 크게 떴다.

하카드의 진지 안.

마판이 만나자는 연락을 해서 마판의 동굴 방 안으로 들어섰던 고대형이다.

"형."

지미가 두 손을 벌리면서 다가왔다, 뒤쪽에는 마판이 웃고 서 있고.

"이게 웬일이야?"

오후 5시.

부둥켜안은 둘이 아랍 식으로 뺨을 세 번 비비는 인사를 마치고 나서 때

어졌다.

"형, 네 공로도 치하할 겸 온 거야."

"언제 왔는데?"

"한 시간쯤 전에."

둘은 마판과 함께 땅바닥의 양탄자 위에 앉았다.

마판이 설명했다.

"지미 님은 이곳에서 30킬로 떨어진 사카르마 골짜기까지 헬기로 오셨기 때문에 우리가 차로 모시고 온 거야."

"갓댐."

이맛살을 찌푸린 고대형이 지미를 노려보았다.

"내 공로를 치하하려고 헬기가 격추당할 위험을 무릅쓰면서 오다니."

"저공으로 날아오면 돼."

어깨를 으쓱해 보인 지미가 쓴웃음을 지었다.

"이쯤은 일도 아냐. 난 러시아가 아프간을 점령했을 때도 수십 번 날아왔어."

"갓댐. 와줘서 고맙군."

눈을 가늘게 뜬 고대형이 지미에게 손을 내밀었다.

"자, 그럼 내놔."

손바닥이 지미 코밑에까지 올라갔다.

지미가 고대형의 손바닥을 보더니 입맛을 다셨다.

"뭘 내놓으라는 거야?"

"공로를 치하하려고 왔다면서?"

"그래. 그것도 그렇고……."

"훈장은 필요 없고, 포상금은 받겠어."

160

마판이 빙글빙글 웃었고 지미가 한숨을 쉬면서 일어섰다.

"마판 씨, 잠깐 둘이 할 이야기가 있는데."

"아, 그럼 내가 자리를 비켜드리지."

마판이 자리에서 일어서더니 고대형을 향해 한쪽 눈을 감아보이고는 방을 나갔다.

방에 둘이 남았을 때 어깨를 늘어뜨린 고대형이 지미를 보았다. 어느덧 얼굴이 찌푸려져 있다.

"또 작전이냐?"

"응. 이번에는 심각해. 그런데……."

지미가 지그시 고대형을 보았다.

"마문 구역에서 여자를 데려왔다면서?"

"마판한테서 들었나?"

"그래. 그 여자하고 저택에서 산다고?"

"하카드족이 포상을 해준 거야. 그런데 CIA는 뭘 해주려는 거야?"

"이런."

입맛을 다신 지미가 다시 고대형을 보았다.

"소문이 쫙 퍼지겠는데."

"무슨 소문?"

"너 소문 말야. 암살자가 여기서 살림 차렸다는 소문. 그게 애꾸눈 오마르한테도 들어갈 것이라고."

"내가 암살자인지 어떻게 알고? 난 마판의 친구야. 카이로에서 만난 친구라고."

"그런데 형."

지미가 상반신을 굽혔다.

"내가 여기 온 건 네 새 임무 때문이야."

"그럴 줄 알고 있어. 말해."

"즉시 카불로 떠나야 돼, 형."

"카불로?"

이맛살을 찌푸린 고대형에게 지미가 목소리를 낮췄다.

"내가 조수 둘을 데려왔어. 파키스탄 출신의 CIA 요원이야. 둘 다 카불에서 근무한 놈들이라 지리에 익숙하고 훈련을 받은 정예 요원이지."

"……"

"하지만 암살자 역할은 못 해. 네 보조 역할이지."

"누굴 죽이라는 거야? 애꾸눈 오마르?"

"좀 어려워."

"말해."

"5명이야."

"갓뎀."

"그 5명이 CIA 요원이라고."

"무슨 말야?"

"지금 오마르가 포로로 잡고 있는데 시간이 지나면 우리가 곤란해져."

지미가 말을 이었다.

"고문을 당하고 자백을 하기 전에 우리 손으로 죽여야 돼. 빼내기는 불가능하니까."

"……"

"오늘 밤에 카불 근처까지 헬기로 데려다 주겠네. 거기서부터 아크란, 조나시의 안내를 받아서 카불로 진입하게."

"갓뎀. 오늘 밤이야?"

"시간이 없어, 형. 12시에 출발이야."

지미가 번들거리는 눈으로 고대형을 보았다.

"특급 작전이야. 그래서 헬기까지 투입했어. 미사일 방공망을 피해서 저공비행으로 갈 거네."

"이번 작전까지 보상은 얼마나 줄 건데? 그것부터 말해 봐."

고대형이 똑바로 지미를 보았다.

"내가 CIA 요원이냐? 너희들이 고용한 암살자 보수를 받아야겠다."

"나, 작전 지시를 받았어."

저택으로 돌아온 고대형이 말했을 때 사일라가 시선을 돌렸다.

얼굴에 떠 있던 웃음기가 순식간에 지워졌다.

오후 7시 반, 고대형은 방금 산속의 진지에서 돌아왔다.

"무슨 작전?"

사일라의 목소리가 낮아져 있다.

"여길 떠나야 돼요?"

"아니, 나만. 잠깐, 며칠간인데……."

더듬거렸던 고대형이 정색하고 사일라를 보았다.

"사일라, 넌 여기서 보칸이 지켜줄 테니까 오히려 더 안전해."

"……."

"난 오늘 밤 12시에 출발이야."

"어디로?"

"그건 말할 수 없어, 사일라."

"……."

"넌 걱정하지 않아도 돼. 그리고 여기."

고대형이 헝겊 가방을 탁자 위에 놓았다.

커다란 헝겊 가방이 무겁게 놓였다.

"여기 175만 불이 들었어, 현금이야."

"……."

"사일라, 이걸 갖고 있어, 네 돈이니까."

"……."

"무슨 일이 있으면 마판이 연락해주겠지만 이걸 갖고 떠나."

사일라의 시선을 받은 고대형이 빙그레 웃었다.

"곧 돌아오겠지만 말야."

고대형이 웃음 띤 얼굴로 돈 가방을 보았다.

"내가 이렇게라도 해놓고 가야 마음이 놓여서 그런다, 사일라."

사일라는 아무 말도 하지 않았다.

밤 12시.

산속 바위 동굴에서 깜박 잠이 들었던 우디시는 좌측 어둠 속에서 울리는 헬기의 로우터 소음에 눈을 떴다. 거리는 3킬로쯤 되는 것 같다.

식별등도 켜지 않은 헬기가 저공으로 날아가고 있다. 산 중턱에 있는 우디시의 위치보다 낮은 고도다.

이윽고 헬기는 서쪽 방향으로 향하더니 곧 소음이 들리지 않았다.

헬기 안.

받침대에 등을 붙이고 앉은 고대형이 앞쪽의 아크란과 조나시를 보았다.

둘은 터번에 쑴 차림으로 허접한 양복저고리, 그 위에 거적 같은 망토를 걸쳤다. 수염투성이 얼굴. 옆에는 AK-47이 놓였고 각각 커다란 보따리가 있다. 탈레반 군 차림이다. 그들의 눈에 보이는 고대형도 마찬가지일 것이다.

고대형이 고개를 돌려 헬기의 작은 창으로 어둠에 덮인 창밖을 보았다.

저공으로 골짜기 사이를 빠져 나가고 있어서 희뜩한 바위산이 부딪칠 것처럼 스치고 지나간다.

고대형의 눈앞에 문득 사일라의 얼굴이 떠올랐다. 사일라는 전쟁을 겪는 아프간 여자답게 의연했다. 처음에는 놀랍고 불안한 기색이었다가 곧 고대형의 짐을 꾸리는 것을 도와주었다. 평상시처럼 행동했다. 떠나기 전에 고대형이 허리를 안고 끌어 당겼더니 주춤하다가 목을 감아 안았다.

"잘 갔다 와요."

낮게 그러나 분명하게 말한 사일라가 먼저 몸을 떼면서 똑바로 고대형을 보았다.

"내 걱정은 말고."

정색한 얼굴이었는데 웃으려다가 못 한 것 같다, 입술 끝이 떨리는 것을 보니까.

"만스키, 요즘 여긴 어떠냐?"

타르곤이 묻자 만스키가 쓴웃음부터 지었다.

"대장간 일거리가 좀 늘었지."

"일거리가 늘었다는 것이 이 꼴이야?"

방 안을 둘러보는 시늉을 하면서 타르곤이 물었다.

이곳은 만스키의 안방이다.

"여긴 거지 굴 같다."

"집도 없이 떠도는 네 놈보다는 낫지."

이번에는 만스키가 타르곤의 옷차림을 훑어보며 말했다.

타르곤은 거지 행색이다.

"그동안 파키스탄에 있었다고?"

"거긴 여기보다는 나았지만 이번에 카불에 가서 일자리를 잡을 거다."

"넌 파슈툰이지만 탈레반이 될 놈은 못 돼."

기름등 아래에서 둘은 흙벽에 기대앉아 있다.

밤 12시 반.

오후 8시가 다 되어서 찾아온 타르곤이 양고기를 3근이나 사들고 왔기 때문에 둘은 고기를 삶아 먹고 나서 지난 이야기를 하는 중이다. 만스키와 헤어진 지 6년이 지났지만 사는 것은 똑같다.

그때 타르곤이 물었다.

"여기는 카불 정권이 바뀌었는데도 괜찮냐? 마문 족장이 암살당했다고 하던데, 혹시 여기서 암살자를 보낸 거 아냐?"

"큰일 날 소리."

주위를 둘러본 만스키가 목소리를 낮췄다.

"너하고 난 이민족이야. 말조심해, 타르곤. 하카드족 사람들이 알면 우리를 간첩 취급하게 될 거다."

"젠장. 우리끼리 이야기하는데 어때?"

"너 혹시 탈레반 정보원 아니냐?"

만스키가 눈을 가늘게 뜨고 타르곤을 보았다.

"갑자기 탈레반이 라바니 정권을 뒤집었을 때 여기 나타나다니. 그것도 아무도 모르게 나한테 말야."

"그럼 고발할래?"

"누구한테 고발해? 하카드 족장한테?"

만스키가 제 말에 제가 대답했다.

"난 우즈베크족이야. 타지크족한테 충성할 이유는 없어."

"그렇지."

고개를 끄덕인 타르곤이 말을 이었다.

"이제 파슈툰은 탈레반 세상이야. 하카드가 우리를 어떻게 할 수 없다고."

"너 진짜 여기 뭐 하러 온 건데?"

그때 타르곤이 낮게 물었다.

"여기, 무슨 소문 없냐? 마문 족장이 암살당한 이야기, 또 다른 이야기라도."

그러면서 타르곤이 주머니에서 100불짜리 지폐 3장을 꺼내 만스키에게 내밀었다.

"만스키, 너한테는 털 하나도 해를 입히지 않는 일이야. 너도 앞뒤 분간은 잘 하는 놈이니까, 알겠지?"

"그럼 그렇지."

달러를 가로채듯 받은 만스키가 누런 이를 드러내며 웃었다.

"암살자가 마을 위쪽 부족장의 저택에 살고 있다는 소문이 났어."

"암살자가?"

"그래, 공주 같은 여자 하나를 데리고. 거기에 50인장 부하가 50명을 거느리고 경계를 서."

"그 암살자가 마문을 죽인 거야?"

"마문이 죽고 나서 나타났으니까. 그러고 나서 그런 대우를 받으니까 당연하지."

"그렇군."

"그 암살자가 마문의 트럭을 강탈했다는 소문도 돌더군. 어쨌든 저택에 사는 암살자는 이곳 하카드족의 영웅이야."

"흠."

"그런데 넌 파슈툰 정보원이냐?"

"뭐, 그런 셈이지."

"나도 너하고 같이 일할 수 없을까?"

"봐서."

타르곤이 엉거주춤 자리에서 일어섰다.

"내가 다시 찾아오마, 만스키."

카불 서북쪽 5킬로 지점의 골짜기에 셋을 내려놓은 헬기는 다시 왔던 길로 돌아갔다.

셋은 서둘러 현장을 떠났는데 카불 교외의 창고 건물 앞에 도착했을 때는 오전 3시 반이 되어갈 무렵이다.

"이곳은 러시아군이 창고로 사용하던 건물인데 비어있지요. 여기서 오늘 밤을 지내는 것이 낫겠습니다."

아크란이 말하더니 앞장서 다가갔다.

"군 감옥으로 쓰였기 때문에 라바니 정권에서 방치해 둔 건물이었지요."

시멘트로 지어진 건물은 낡았지만 단단했다.

어둠에 덮인 건물의 계단을 올라가 2층의 방으로 들어간 셋은 배낭을 내려놓았다.

그때 고대형이 말했다.

"인질이 있는 곳을 알아내야 돼. 그것이 급선무야."

"우리 둘이 지금 시내로 나가보겠습니다, 대장님."

옷차림을 매만지면서 조나시가 말했다.

"위성으로 분석한 결과 인질이 잡혀 있을 가능성이 있는 곳 3개를 다 체크해볼 계획입니다. 시내에 협조자가 있으니까 오늘 중으로 끝내지요."

"나도 같이 갔으면 좋겠는데 방해가 될 것 같군."

"대장께선 작전을 지휘하시면 됩니다."

둘은 카불에서 라바니 정권과 협조했던 요원들이다.

둘이 방을 나갔을 때 고대형이 벽에 등을 붙이고 앉았다.

계단을 내려가는 둘의 발자국 소리가 그쳤고 2층 건물은 정적에 덮였다. 외딴 곳에 위치한 건물이어서 소음도 들리지 않는다. 밋밋한 골짜기 안에 외롭게 세워진 건물은 흉가 분위기다.

그러나 지친 고대형은 머리를 벽에 붙인 채 잠이 들었다.

잠이 들자마자 눈앞에 사일라가 떠올랐기 때문에 고대형의 얼굴이 편안해졌다. 사일라, 기다려라, 곧 갈 테니까.

"암살자가 저택에 있단 말이지?"

우디시가 확인하듯 묻자 타르곤이 고개를 끄덕였다.

"예, 대장님. 제가 저택 앞까지 다녀왔습니다."

오전 9시 반.

마을에서 돌아온 타르곤이 우디시에게 보고를 하고 있다.

바위틈에 둘러앉은 대원들의 시선을 받은 타르곤이 말을 이었다.

"저택은 50인장이 지휘하는 경비대가 주둔하고 있습니다. 하지만 워낙 넓어서 담장도 없습니다."

우디시의 얼굴에 웃음이 떠올랐다.

"오늘 밤에는 내가 정찰을 나가보도록 하지."

암살대 8명이 마을로 내려간다면 아무리 위장을 잘 한다고 해도 위험하다.

우디시가 바로 결정했다.

"당분간은 이곳에 머물면서 상황을 체크하겠다."

오후 4시가 다 되었을 때 시내로 나갔던 아크란이 돌아왔다. 혼자다.

"대장, 집을 얻었습니다."

아크란이 앉지도 않고 고대형에게 말했다.

아크란은 등에 메고 나갔던 배낭도 풀어놓고 맨몸으로 돌아왔다.

"조나시가 집을 지키고 있습니다."

고대형의 배낭에는 드라구노프 저격 총이 분해되어 있는 데다 자동 소총도 들어 있어서 부피가 크다.

아크란이 짐을 나누면서 말을 이었다.

"포로는 시장 옆 군 감옥에 있는 것 같습니다. 방위군 사령부 건물인데 지나면서 보니까 탈레반 군이 버글거렸는데 오히려 침투하기에는 더 나을 것 같았습니다."

고개를 끄덕인 고대형이 발을 떼며 말했다.

"빠를수록 우리도 이롭다, 시간이 지나고 질서가 잡히면 어려워질 테니까."

앞장 서 계단을 내려가면서 아크란이 대답했다.

"그런데 우리 셋으로 너무 적습니다, 대장. 최소한 3개 팀 정도는 있어야……."

"갓댐."

고대형이 짧게 웃었다.

"아크란, 이런 경우는 많을수록 힘들어. 셋이면 충분해. 지형만 알게 되면 나 혼자 침투할 거다."

"그건 안 됩니다. 사진까지 찍어야 되니까요. 내가 그 임무를 맡았습니다."

건물을 나온 둘은 서둘러 황무지를 걷는다.

둘은 파슈툰 농민 차림으로 거지꼴이다. 발에도 타이어를 잘라서 만든 샌들을 신었고 낡고 더러운 쑵이 발등까지 내려왔다. 등에 멘 배낭은 낡았고 고대형은 마른 나뭇가지 뭉치까지 얹어놓았다. 이곳에서는 불을 일으키는 마른 잔가지가 귀하기 때문이다.

그때 뒤를 따르던 고대형이 혼잣소리처럼 말했다.

"아크란, 우리가 포로와 함께 폭사하는 것이 최선책이야."

아크란은 잠자코 걸었지만 두 발짝 앞이다.

고대형이 말을 이었다.

"본부에서 왜 우리 셋만 보낸 줄 아나? 그건 우리 셋의 임무가 성공하더라도 살아서 돌아올 가능성이 없도록 만든 거야."

"……."

"아크란, 가족 있나?"

"폐샤와르에 처와 딸 둘이 있지요."

아크란이 앞을 향한 채 대답했다.

"내 처는 파키스탄인입니다. 시아파 회교도고요."

"난 이스란시에 여자를 두고 왔어."

"압니다."

"난 아마 그 여자한테 다시 돌아갈 수 없을 것 같아."

"저도 처한테 통장하고 계좌번호, 다 주고 왔습니다. 연금 수령 절차까지 자세히 알려줬지요."

아크란의 목소리는 의외로 가볍다.

"조나시는 제 처와 애인한테까지 균등하게 나눠주고 왔더군요. 연금은 캘리포니아에 있는 어머니가 받도록 했답니다."

"갓댐."

어깨를 부풀린 고대형이 투덜거렸다.

"우리 머리 위에서 내려다보고 있는 놈들의 뒤통수를 치고 싶군."

4장 카불함락

카불 시내는 아직도 혼란 상태였다.

점령한 지 일주일밖에 되지 않았기 때문에 거리에는 라바니 정부의 군인도 돌아다니고 있다. 항복한 정부군 일부는 석방했고 일부는 탈레반 군에 편입시켰다.

거리에는 통행인이 많았는데 생필품을 구입하려는 군상들이다. 탈레반 군이 탄 트럭과 무장 지프가 오갔고 가끔 일반 차량도 남녀를 가득 태우고 달린다. 길가에 검문소가 세워져 있었지만 병사들은 검문을 하지 않는다. 총을 거꾸로 멘 채 얼쩡거리고만 있다.

인파 속에 묻힌 둘을 주목하는 사람은 아무도 없다.

"대장, 어서 오십시오."

기다리고 있던 조나시가 고대형을 맞았다.

이곳은 카불 중심부의 주택가, 정원까지 딸린 2층 벽돌 저택이다.

그런데 조나시의 뒤에 사내 하나가 서 있다. 수염이 무성한 파슈툰족 차림의 사내.

그때 조나시가 사내를 소개했다.

"프라카디입니다. 미곡상으로 라바니 정권 때 저하고 같이 일했지요."

정보원이었다는 말이다.

사내가 악수를 청하지도 않고 고개를 숙여 인사를 했다.

악수는 윗사람이 먼저 손을 내미는 것이 예의다.

이미 아크란한테서 이야기를 들은 고대형이 물었다.

"프라카디 씨, 우리 때문에 곤란해지지 않겠소?"

"저도 곧 떠날 겁니다."

프라카디가 웃음 띤 얼굴로 말을 잇는다.

"지금 차편을 알아보는 중이라서요."

"가족은?"

"먼저 보냈습니다."

저택 안으로 들어서면서 고대형이 고개만 끄덕였다.

재산을 싣고 가려는구나.

저택은 방이 6개나 있는 데다 욕실도 세 곳이 갖춰졌다.

주택가여서 주위는 조용했는데 저녁 무렵이 되자 드문드문 불이 켜지기 시작했다. 사람들이 살고 있는 것이다.

프라카디가 설명했다.

"이곳은 부유층 지역이어서 절반은 해외나 지방으로 도피했습니다."

베란다에 선 프라카디가 고대형을 보았다.

"이제 탈레반이 곧 이곳을 집중적으로 검문하고 주민을 끌고 가겠지요."

"시간이 없군."

"예, 앞으로 3, 4일이 한계입니다. 그동안에 빠져 나가야죠."

작전도 그 안에 마쳐야 될 것 같다.

밤, 하카드 부족의 이스란 마을.

북쪽 산기슭에 선 우디시가 아래를 내려다보았다.

저택에서 불빛이 새어 나오고 있다. 좌로 길게 뻗은 저택의 창문 8개에서 불빛이 나온다.

이 층 3개, 아래층 5개, 그 밖의 창문은 어둡다. 그리고 저택 우측의 부속 동은 길이가 30미터쯤의 단층집이었는데 창문 4개가 다 불이 켜졌다.

맨 위쪽 저택 정문의 경비실에도 불, 얼핏 봐도 경비원이 수십 명인 구조다.

한참 동안 아래를 내려다보던 우디시가 옆에 엎드린 한타이에게 적외선 망원경을 건네주었다.

"암살자 놈은 이 층에 있겠지?"

"이 층 왼쪽에서 두 번째, 불이 꺼진 방이 침실 같습니다."

망원경을 눈에 붙인 한타이가 말했다.

지금은 밤 9시 반, 아직 침실에 들어갈 시간은 아니다. 아마 불이 켜진 그 옆쪽 거실이나 식당 쪽에 있을 것이다.

이곳에서 저택까지의 거리는 1,500미터 정도. 저격 총을 겨누고 기다릴 수만은 없다.

낮에는 이곳이 발각될 가능성이 많은 데다 조건도 나쁘다.

누가 구경거리도 없는 이쪽을 보려고 뒤쪽 창에 몸뚱이를 내놓겠는가?

"경비병 배치 현황을 체크해."

우디시가 지시했다.

"3면의 지형도 살펴보도록."

오늘 밤의 임무다.

밤 10시 반이 되었을 때 아크란이 사내 하나를 데려왔다. 시내에 나가서 데려온 것이다. 사내 이름은 무크타리. 라바니 정권 때부터 CIA에 협조한 카불 경찰국 간부다.

얼굴이 수염으로 뒤덮여서 유인원 같은 무크타리가 고대형에게 말했다.

"포로 5명은 이미 자신들이 CIA 요원이라고 자백했습니다. 경찰국 안에 소문이 다 났습니다."

무크타리가 번들거리는 눈으로 고대형을 보았다.

무크타리는 쑵에 낡은 터번, 망토를 두르고 있었는데 소매에는 검정색 완장을 찼다. 탈레반이라는 표식이다.

등에 AK-47을 메고 왔는데 허리에 찬 탄띠에는 30발 탄창을 4개나 찼다. 무장하고 다니는 것이다.

저택의 응접실 안에는 넷이 둘러앉아 있다.

주위를 둘러본 무크타리가 말을 이었다.

"예행연습까지 했다고 합니다. 이번에는 녹음 영상을 보내는 게 아니라 생방으로 전 세계에 방영한다는군요."

"갓댐."

아크란이 탄식하면서 물었다.

"무크타리, 그게 언제요?"

"이틀 후, TV 방송국이 파괴되어서 그때 복구되니까요."

"지금 어디에 있소?"

조나시가 묻자 무크타리가 힐끗 아크란을 보았다. 그러자 아크란이 고대형에게 몸을 돌렸다. 그때 아크란이 말했다.

"대장, 제가 무크타리에게 정보비로 1만 불을 약속했습니다."

"주지."

고대형의 눈짓을 받은 조나시가 침실로 들어가 배낭 안에서 1만 불 뭉치 하나를 꺼내와 탁자 위에 놓았다. 돈 내려놓는 소리가 둔탁하게 들리는 것은 모두 숨을 죽이고 있기 때문이다.

그때 고대형이 돈뭉치를 눈으로 가리키며 말했다.

"무크타리, 포로는 방송국으로 옮겨지겠지?"

"예, 생방 당일 날 옮겨지겠지요."

무크타리가 바로 대답했다.

"방송국 평면도를 갖다 드리겠습니다."

경찰 간부인 무크타리는 고대형 팀의 목적을 아는 것이다. 군말이 필요 없다.

고개를 끄덕인 고대형이 다시 물었다.

"방송국에 들어갈 방법이 없나?"

무크타리가 고개를 기울였다가 대답했다.

"우리 경찰로 위장하면 되겠지요. 내가 기동 경찰차를 가져오는 것이 낫 겠습니다."

"그렇군."

아크란이 고개를 끄덕였다.

"기동 경찰 전투복까지 입으면 좋겠는데."

그때 고대형이 무크타리에게 물었다.

"기동 경찰차와 기동 경찰 전투복 3벌까지 가능한가?"

"내일 아침에 처자식 넷을 파키스탄 쪽으로 출발시킬 겁니다."

고대형의 시선을 받은 무크타리가 이를 드러내고 소리 없이 웃었다.

"그리고 내가 직접 운전해서 방송국에 진입시켜 드리지요. 옷도 준비해 오겠습니다."

"좋아."

"그 대가로 1만 불을 더 주십시오."

"주지."

고대형이 고개를 끄덕였다.

"우리를 방송국 안에 넣어주면 그 자리에서 1만 불을 주겠네."

"좋습니다."

무크타리의 검은 눈동자가 똑바로 고대형을 보았다.

"난 돈을 받고 나가겠습니다. 내 일은 방송국 안에 넣어드리는 것으로 끝나는 겁니다."

"그래. 그것으로 당신 일은 끝이야."

고대형이 말을 이었다.

"기동 경찰차는 방송국에서 가까운 거리에 세워두게. 그것까지 해주겠나?"

"좋습니다. 그게 이틀 후가 되겠지요?"

무크타리가 다시 웃었다.

"돈은 방송국 안에서 받는 조건입니다."

"내일 오후에는 방송국에 들어가서 대기하고 있어야 되겠어."

"알겠습니다. 내일 오후 1시까지 다시 오겠습니다."

그러고는 무크타리가 자리에서 일어섰다.

"일이 잘 풀리는 것 같은데요."

무크타리를 보내고 돌아온 아크란이 말했다.

"무크타리는 탈레반에 내통해서 경찰 내부의 정보를 넘겨주었지만 곧 CIA 정보원이었다는 것이 탄로 나게 될 겁니다."

아크란이 고개를 저었다.

"탈레반 정권에서 배겨날 수 없다는 것을 알고 있는 겁니다."

"여기서 우리를 배신했다가는 파키스탄에서 참혹한 꼴을 당하게 되리라는 것도 알겠지?"

고대형이 묻자 아크란이 쓴웃음을 지었다.

"가족들을 페샤와르의 CIA 안가로 보낼 테니까 배신할 처지가 못 됩니다."

그 시간에 탈레반 지도자 물라 모하메드 오마르가 알 카에다의 지도자이며 오마르의 후원자인 오사마 빈 라덴과 회담을 하고 있다.

장소는 카불의 대통령 관저 응접실, 10일 전만해도 라바니 대통령이 거주하던 장소다. 배석자는 오마르의 측근 하비브 하나뿐이다.

오마르가 빈 라덴에게 말했다.

"오사마, 이틀 후에 방송국이 개통되면 그 CIA 놈들의 자백이 전 세계에 생방송으로 나갈 거요. 미국 놈들이 아랍 세계를 멸망시키려고 어떤 공략을 하고 있었는지 세계 인민들이 알게 될 겁니다."

오마르의 한쪽만 남은 눈이 번들거렸다.

실명한 눈은 검은 안대로 가려서 더욱 강렬한 인상이다.

"그놈들한테 원고를 써서 외우도록 했는데 이젠 줄줄 외웁니다."

"그건 미국 비행기 1대를 폭파시킨 것보다 더 위력적인 사업입니다."

빈 라덴이 이를 드러내고 웃었다.

"오마르, 그것으로 당신의 명성을 세계에 떨치게 될 겁니다."

"오사마, 내가 당신과 비교가 되겠소? 당신은 이미 아랍의 영웅이오."

"아니. 나는 암살대 지휘관으로 만족합니다, 오마르."

"오사마, 이제 내가 아프간을 통치하게 되었으니까 당신의 알 카에다 조직이 이곳에서 증강되도록 적극 후원할거요."

"고맙습니다, 오마르."

고개를 끄덕인 빈 라덴이 하비브를 보았다.

"내 암살자 하나가 하카드 가문에 내려간 미국 놈의 대리인을 처리해드릴 겁니다."

암살자는 영웅이니까 아무나 못 쓴다.

다음 날 오후 3시가 되었을 때 저택 앞으로 기동 경찰 마크가 붙은 경찰차가 다가왔다. 7인승 승합차로 지붕에는 경광등이 붙여져 있다.

곧 대문이 열리면서 경찰차는 저택 마당으로 들어와 멈춰 섰다. 차에서 내린 경찰 간부 차림의 사내는 무크타리다.

무크타리는 별이 달린 제복 차림에 허리에는 권총을 찼는데 잘 어울렸다. 당연히 실제로 경찰 간부였으니 잘 어울릴 수밖에.

"안에 제복과 신발까지 가져왔습니다."

무크타리가 눈으로 차 안을 가리키며 말했다.

"만일의 경우에 대비해서 사진 없는 기동 경찰 신분증도 여러 장 가져왔으니까 소지하고 있는 게 나을 겁니다."

과연 경찰답다. 만족한 고대형이 고개를 끄덕이면서 손목시계를 보았다.

오후 5시까지는 방송국에 진입해야 한다.

이미 저택 주인 프라카디는 오후가 되자마자 떠났다. 저택은 곧 빈집이 될 것이다.

한 시간 후, 저택을 떠난 경찰차는 혼잡한 도로를 달리고 있다. 차가 막히면 가끔 경광등을 번쩍였지만 보통 속도다.

운전석에는 조나시가 앉았고 무크타리가 옆자리에서 방향을 일러주고 있다.

"방송국은 탈레반 1개 소대와 경찰 1개 소대 병력이 경비하고 있는데 경찰 경비대장이 내 부하였던 놈입니다."

미리 알아보고 온 무크타리가 말을 이었다.

"물론 탈레반과 내통해서 경찰 정보를 건네준 놈이지요. 나하고 비슷하지만 이놈은 더 악질이지요."

몸을 돌린 무크타리가 뒷자리에 앉은 고대형을 향해 웃었다.

"동료를 라바니의 충신 또는 탈레반의 적대 세력으로 고발해서 여러 명을 처형시켰거든요. 그놈은 탈레반 정권 며칠 만에 두 계단이나 승진해서 나하고 계급이 같습니다."

"……."

"지금 우리는 폭발물 수색 작업을 하려고 방송국에 들어가는 겁니다. 기동 순찰대 업무 중 하나가 폭발물 수색, 처리거든요."

차 뒤쪽에는 폭발물 탐지기 2대가 놓였고 방호복도 쌓아 놓았다.

고대형이 무크타리를 보았다.

"수고했소, 무크타리."

"정작 일은 타국인에게 맡기고 나는 도망치는 것 같아서 가슴이 아픕니다."

"당신은 최선을 다한 거야."

"러시아하고 전쟁을 할 때는 애국자들이 많았지만 이젠 모두 지쳤습니다."

말을 그친 무크타리가 다시 운전을 하는 조나시에게 방향을 알려주었다.

5시 10분.

방송국 앞 검문소에서 경찰차가 멈췄고 먼저 경찰이 다가왔다.

두 명, 그들은 무크타리를 보더니 고개를 끄덕이고 나서 차단 봉 앞에 서 있는 경찰에게 손을 흔들었다. 올리라는 신호다.

탈레반은? 차창 밖으로 밖을 내다본 고대형은 탈레반들이 감시 초소 주변에 흩어져 있는 것을 보았다. 이쪽을 보는 탈레반도 있었지만 정문 경비는 경찰한테 맡겨 놓고 뒤에서 '논다'. 제 딴에는 경찰 윗선으로 경찰을 부리는 상전으로 여기는 것 같다.

모두 터번에 쑵, 상반신에 넝마 같은 덮개를 걸친 차림으로 탄띠에 수류탄까지 매달고 AK-47을 등에 메거나 쥐었다. 등에 '로켓포'로 불리는 대전차포를 짊어진 탈레반도 여럿이었는데 포탄을 그대로 꽂고 있어서 위협적이다. 저것이 그대로 터지면 반경 5미터는 다 날아간다.

차단 봉이 올라가고 기동 경찰차는 문답 한 번도 없이 방송국 안으로 진입했다.

10분 후.

본관 건물 왼쪽의 기계실로 들어가는 문 앞에서 차가 멈췄다.

승합차 뒷문이 열리고 아크란이 먼저 내리더니 폭탄 탐지기와 커다란 백을 내렸다.

그때 고대형이 주머니에서 봉투 하나를 꺼내더니 무크타리에게 내밀었다.

힐끗 봉투를 본 무크타리가 잠자코 봉투를 받더니 주머니에 넣었다. 약속한 돈 1만 불이다.

"잘 가시오, 무크타리."

낮게 말한 고대형이 자루 하나를 들고 차에서 내렸다.

운전석의 조나시가 내렸기 때문에 무크타리가 곧 운전석으로 옮겨 앉았다.

고대형은 계단을 올라가면서 뒤쪽에서 차가 떠나는 엔진 음을 들었다.

계단을 올라 샛문으로 들어서면 곧 기계실이다. 그러나 위쪽으로 올라가는 계단이 있고 1층 로비가 나온다. 이쪽은 현관 로비와는 반대쪽이다. 이미 방송국 평면도를 머릿속에 기억해 놓았기 때문에 고대형이 앞장을 섰다.

오후 5시 25분.

방송국 건물 안은 분주했다. 내일까지 발전실, 설비실, 물탱크까지 수리를 끝내야 하기 때문이다.

작업복 차림의 기술자들이 서둘러 오갔고 방송국 직원들, 경찰은 물론 탈레반에 소속된 홍보 요원들까지 설쳐대는 바람에 고대형은 긴장이 풀릴 정도였다.

"3층."

고대형이 계단을 오르면서 말했다.

폭발물 탐지기는 위압감을 주면서 시선을 끌어서 탐지기 위에 천을 덮고 어깨에 멨다. 탐지기를 이렇게 들고 다니는 경우는 없다. 그래서 지나는 사람들도 그것이 무슨 장비쯤으로 여기는 눈치다.

뒤를 따르는 아크란과 조나시는 제각기 가방을 들었는데 그것도 장비 가방처럼 보였다. 그 안에 AK-47과 실탄, 12탄창 그리고 수류탄 12개와 크레모아 4개가 들어 있다. 그리고 고대형이 멘 가방에는 고성능 시한폭탄 3개가 들어 있다. 이 건물 전체를 붕괴시킬 수 있는 양이다.

이것이 주(主) 무기다.

"나는 CIA 요원으로 지금까지 아프가니스탄 내무부에서 근무하고 있었습니다."

존슨이 막히지 않고 술술 말했다. 물론 영어다. 앞에 놓인 마이크를 향해 존슨이 말을 이었다.

"내 근무 목적은 아프가니스탄의 완전한 미국 식민지화입니다. 아프간의 여러 민족 간 갈등을 부추겨 서로 연합하지 못하게 하고 끊임없는 분쟁을 유발시키는 것입니다."

이제는 외우고 있었기 때문에 존슨이 원고를 보지도 않고 이어갔다.

"그러기 위해 지금까지 10여 번 암살과 테러를 직접 지휘했고 타지크 부족, 우즈베크 부족, 파슈툰 부족 간의 갈등을 일으켜 왔습니다."

"됐어."

앞에 앉아 있던 칸이 녹음기의 버튼을 누르면서 말했다.

"이제 연습은 그만하지. 내일 방송국에서 그대로만 하면 돼."

존슨은 시선만 주었고 칸이 말을 이었다.

"표정만 진실성이 있도록 보이라고. 네 표정은 너무 딱딱해. 감정을 넣으라고."

"노력하지요."

존슨이 여전히 건조한 표정으로 말했다.

갈색 머리, 갈색 눈동자의 존슨은 미국인 관광객 신분이지만 실제는 아프간에서 1년 반 동안 내무부장관 비공식 보좌관으로 지냈다. 라바니 정권과 CIA 간 비밀 합의에 의해서 진행되어 온 것이다. 존슨과 함께 체포된 다른 네 명도 그렇다.

자리에서 일어선 칸이 웃음 띤 얼굴로 말했다.

"사실을 사실대로 말하는 것이니까 막힐 게 없지."

녹음기를 집어든 칸이 방을 나갔을 때 존슨이 고개를 돌려 옆에 앉은 메리를 보았다.

"메리, 너는 살아서 돌아가야 할 텐데."

옆쪽에 메리, 필립이 앉아 있었던 것이다.

금발에 푸른 눈의 메리가 쓴웃음을 지었다.

"존, 시킨 대로 해준다면 약속처럼 돌려보내 줄 것 같아요?"

이곳은 군부대의 막사 안이다.

장교용 숙소에서 포로 5명이 갇혀 있었는데 대우는 나쁘지 않았다.

2층 숙소 밖으로 나갈 수 없었고 방에 1명씩 가둬놓았을 뿐이어서 대우 좋은 교도소와 비슷했다. 그러나 서로 만날 수는 없었기 때문에 이렇게 '자백 연습'을 할 경우에만 얼굴을 본다.

칸은 '자백 교관' 역할이다.

제 이름을 칸이라고만 소개한 그는 영어에 능통했고 예민했다. 목소리가 흔들렸다고 10번도 더 녹음시킨 적도 있다.

그때 메리가 낮게 말했다.

"존, 본부에서는 어떻게 할 것 같아요?"

존슨이 고개를 돌려 메리를 보았다.

메리는 같은 CIA 요원이지만 기획부 소속이다. 작전부 소속으로 행동 위주인 존슨과 달리 기획, 관리를 맡아 왔다. 그래서 메리는 라바니 비서실의 비공식 보좌관을 맡고 있었던 것이다.

이렇게 둘이 이야기를 주고받는 것은 처음이다.

내일로 방송 일정이 잡혔고 모든 것이 순조롭게 진행되자 칸이 방심한 것 같다.

그때 존이 고개를 기울였다.

"특공대를 파견하기에는 늦은 것 같아."

"맞아요. 그럼 내버려 둘까요?"

"지금은 어쩔 수 없겠지."

"국민들은 우리가 관광객인 줄 알고 있어요, 존."

"클린턴은 우리 정체를 알 거야, 메리."

"그런데 우리가 방송에다 정체를 밝히면 국민들은 경악하겠죠?"

"경악까지는……."

"CIA를 비난하겠죠?"

"당연하지."

"클린턴이 어떻게 나올까요?"

"이 기회에 CIA를 개편하겠지, 국무부 산하 기관으로 축소될 수도 있어."

"부장은 그것도 예상하고 있겠죠?"

불쑥 메리가 묻자 존슨이 침묵했다.

존슨의 시선이 메리의 배를 스치고 지나갔다. 똥배 같지만 조금 부르다.

존슨은 메리가 임신 5개월째인 것을 안다.

밤 12시가 넘어서야 건물이 조용해지기 시작했다.

오가는 사람들이 줄어들고 대신 아래쪽 공사 현장의 소음만 울리고 있다. 지하 1층의 발전실 공사다.

고대형이 방바닥에 펴놓은 지도를 확인하듯이 다시 보았다.

건물 평면도. 방송국 본관은 5층 건물로 지금 고대형과 아크란, 조나시가 숨어 있는 장소는 3층 폐품실이다. 누가 폐품실로 들어올 이유가 없었기 때문에 셋은 지금까지 이곳에서 기다리고 있었던 것이다.

폐품실 밖에 나갔다 온 아크란이 보고했다.

"대장, 이상 없습니다.

"그럼 가자."

고대형이 폭탄을 든 배낭을 메고 자리에서 일어섰다.

아크란과 조나시가 각각 AK-47을 메고 뒤를 따른다.

배낭들은 폐품 속에 숨겨 놓았다. 폭탄을 설치하고 다시 이곳으로 돌아와야 하기 때문이다.

두 번째 정찰.

자파드 우디시는 용의주도한 성격이다.

오늘은 계곡 쪽으로 내려가 왼쪽에서 저택을 관찰했는데 시간이 오래 걸렸다. 계곡을 올라가기가 보기보다 험했기 때문이다.

그러나 성과는 있다. 이쪽에서 본관으로 들어가는데 50미터만 지나면 경호동에서 사각 지대가 되었기 때문이다. 경호동 어느 쪽에서도 보이지 않는 공간이 있다.

밤 12시 반.

마침내 우디시가 결정했다.

"좋아. 내일 이곳에서 들어간다."

"탈출로는 저쪽이 되겠습니다."

한타이가 손으로 앞쪽을 가리키자 우디시는 고개를 저었다.

"아니, 정문으로 나간다."

주위의 시선이 모였고 우디시가 말을 이었다.

"경비동의 경비원이 모두 본관으로 몰려올 테니 우리가 어디로 가든 타깃이 된다."

우디시가 망원경으로 본관을 보면서 말을 이었다.

"먼저 암살자 놈 부부를 처치하고 본관을 폭파시키고 나면 이미 정문은 비어 있을 거다."

정문이 가장 도주에 편리한 곳인 것이다. 첫째 길이 평탄하고 모퉁이만 돌면 도로가 나온다. 모퉁이에서 도로까지는 경비가 없는 것이다.

둘러선 요원들이 고개를 끄덕였다. 모두 전문가들인 것이다. 우디시가 자리에서 일어섰다.

내일 밤이다.

방송실은 지상 4층 중심부에 위치하고 있다.

그 바로 밑이 회의실이어서 고대형은 3층 회의실에서 공사를 했다.

회의실 천정에 C-4 폭탄 1개를 설치해놓은 것이다.

방송 시간이 언제인지 알 수 없었기 때문에 시간 설정은 오픈시킨 채 버튼을 눌러 폭파시키는 방식으로 변경했다. 3층 천정의 베니어판을 떼어 내고 C-4를 4층 밑바닥에 테이프로 고정시킨 후에 다시 베니어판을 붙여야만 했기 때문에 1시간 반이나 걸렸다.

그동안 아크란과 조나시는 밖에서 경비를 섰는데 나중에는 조나시가 들어와서 도와줘야만 했다. 폐품실에서 가져간 사다리가 불안정했기 때문이다.

방송실 바닥 공사를 마친 고대형이 이제는 방송실 왼쪽의 대기실 바닥에 C-4 한 개를 더 붙였다. 오른쪽은 기계실이었기 때문에 설치할 필요가 없다. 천정에 올라가 공사를 하는 동안에 아래쪽에서 사고가 일어났다.

3층 복도에서 경비를 서던 아크란이 모퉁이를 돌아오던 탈레반 병사와 마주쳐버린 것이다. 탈레반은 3층 모퉁이의 화장실을 사용하고 계단을 찾아 내려가려고 이쪽으로 들어선 참이었다. 경찰 제복 차림의 아크란을 본 탈레반이 놀라 거친 목소리로 물었는데 지휘관 급 탈레반이었다.

아크란은 두말하지 않고 권총을 꺼내 사내를 쏘았다.

경찰 조끼 안에 소음기가 끼워진 베레타를 찔러 넣고 있었던 것이다.

"천정에 올려놓자."

당황한 아크란의 보고를 들은 고대형이 바로 결정했다.

막 C-4 2개를 양쪽 바닥에 설치해놓고 내려온 참이었다.

"그놈 피가 더 이상 흘러나오지 못하게 막고 이리 올려놔."

조나시가 익숙한 손놀림으로 사내 가슴에 옷가지를 누르고 C-4 부착용 강력 테이프로 둘둘 감았다.

천정은 철근 구조로 단단하다. 조나시와 아크란이 들어 올려준 시체를 천정에 올려놓은 고대형이 바닥을 꼼꼼히 살핀 후에 내려왔다.

부착시키고는 드라이버로 귀퉁이를 박았다. 그러자 뜯어내었다가 붙인 흔적도 없어졌다.

고대형이 천정에 오르려고 밑에 받친 테이블에서 뛰어내리면서 말했다.

"테이블 위의 흔적도 싹 지워라."

다음 날 오전 8시.

고대형이 아래층 소음 때문에 잠에서 깨어났다.

이제는 3층의 천정에서 셋이 흩어져 있다. 폐자재 방 안만으로는 위험해서 베니어판을 뜯어내고 천정으로 올라온 것이다. 회의실 천정 공사를 하다가 익숙해져서 이번 공사는 30분밖에 걸리지 않았다. 셋이 다 천정에 올라온 덕분에 밤에 불침번을 서지 않아도 되었다.

"발전기 시험 가동을 하는 것 같습니다."

잠이 깬 아크란이 말했다.

"저건 모터 돌아가는 소리입니다."

"오후에 방송을 내보낸다고 했지?"

확인하듯이 고대형이 묻자 구석에 엎드려 있던 조나시가 대답했다.

"예. 3시에서 4시 사이라고 했습니다."

"도착할 시간을 알아야 돼."

고대형이 옆에 놓인 조작기를 눈으로 가리키며 말했다.

조작기는 가로세로 각각 10센티, 20센티 정도의 플라스틱 재질인네 사각형으로 가운데에 타이머가 부착된 조작 장치다. 시간은 1시간까지 설정되어 있다.

시간을 10분으로 맞춘다는 것은 10분 후에 폭발하게 조작한다는 것이다.

고대형이 조작기를 옆쪽 받침대 위에 놓았다.

전원을 켠 후에 시간 위치로 바늘을 고정시키고 나서 동작 버튼을 누르면 된다.

그때 조나시가 혼잣소리처럼 말했다.

"이 건물을 나가는 데 15분은 걸립니다."

빠른 걸음으로 걸어야 될 것이다.

대용량 C-4 3개가 동시에 터지면 4층 방송실은 말할 것도 없고 건물 전체가 무너지게 될 테니까.

"도대체 이 자식이 어디 간 거야?"

고타가 소리쳤지만 대답하는 사람은 없다.

1층 로비 안, 반질거리도록 닦은 로비에 탈레반 20여 명이 모여 있다.

모두 총을 등에 비스듬히 둘러메었지만 오늘은 옷차림이 깔끔했다. 쭙도 깨끗하고 넝마 같았던 덮개도 새것처럼 빨아 입었다.

어깨를 부풀린 고타가 끝 쪽에 선 사내에게 소리쳤다.

"바샴, 숙소에 다시 연락해봤어?"

"조금 전에도 연락했지만 안 왔습니다."

"이상하군."

고타는 방송국 경비대장이다.

지금 고타는 어젯밤부터 보이지 않는 부대장 자라드를 찾고 있는 것이다.

자라드를 마지막으로 본 사람은 부하 우즈란이다.

우즈란은 자라드가 2층 계단을 급하게 오르는 것을 보았다는 것이다. 그래서 전 병력이 2층은 물론이고 4층까지 찾아보았지만 보이지 않았다. 혹시 사내 숙소로 돌아간 것이 아닐까 해서 연락을 했지만 없다.

그때 장교 하나가 물었다.

"대장, 혹시 탈영한 것이 아닐까요?"

"닥쳐!"

고타가 눈을 흘겼다.

"자라드는 장교야! 미친놈아!"

장교가 탈영하는 경우도 많았기 때문에 이상한 일도 아니다.

그때 장교 하나가 물었다.

"방마다 다 뒤져볼까요?"

"뒤져?"

고타가 버럭 소리쳤다.

"얀마, 그 자식이 어디 숨었냐? 숨어서 안 나오는 거냐고? 그리고 누가 그 자식을 죽였냐?"

말 나오는 대로 뱉었던 고타가 문득 말을 그치더니 부하들을 보았다. 눈동자가 번들거리고 있다.

"방마다 뒤져봐!"

죽었는지도 모른다는 생각이 가슴에 닿았기 때문이다.

복도에서 어지러운 발자국 소리가 들리더니 문 여닫는 소리도 났다.

오전 10시가 조금 안 된 시간이다.

"방을 검사하는 모양이다."

고대형이 엎드려 있는 둘에게 주의를 주었다.

"천정으로 올라온 게 다행이다."

그리고 문도 잠그지 않았다. 천정에 올라오기 전에는 문을 잠갔던 것이다.

그리고 셋은 각각 흩어져 있다. 천정의 칸막이가 없었기 때문에 고대형은 폐품실 옆쪽 천정에 있었고 조나시는 그 옆쪽 기둥에, 아크란은 그 옆의 환풍기에 기대앉아 있다.

고대형의 위치에서 4층 방송실 밑까지는 30미터 정도.

C-4의 타이머가 고대형의 타이머 조작기에 반응할 수 있는 거리다.

이른바 조작기와 폭탄에 부착된 타이머와의 유효 거리는 50미터인 것이다.

그때 바로 아래쪽에서 떠들썩한 목소리가 울렸다.

"여긴 폐품실이야. 나가자."

"그렇군. 하지만 쓸 만한 물건도 많은데 그래?"

"담배 한 대만 피우고 가자."

다른 목소리, 모두 셋이다.

담배 피우자는 데 합의를 했는지 잠깐 침묵.

고대형은 소리죽여 숨을 삼켰다.

베니어판은 두꺼운 판자를 덧대어서 단단하다. 정사각형 구조로 각각 1

미터. 네 귀퉁이를 볼트로 박았기 때문에 떼고 천정에 올라온 후에 베니어판을 덮었다. 다행히도 볼트가 보이지 않는 구조여서 밑에서는 모른다.

그러나 만일 작대기로 볼트를 떼어낸 베니어판을 민다면 금방 치켜 올라갈 것이다.

"여자한테 간 것 같아."

다시 사내 목소리가 울렸다. 파슈툰어.

"자라드가 여자를 밝히거든. 이번 카불을 점령한 날부터 지금까지 20명도 넘게 잤대."

"20명은 너무했군."

하나가 말을 뱉었다.

"난 겨우 10명인데."

"자라드, 그놈은 닥치는 대로 한 모양이야. 돼지 같은 놈."

아랍족에게 '돼지 같은 놈'은 가장 큰 욕이다. 돼지는 게으르고 더러운 짐승이라고 먹지도 않는다.

그때 발자국 소리. 문이 열리는 소리가 이어지더니 고함 소리.

"야, 이 자식들. 뭐하고 있어!"

그러자 부산스러운 소리가 나더니 곧 문이 닫히고 복도 쪽에서 발자국 소리가 울렸다.

"갓댐."

발자국 소리가 멀어지자 아크란이 낮게 욕설을 뱉더니 손바닥으로 얼굴의 땀을 닦았다.

긴장해서 땀도 닦지 못하고 있었던 것이다.

방송실에 '타깃'이 왔는지를 확인하는 방법을 알아내었다.

방송실 옆 기계실에서 전선 뭉치가 바닥으로 뻗어 나왔는데 1센티도 안 되는 틈이 구석에 생겼다. 그 틈으로 기계실과 방송실의 소음이 다 들리는 것이다. 바닥으로 나오는 소음이다.

기계실 밑까지 기어가서 소음을 확인한 고대형이 고개를 저었다. 얼굴이 땀투성이가 되었다.

"그곳에서 확인하고 폐품실 천정까지 돌아가는 데 10분이야. 타이머를 30분에 맞춰놔야겠다."

"갓댐."

아크란이 투덜거렸다.

"그냥 4시 반쯤 타이머를 맞추고 일찍 나오지요, 대장님."

"닥쳐."

고대형이 낮게 꾸짖었다.

"넌 여기서 경비나 서."

천정의 공간은 50센티에서 1미터 정도였지만 뻥 뚫린 것이 아니다. 기둥으로 군데군데 막혔고 환풍구가 가로세로 얽혀 있으며 어떤 곳은 막혀서 돌아가야 한다. 그리고 수많은 전선이 쌓여서 10미터 전진하는 데도 5분이 걸린다. 그러나 탈출구가 있는 폐품실 천정에서 방송실 옆 기계실까지 지름길을 만들어 놓았다.

고대형은 기계실 밑에서 기다리기로 결정했다.

"내가 기계실 밑에서 타깃이 오는 것을 확인하고 타이머를 작동시킨 후에 이곳에 올 거다."

마지막 작전이 결정되었다.

고대형이 아크란과 조나시를 번갈아 보았다.

"무슨 일이 있으면 아크란 네가 지휘해서 이곳을 나가도록."

"대장께서 오지 않으면 여기 있을 겁니다."

아크란이 어둠 속에서 번쩍거리는 눈으로 고대형을 보았다.

이곳에서 방송실 쪽은 보이지 않는 것이다.

그때 조나시가 말했다.

"저도 기다리겠습니다."

오후 2시.

칸이 자리에서 일어서면서 말했다.

"자, 가지."

칸은 오늘 새 쑵에 번쩍거리는 구두, 터번도 먼지 한 점 없는 새 모직 천이고 겉옷도 새것이다. 얼굴의 수염도 다듬어서 전혀 새로운 모습이다. 그리고 포로 5명도 그렇다, 모두 새 양복. 넥타이까지 매었고 아침부터 깔끔하게 이발, 면도까지 했다. 메리는 미용사가 3명이나 붙어 머리를 매만졌고 파에르 고르뎅제 진주색 투피스로 갈아입었다. 가격표도 떼지 않은 새것을 가져온 것이다. 허리가 조금 작았을 뿐 딱 맞는 옷이다.

탈레반이 얼마나 이번 작업에 공을 들였는지가 다 드러났다.

따라서 일어선 다섯을 향해 칸이 웃음 띤 얼굴로 말했다.

"내가 기쁜 소식을 전해주지."

다섯 쌍의 시선을 받은 칸이 말을 이었다.

"오늘 방송이 끝나면 석방이야."

앞장서서 대기실을 나가면서 칸이 소리치듯 말한다.

"미국으로 돌려보내 준다고 지도자께서 말씀하셨다고!"

"반역자로 돌아가란 말인가?"

존슨이 웅얼거리듯이 말했지만 옆에서 걷던 메리는 들었다.

메리의 시선을 받은 존슨의 두 눈이 번들거렸다.

뒤를 따르던 나머지 셋도 제각기 외면하고 있다.

버스 안.

존슨과 메리는 나란히 앉았다.

24인승 버스에는 탈레반 관리들이 가득 차 있었고 앞뒤를 다른 버스와 무장 지프, 장갑차까지 호위하고 있다.

버스가 시내를 달릴 때 존슨이 메리에게 말했다.

"이 버스를 폭격할 수 있을 텐데."

낮게 말해서 메리만 듣는다.

"정찰기나 위성으로 우리가 이 버스에 타고 있다는 것을 알 수 있을 텐데."

그때 메리가 대답했다.

"대통령 승인을 받아야 해요, 존."

메리의 얼굴에 쓴웃음이 번졌다.

"우리는 미국 시민이라고요, 아직까지는."

"……."

"미국 시민을 미국 폭격기가 폭격을 할 수가 없죠."

"우리가 CIA 요원인 걸 대통령도 알고 있다고 했지 않아?"

"알고 있어요, 존."

앞쪽을 향한 채로 메리가 말을 이었다.

"방송이 나가도록 놔뒀다가 대통령은 CIA를 개편할 것 같아요."

"그렇다면 대통령이 우리 편인가?"

존슨의 얼굴에 일그러진 웃음이 떠올랐다.

"우리를 살리려는 것이 말야."

196

"오히려 CIA가 우리를 없애고 싶겠죠, 대통령의 의중을 알 테니까요."

"국익을 위해서는 우리가 없어지는 것이 낫지 않을까?"

"CIA를 위해서도 말이죠?"

존슨이 대답하지 않았고 메리가 혼잣소리처럼 말했다.

"CIA가 미국일 수는 없죠. 하지만 우리가 이놈들이 시킨 대로 다 방송을 한다면 미국의 국격은 추락하고 지금까지 이뤄놓은 중동지역 실적은 물거품이 돼요."

"거기!"

뒤쪽에서 칸이 소리쳤기 때문에 둘은 움찔했다.

칸이 손으로 메리와 존슨을 가리키며 말했다. 세 자리 뒤쪽이다.

"거기 둘, 입 다물고 있어! 이야기는 방송 끝나고 실컷 하라고!"

오후 3시 반.

천정으로 가져온 음식과 물은 한 끼 분량밖에 되지 않았기 때문에 아침만 먹었을 뿐이다. 물을 각각 페트병으로 1개씩만 가져와서 아크란은 어젯밤에 다 마셨다. 1리터짜리였기 때문이다.

갈증을 참지 못한 아크란이 옆쪽에 누워 있는 조나시에게 기어서 다가갔을 때 옆쪽 벽에 플래시 빛이 반짝였다.

고대형의 신호다. 기계실 밑에 가 있는 고대형이 경계 신호를 보낸 것이다.

여기서 기계실 밑은 보이지 않기 때문에 플래시로 밑쪽 기둥을 비추면 이쪽에서는 왼쪽이 되어 있는 기둥에 불빛이 닿는 것이다.

한 번 켜면 '경계', 두 번은 '입장', 세 번은 '작전개시'다.

다 끝났을 때 길게 비추는 것이 신호다. '입장'은 타깃이 방송실에 들어왔다는 신호인 것이다.

조나시도 불빛을 보았기 때문에 몸을 굴려 엎드렸다.

아크란의 갈증은 순식간에 사라졌다.

기계실에 들어온 서너 명이 발자국 소리를 내면서 서둘렀다.

천정의 틈 사이에 귀를 붙이고 있었기 때문에 소음만 울리고 있다.

"이봐, 10분 남았어."

사내의 목소리.

"지금 방송국 안으로 들어왔다고."

사내가 말하자 다른 사내가 말을 받는다.

"준비 다 되었어. 방송실은 준비 오케야. 그쪽 전원 켜봐."

"됐어."

"바로 시작하는 거야?"

"와서 준비 좀 하고."

고대형은 숨을 골랐다.

바로 옆쪽에 C-4가 기둥에 부착되어 있다.

푸른색 숫자가 정지된 상태로 드러났는데 전원을 켜면 '0'으로 반짝일 것이다. 다른 2개의 C-4는 방송실 좌우 기둥에 1개씩 부착되어 있다. 이제 바로 옆에 놓은 조작기의 전원을 누르면 3개의 전원이 동시에 켜진다. 그러고 나서 시간을 맞춘 후에 버튼을 누르면 그 시간에 폭발하게 되는 것이다.

그때 다시 위에서 사내들 목소리가 울렸다.

"자, 방송실에 들어왔다. 모두 준비."

기계실 요원들이 준비를 갖추고 있다.

옆방인 방송실로 타깃이 들어왔다.

고대형은 플래시를 들어 뒤쪽 기둥을 향해 겨누고는 두 번을 켰다가 껐다.

입장했다는 신호다.

방송실에 들어선 메리가 숨을 들이켰다.

테이블 뒤로 의자 5개가 나란히 배치되었고 앞쪽에는 이름표까지 만들어져 있다. 앞뒤로 보이도록 세워 놓았는데 방송 화면에는 사람 앞의 이름표도 다 보일 것이다.

메리의 이름에는 '메리 골드워터', '라바니 대통령 비서실 근무'라고 영어로 적혀 있다.

자리에 앉은 메리가 좌우의 존슨, 필립, 에디, 마이클까지 둘러보았다.

존슨은 물끄러미 앞쪽 카메라만 보았고 필립은 앞쪽 제 이름표만 쳐다보고 있다.

에디는 결혼한 지 1년 되었다. 시카고에 사는 와이프가 이 장면을 보겠지.

마이클은? 가장 연장자인 마이클은 CIA 경력 15년이다.

팔짱을 끼고 앉아 있다가 메리를 보더니 한쪽 눈을 감았다가 뜬다.

"자, 주목."

이번에는 카메라 옆에 선 사내가 소리쳐 말했다.

칸은 구석에 서 있고, 사내의 모습이 낯익다.

말쑥한 양복 차림, 얼굴에 콧수염만 길렀다. 40대쯤의 수려한 용모. 바로 라바니 정권 때도 TV에 자주 나온 진행자. 그래서 아프간인들에게 잘 알려진 인간, '하프가니'던가?

메리의 시선을 받은 사내가 웃음 띤 얼굴로 말했다.

"모두 날 잘 아시죠?"

다섯은 시선만 준 채 입을 열지 않았다.

알긴 알지만 가소로웠기 때문이겠지.

그때 사내가 말을 이었다.

"내가 하나씩 지명을 하고 질문을 할 겁니다. 그럼 이야기하면 돼요."

"……."

"순서는 맨 오른쪽의 존슨 씨부터. 생방송이지만 긴장하실 것 없습니다. 여러분 녹음테이프도 들었으니까요."

사내가 빙글빙글 웃었다.

"한 사람당 5분이니까 우리가 30분은 세계의 주목을 받을 겁니다."

손목시계를 본 사내가 존슨을 보았다.

"자, 한 번씩만 예행연습을 합시다, 실수가 없어야 하니까요."

"예행연습이야. 예행연습이 끝나면 바로 시작이다."

틈으로 기계실 목소리가 울렸을 때 고대형은 조작기의 버튼을 눌렀다.

3개의 C-4가 일제히 작동하기 시작했을 것이다.

앞쪽 기계실 밑기둥에 붙여진 C-4의 타이머에서 푸른 등이 깜박이기 시작했다.

고대형이 다시 조작기의 시간을 30분에 맞췄다.

30분은 가능한 최소한의 시간이다. 천정을 나가는 데 최소 10분은 걸릴 것이라고 예상했기 때문이다. 조작기를 옆에 내려놓은 고대형이 잠깐 시간을 내려다보았다.

30:00에서 초침이 깜박이더니 시간이 줄어들기 시작했다. 30:00에서 00은 59, 58, 57로 줄어들고 있다. 그러다가 0이 되더니 분침이 29로 바뀌었다.

다시 00에서 시작되는 것을 보고 고대형이 플래시로 뒤쪽 기둥을 길게 비추면서 그쪽으로 기어가기 시작했다.

"끝냈다."

기둥에 길게 비치는 불빛을 본 아크란이 말했다.

"탈출 준비."

이미 경찰복을 입고 있는 상태지만 천정의 먼지에 더럽혀져 있을 것이다. 특공대 신분증도 사진은 없지만 소지하고 있다.

폭발물 탐지기까지 천정에 올려놓았기 때문에 그것도 내려야 된다.

둘이 초조하게 기다리고 있을 때 곧 모퉁이를 돌아서 기어오는 고대형의 모습이 드러났다. 1초가 1분처럼 길게 느껴지고 있다.

그때 조나시가 먼저 천정의 베니어판을 조금 옆으로 밀었다.

3센티쯤의 틈이 벌어지면서 아래쪽이 드러났다.

이쪽은 폐자재실 구석 쪽으로 밑에 다리 한쪽이 부서진 철제 책상이 놓여 있다. 아래쪽 복도의 소음은 여전히 들린다.

오후 4시 10분.

그때 가쁜 숨을 몰아쉬면서 고대형이 다가왔다.

"30분으로 맞췄다. 여기까지 6분 걸렸어."

그때 아크란과 조나시가 동시에 손목시계를 보았다. 24분 남았다.

고대형이 다시 명령했다.

"아크란, 네가 먼저 내려가서 문을 지켜."

"어서 오시오, 오사마."

오마르가 오사마 빈 라덴을 맞는다. 이곳은 대통령궁의 대통령 집무실 안. 라바니의 방이었는데 지금은 오마르의 차지다.

책상과 가구, 책장까지 그대로였지만 책장의 책은 싹 꺼내어 불태웠다, 벽에 붙여진 라바니의 초상화는 제일 먼저 찢어 버렸고.

빈 라덴을 안내한 오마르가 마주 보고 앉았다. 동석자는 오마르의 측근 하비브뿐. 셋은 TV 앞에 앉은 것이다.

곧 방영될 CIA 요원들의 '자백 방송'을 들으려고 오마르가 오사마 빈 라덴을 초대했다.

아직 방송 전이어서 TV는 꺼 놓았다.

그때 빈 라덴이 말했다.

"이번 방송으로 미국의 위상은 치명타를 받게 될 겁니다. 지도자께서는 위대한 업적을 이루신 것입니다."

"아니, 천만에요."

오마르가 하나밖에 없는 눈을 구부리며 웃었다.

좀처럼 웃는 얼굴을 보이지 않는 물라 모하메드 오마르다.

오마르가 말을 이었다.

"방송이 나가면 클린턴이 후버를 사임시키지 않을 수가 없겠지요. 후버는 40년 만에 CIA 부장에서 물러나게 될 겁니다."

"아마 클린턴은 CIA를 대폭 축소할 것입니다."

빈 라덴이 맞장구를 쳤다.

"클린턴은 역대 대통령들이 이루지 못한 후버의 숙청과 CIA 축소를 단행하는 업적을 세울 겁니다."

"그렇지요."

오마르가 이번에는 짧게 웃었다.

"대통령들이 후버한테 사생활 약점까지 잡혀서 꼼짝 못하고 있었다더군요."

"어쨌든 클린턴이 오벌룸에서 그 지랄을 했어도 큰일을 한 겁니다."

둘의 분위기는 화기애애하다.

옆쪽에 앉은 하비브는 따라 웃기만 한다.

마지막으로 고대형이 천정에서 내려올 때까지 3분쯤 걸렸다.

그러나 천정의 베니어판을 다시 제자리에 맞춰야 한다.

아크란이 문 앞에서 경계를 맡았고 고대형과 조나시가 베니어를 제자리에 붙이는 데 2분이 걸렸다.

이제 손목시계의 타임이 19분 25초를 가리키고 있다.

"자. 옷차림 갖춰라."

먼지투성이에다 무릎과 팔꿈치가 검게 때가 박혀 있었기 때문에 고대형이 열심히 털면서 말했다. 셋은 모두 경찰 특공대 차림이다.

바닥에 내려놓은 폭발물 탐지기를 든 고대형이 조나시와 아크란을 살펴보았다. 둘 다 AK-47을 비스듬히 메었고 상의에는 특공대 표시가 박힌 방탄조끼를 걸쳤다. 고대형도 마찬가지.

이윽고 고대형이 고개를 끄덕였다.

"자, 내가 앞장서겠다."

숨을 들이켠 고대형이 다가가 문을 5센티만 열었다.

복도를 방송국 직원들이 오고 있다. 경찰이나 탈레반은 보이지 않는다.

고대형은 문을 활짝 열고는 밖으로 나왔다.

지나던 사내가 힐끗 고대형을 보았지만 곧 고개를 돌린다.

고대형은 곧장 뒤쪽 계단을 향해 다가갔고 그 뒤를 조나시, 아크란이 따른다. 조나시는 폭발물 탐지기를 어깨에 메었는데 그럴 듯했다.

3층 계단까지 내려왔을 때 아래쪽에서 올라오는 탈레반 병사 둘이 보였다.

시선이 마주쳤을 때 탈레반 하나가 소리쳐 물었다.

"폭발물 탐지요?"

"예, 끝났습니다."

고대형이 바로 대답했다.

"이상 없어서 철수합니다."

"수고."

탈레반 옆을 지나면서 고대형이 소리죽여 숨을 뱉었다.

이제 2층으로 내려왔다. 사람이 더 붐빈다.

1층 계단으로 내려갈 때 아래층 로비에 서 있는 경찰들이 보였다.

세 명이 이쪽을 올려다보고 있는 중이다.

고대형이 손목에 찬 시계를 힐끗 보았다. 14분 42초가 남았다.

예행연습에서 에디가 더듬었기 때문에 하프가니가 짜증을 냈다.

"이봐요, 당신은 머리가 나쁜 것 같은데."

하프가니의 목소리가 방송실을 울렸다.

"다시 한 번 해봐요."

당황한 에디가 다시 시작했다가 또 더듬었기 때문에 하프가니가 칸을 보았다.

"당신, 큰일 났어."

칸이 에디 앞으로 다가가 섰다.

"이봐 에디, 네가 방송 안 해도 돼, 넷이면 충분하니까."

모두의 시선이 모였고 방 안이 조용해졌다.

칸의 말이 이어졌다.

"널 끌고나가 바로 총살시키고 넷만 해도 돼."

"잘 할 거요."

에디가 이마의 땀을 손바닥으로 닦았다.

"다시 한 번 시켜주시오."

그때 하프가니가 손목시계를 보았다.

"아니, 그냥 하지. 말 더듬어도 돼."

"아니, 특공대가 여기 있었나?"

경찰 책임자다. 무크타리가 말했던 탈레반의 협조자. 동료 경찰을 고발해서 둘이나 총살시켰다던가?

계단을 내려간 고대형이 똑바로 사내를 보았다.

고대형은 영락없는 아랍인. 이제는 수염도 무성하고 냄새까지 똑같다.

"무크타리 대장 지시요. 대장은 직접 지도자 동지로부터 지시를 받았다고 했소."

"아, 지도자 동지께서."

놀란 경비 책임자가 커다랗게 고개를 끄덕였다.

그때 고대형이 덧붙였다.

"무크타리 대장은 지도자 동지한테 불려갔으니까 지금 거기 계실 겁니다."

책임자는 눈동자가 흐려져서 고대형을 보는 것 같지도 않다.

지도자의 직접 지시를 받을 정도까지 되었으니 무크타리는 경찰청장이 되고도 남는다.

'뻥'한 상태의 책임자를 뒤로 하고 1층 로비를 나왔을 때 11분 12초가 남았다.

"자, 서둘러라."

고대형의 걸음 속도가 빨라졌다.

방송국 마당은 50미터쯤 되었다. 정문에는 어제처럼 경찰과 탈레반이 경비를 서고 있었는데 질서가 잡혀 있다. 탈레반도 증원된 것 같다.

다만 밖으로 나가는 출구는 한산했고 경찰 두 명만 서 있을 뿐이다.

정문 앞까지 다가왔을 때 남은 시간이 7분 25초.

"잠깐만."

경찰 하나가 고대형의 앞을 막았다.

"무슨 일이야?"

고대형이 짜증난 표정으로 묻자 경찰이 이맛살을 찌푸렸다.

"통행증."

"야, 이 개새꺄."

고대형이 눈을 부릅떴다.

"우리가 폭발물 탐지하다가 나오는 것 보면서도 통행증 보자고?"

"통행증."

경찰이 막무가내로 손을 내밀었다. 뒤에 서 있던 경찰도 한 걸음 다가섰다.

그때 고대형이 이 사이로 말했다.

"안에서 작업하고 있는 반장한테 물어봐라, 우리는 고장 난 탐지기 고치러 나가니깐."

"안에도 특공대 탐지반이 있어?"

"우리 셋만 온 것 같냐?"

"지금 어디 있는데?"

"2층에서 반장이 대장 만나고 있어."

고대형이 손목시계를 보았다.

5분 10초 남았다.

"시간 없어. 부속 바꿔서 돌아와야 한다."

"걸어서 어디로 간다는 거야?"

206

"앞쪽 사거리에 우리 특공대 차가 있단 말이다. 지금 펑크 수리 중이야."

어제 무크타리한테 주차시켜 놓으라고 한 곳이다.

그때 고대형이 경찰을 보았다.

"같이 가자. 대장도 기다리고 있어."

"뭐? 내가?"

"가서 부속하고 탐지기 하나 더 가져와야 하는데 한 사람이 더 필요하다."

뒤에 서 있던 아크란이 눈동자만 굴리고 있다가 바로 거들었다.

"이봐, 도와줘. 여기서 2백 미터도 안 돼."

"무슨 말이야? 난 여기 있어야 돼."

그때 뒤쪽에 서 있던 경비가 한 걸음 물러섰고 이번에는 탐지기를 어깨에 걸치고 있던 조나시도 거들었다.

"이봐, 말 나온 김에 도와줘! 급하단 말이다! 갖고 돌아와야 하는데 차에는 운전사 하나뿐이란 말야!"

"무겁냐?"

마침내 끈질기게 검문했던 경찰이 물었다. 얼굴에 낭패한 기색이 가득차 있다.

"무겁지는 않은데 부피가 커. 자, 가자."

고대형이 경찰의 어깨를 밀었다.

"잠깐이야. 경비대장도 기다리고 있단 말이다!"

대장도 기다리고 있다는 말에 경찰은 어깨를 늘어뜨렸다.

통행증 내라고 까탈스럽게 굴다가 되치기를 당한 셈이지만 빠져나갈 방법이 없다. 경비대장이 함께 기다리고 있다는데 어쩌겠는가?

이제는 경찰 하나를 더 보태고 정문을 빠져나온 고대형이 다시 손목시계를 보았다. 3분 15초 남았다.

"생방송이지만 긴장할 것 없어요."

하프가니가 웃음 띤 얼굴로 말했다.

"평소에 하던 대로 말하면 돼요."

그러면서 저도 주머니에서 손수건을 꺼내 이마를 꾹꾹 누른다. 긴장이 되는 것이다.

그때 PD가 소리쳤다.

"자, 3분 전."

그러자 하프가니가 손수건을 주머니에 넣더니 넥타이의 매듭을 올렸다. 그때 분장사가 서둘러 다가와 하프가니의 코 주변에 붓질을 하고 갔다. 코 주변에 금방 살색 분가루가 묻더니 번질거리는 것이 사라졌다.

의자에 앉은 메리가 하프가니를 보았다. 지금 카메라는 하프가니에게 맞춰져 있다. 하프가니가 먼저 이야기를 하고 나서 '미국 시민' 5명에게 증언을 시키는 것이다.

"자, 2분 전."

PD가 다시 소리쳤고 이번에는 코디가 하프가니에게 달려가 양복의 한쪽 소매를 잡아당기고 돌아왔다.

도무지 무슨 짓인지.

그때 메리가 고개를 돌려 존슨에게 말했다.

"존, 달라스로 돌아갈 건가요?"

달라스가 존슨의 집이다. 집에는 와이프와 10살, 7살짜리 아들이 있다.

존슨이 천천히 고개를 저었다.

"아니, 난 안 가."

"그럼?"

"여기 있을 거야."

"카불에?"

"응."

"하긴."

메리가 쓴웃음을 짓더니 자신의 배를 내려다보았다.

"이 애는 로버트에게 보내주고 싶은데."

로버트는 메리의 남편, 지금 샌프란시스코에서 대학 강사를 한다.

결혼 3년 차, 로버트하고는 3달에 한 번 정도 만나고 있지만 각자의 일을 좋아하고 현재의 생활도 만족했던 사이. 곧 출산 휴가를 내고 1년간 샌프란시스코에서 같이 살 꿈에 부풀어 있었는데.

"1분."

다시 PD가 소리쳤을 때 존슨이 메리에게 말했다.

"메리, 난 생방에서 이건 강압에 의해 꾸며진 연극이라고 떠들겠어."

그 말을 들은 메리가 빙그레 웃었다.

그 순간이다.

"꽈꽝꽝!"

폭발음, 섬광, 충격. 일순간이다.

메리는 눈앞에 흰 섬광과 몸이 떠오르는 충격. 그리고 고막이 터질 것 같은 굉음을 한순간에 함께 듣고 나서 모든 것이 끊겼다.

"꽝꽝꽝!"

방송국 정문에서 150미터쯤 떨어진 지점, 막 모퉁이를 꺾어졌을 때다.

뒤에서 울리는 폭음이 그렇게 들렸다.

일제히 몸을 돌린 고대형 일행도 방송국 건물이 불끈 치솟는 광경을 본다.

건물과의 거리는 2백여 미터.

방송국 중심 부분에서 불기둥이 솟아올랐는데 일자형 5층 건물이 두 개로 쫙 갈라지고 있다.

건물 기둥, 창문, 벽이 허공으로 치솟고 있는 중. 잔해가 땅바닥으로 떨어지기 전이다.

"아악!"

비명은 정문에서 끌고 나온 경찰의 입에서 터졌다.

엄청난 폭발.

아크란, 조나시는 물론이고 고대형까지 입을 쫙 벌리고 있다.

고대형이 소리쳤다.

"엎드려!"

하늘로 솟구쳤던 철근, 벽, 시멘트 덩어리가 사방으로 떨어지기 시작했기 때문이다.

"쿵쾅쾅쾅."

이 폭음은 위쪽 2층 건물이 파편에 맞아서 무너지는 소리다.

고대형과 일행은 길가 건물의 벽에 기대서 있다가 날벼락을 맞고 몸을 피했다. 이곳까지 사람 몸통만 한 시멘트 덩어리가 날아왔기 때문이다.

"엎드려!"

다시 자잘한 파편 덩이가 쏟아졌기 때문에 고대형이 소리쳤다.

"으윽!"

갑자기 옆에서 신음이 울렸기 때문에 고대형이 고개를 돌렸다.

아크란이 자리에서 일어서면서 손에 쥐고 있던 머리통만 한 돌덩이를 떨어뜨렸다. 바로 앞에 정문에서 데려온 경찰이 머리가 부서진 채 엎어져 있다.

그 사이에 아크란이 경찰을 해치운 것이다.

"가자!"

이제는 탐지기도 다 버린 채 고대형이 몸을 돌리면서 말했다.

이제 방송국 건물은 아래쪽 1층 건물만 부서진 채 형체가 남아 있을 뿐 2층 이상은 흔적도 찾아볼 수 없을 정도다. 불길에 덮인 건물 주변은 아수라장이 되어 있었다. 지금도 이쪽으로 도망쳐 오는 사람들이 수백 명이다.

셋은 앞장서서 도망쳤다.

약속대로 무크타리는 길가의 건물에 경찰 기동대 차량을 딱 붙여 놓았다.

조나시가 재빠르게 보닛을 조금 들치고 그 사이에 끼어 있는 키를 꺼내었다. 이곳에 감춰두기로 한 것이다.

키로 문을 열고 차에 오른 셋을 이상하게 보는 사람도 없다. 이제 폭발로 거리는 아수라장이다. 지금도 뛰어 도망가는 사람이 대부분이고 현장으로 달려가는 사람은 없다.

운전석에 앉은 조나시가 차에 시동을 걸더니 소리쳤다.

"갑니다!"

대통령궁 안, 대통령 집무실.

탈레반 지도자, 오마르와 알 카에다 지도자 오사마 빈 라덴이 아직도 웃음 띤 얼굴 담소 중.

하비브만 문 쪽을 힐끗거리고 있었는데 누구를 기다리는 눈치다. 그때 집무실로 비서가 들어섰다.

먼저 비서를 본 하비브가 이맛살을 찌푸렸다.

오마르와 빈 라덴도 고개를 돌려 비서를 보았다. 비서의 눈동자가 흐려져 있다.

"사고가 났습니다. 방송국 건물이 폭파되었습니다!"

비서의 목소리가 떨렸다.

오마르는 외눈만 크게 떴고 빈 라덴은 반쯤 입이 벌어졌다.

숨소리도 안 들리는 방 안에 비서의 목소리가 울렸다.

"건물이 완전히 붕괴되어서 건물 안의 생존자는 없는 상황입니다. 지금도 불길에 휩싸여 있어서……."

"……."

"방송 준비 중이던 포로와 방송 담당자들은 모두……."

"폭파야?"

갈라진 목소리로 오마르가 말을 잘랐다.

"아니면 폭격이냐?"

"그, 그건 아직. 엄, 엄청난 폭발이었다고 합니다."

"여기서는 폭음이 들리지 않았는데."

빈 라덴이 말했다가 하비브를 보았다.

"방음 장치가 되어 있기 때문인가?"

그때 오마르가 벌떡 일어섰다.

"미국 놈들 짓이야!"

오마르가 주먹을 쥐고 흔들었다.

"복수다! 복수를 할 것이다!"

오후 7시, 2시간이 지났다.

경찰 특수 기동대 승합차는 2시간째 동진하는 중. 2시간 동안 120킬로를

212

달렸다.

경광등을 켜고 달리는 경찰차를 가로막는 탈레반은 없다. 그리고 카불에서 멀어지면서 탈레반이 드물어졌기 때문에 검문소도 그냥 통과했다.

이윽고 타지크족 경계선에 도착했을 때는 오후 8시.

이곳에서부터 산을 넘어 150킬로를 주파해야 하카드 부족령이 나온다, 그곳까지 경찰차를 끌고 가면 대번에 표시가 날 테니까.

차에서 내린 셋은 차에 남은 기름을 뽑아 차에 뿌리고는 불을 붙여 골짜기로 떨어뜨렸다. 그전에 번호판을 뜯어내 땅에 묻었기 때문에 수백 미터 아래로 굴러 떨어진 경찰차 정체는 찾기 어려울 것이다.

골짜기 바닥에 떨어져 불덩어리가 되어 있는 차를 내려다보는 셋은 다시 하카드 부족 차림이다. 각각 배당을 메었고 어깨에는 AK-47을 메었다.

"성공입니다."

이제야 감개가 일어났는지 아크란이 아래쪽 불덩어리를 보면서 말했다.

"임무 완수했습니다, 대장님."

조나시가 거들었다.

산길, 중턱에 서 있는 셋의 주변에 어둠이 덮여 있다. 이미 밤이다. 험한 산길이어서 밤에는 차량 통행도 끊기는 지역이다.

고개를 들어 별을 쳐다본 고대형이 발을 떼었다.

3시간쯤 걷다가 바위틈에서 자고 산맥을 3개나 넘어야 한다.

하카드령에 닿으려면 이틀 길이다.

8시 반.

골짜기 끝에 엎드린 자파드 우디시가 앞쪽의 저택을 보았다.

저택 이 층의 창문 3곳에 불이 켜져 있다. 아래층은 4곳, 왼쪽 부속동은 창문 6개에 모두 불이 켜졌다. 경비병은 모두 가동한 상태인 것이다.

우디시가 고개를 돌려 옆에 엎드린 한타이에게 말했다.

"경비병 교대할 때까지 기다릴 필요 없다. 지금 시작한다."

"예."

대답은 했지만 한타이의 눈동자가 어둠 속에서 흔들렸다.

경비병은 50여 명. 저택의 하인까지 합하면 70명이 넘는다. 그런데 이쪽은 8명이다.

그때 우디시가 옆쪽 부속동을 눈으로 가리켰다.

"부속동을 로켓포로 폭파시켜라."

"접근해서 소음기로 처리하는 게 아닙니까?"

"작전을 바꿨다."

우디시가 번들거리는 눈으로 부속동과 본관을 번갈아 보았다.

처음 계획은 부속동에 5명, 본관에 3명의 2개 조로 각개 격파를 하는 것이었다.

한타이는 부속동을 맡았고 우디시가 둘을 이끌고 본관을 기습할 계획이었다.

우디시가 말을 이었다.

"숫자가 적다고 소극적 전술로 진입하지는 않겠다."

손목시계를 본 우디시가 말을 이었다.

"부속동이 무너지면 본관에 나머지 로켓포를 다 갈겨라. 그러면 아수라장이 될 테니 그때 놈들 사이에 끼어들어서 다 죽인다."

거친 전술이다. 무지막지한 방법이어서 하인이건 누구건 살아 있는 생명체는 몰살시킨다는 작전이다.

"5분 후에 작전 개시다."

214

우디시가 말을 잇는다.

"먼저, 부속동. 그다음이 본관, 그다음이 초소다. 로켓포는 있는 대로 다 쏴라."

로켓포 2대, 포탄은 12개를 가져왔다.

저택 경비대장이 이번에 50인장으로 승격한 보칸이다.

보칸이 부속동 식당에서 부하 10인장, 마노에게 말했다.

"마노, 본관 뒤쪽 경비는 네가 맡아라. 교대로 할 것 없이 네가 계속 맡는 게 나을 거야. 한 달 간격으로 바꾸도록 하지."

"그러지, 보칸."

얼마 전까지만 해도 같은 10인장 친구였던 마노가 고분고분 대답했다.

"차라리 그게 나아. 그래야 익숙해져."

그때 빵을 내려놓은 마노가 물었다.

"그런데 오늘 오후에 카불에서 대폭발이 일어났다더군, 보칸."

"나도 들었어."

보칸이 외면한 채 콩죽을 나무 스푼으로 한 모금 떠먹었다.

"카불 방송국이 날아갔어, 그 큰 건물이."

마노는 물론이고 보칸도 카불 방송국은 TV에서나 보았을 뿐이다.

보칸이 혼잣소리처럼 말했다.

"당분간 애꾸눈 얼굴이 TV에서 보이지 않겠군. 잘된 일이야."

보칸도 고대형의 임무를 모르고 있는 것이다.

그 시간의 워싱턴은 오전 9시 50분이다.

후버가 백악관 오벌룸 옆쪽 대기실에 앉아서 TV를 보고 있다. 후버 옆에는 부장보 윌슨이 앉아 있다. TV에서는 앵커가 뉴스를 보도하고 있다. 특보다.

"방금 국방부는 카불의 대폭발이 '카불 국영 방송국'이 폭발한 것이라고 확인했습니다. 곧 위성이 찍은 사진을 보여드리겠습니다."

대기실의 시선이 모두 TV에 모였을 때 화면에 폐허가 된 방송국이 드러났다. 처참하다. 아직도 연기가 피어오르는 건물의 잔해가 흩어졌고 중심 부근은 검은 잿더미로 변했다. 5층 건물이 완전히 붕괴되어 바깥쪽 벽의 일부만 드러났다.

앵커가 열띤 목소리로 말을 잇는다.

"현지의 외신 기자들이 없기 때문에 정확한 피해자 산출은 어렵지만 전문가들은 폭발 시간이 오후 5시경인 데다가 방송을 시작하려는 상황이어서 피해자가 수백 명이 넘을 것이라고 합니다."

후버는 시선만 주었고 앵커의 말이 방을 채우고 있다.

"전문가들은 폭발 사진으로 보면 내부 폭발이라고 합니다. 내부에서 폭발했다는 것입니다."

그때 대기실로 비서실 직원이 들어섰다.

"부장님, 대통령께서 기다리십니다."

그때 후버가 잠자코 자리에서 일어섰고 윌슨이 뒤를 따른다.

"어서 오시오."

클린턴이 자리에서 일어나 손을 내밀었다. 희미한 웃음이 떠오르는 얼굴.

옆쪽 벽에 붙여진 TV에는 방금 후버가 대기실에서 본 앵커가 입을 달싹이고 있다, 음 소거를 시켰기 때문.

방 안에는 국방장관 유진, 국무장관 맥킨지, 안보보좌관 비트만, 비서실장 제이크 포렌샵까지 안보회의 거물급은 다 모였다.

후버는 클린턴과 악수를 하고 나서는 다른 사람들에게는 고개만 끄덕여서 인사를 대신했다.

가까운 곳에 있던 국방장관 유진이 손을 반쯤 내밀다가 거뒀다.

모두 자리 잡고 앉았을 때 클린턴이 고개를 돌려 후버를 보았다.

이제는 웃음기가 지워졌다.

"카불의 방송국 폭발, 어떻게 된 겁니까?"

긴급 소집된 안보회의의 목적이 바로 이것이다.

CIA 부장에게 대통령이 이것을 물어보려고 안보 고위층들을 소집했다.

모두의 시선이 모였을 때 후버가 소파에 등을 붙였다.

"내부 폭발입니다, 대통령 각하."

"글쎄. 그건 방금 방송 앵커도 그렇게 말하더군요, 후버 씨."

"강력한 C-4 폭약을 터뜨린 것 같습니다."

"그렇습니까?"

"방송국이 정상 가동하기 직전이라 방송국 직원과 손님들까지 포함해서 수백 명이 피해를 입었을 것 같습니다."

"누가 폭발시켰지요?"

클린턴이 똑바로 후버를 보았다.

그때 후버가 클린턴의 시선을 받으면서 입을 열었다.

"라바니 정권의 추종 세력입니다."

모두 숨을 죽였고 후버의 말이 이어졌다.

"우리가 훈련시킨 요원이 라바니 경호대와 특공대에 수백 명이 흩어져 있습니다. 그 요원들이 탈레반에 역 테러를 감행한 것입니다."

후버의 얼굴에 웃음이 떠올랐다.

"테러로 정권을 잡은 탈레반의 오마르가 이제는 테러 공격을 받게 된 것이지요. 자업자득입니다."

"후버 씨."

클린턴의 목소리는 갈라져 있다.

"비트만은 방송국 안에 우리 국민 5명이 들어가 있었던 것 같다고 하는데 맞습니까?"

"누가 들어가 있다고요?"

후버가 오른쪽 귀 뒤에다 손바닥을 붙이고 클린턴 쪽으로 기울였다.

"어디로 들어가요?"

"방송국에 말이오, 후버 씨."

"글쎄. 방송국 안에 있던 사람은 다 죽은 것 같습니다."

"우리 국민 5명이 방송국 안에 있던 것 같다고요, 후버 씨."

클린턴이 목소리를 높였을 때 후버가 손바닥을 내렸다.

"그렇다면 안타까운 일입니다."

정색한 후버가 클린턴을 보았다.

"그놈들이 왜 우리 국민들을 방송국에 데려갔는지 알 수 없지만 말입니다."

오벌룸 안은 조용해졌다.

그 국민 5명이 CIA 요원이라는 증거는 오직 CIA만 갖고 있을 뿐이다. 클린턴 할아버지가 와도 그 증거를 못 찾는다. CIA 요원이라는 것이 밝혀져도 마찬가지다. 죽은 자는 말이 없는 법이다. 덧붙여서 말하면 살았을 때가 이용 가치가 있는 법이니까.

오벌룸의 회의가 끝나고 백악관 복도를 걸어오면서 후버가 앞쪽을 향한 채 윌슨에게 물었다.

"이 작전을 알고 있는 것이 몇 명이지?"

윌슨의 얼굴이 굳어졌다.

"몇 명 안 됩니다."

후버는 입을 열지 않았기 때문에 윌슨도 잠자코 발을 뗐다.

우디시가 숨을 길게 뱉고 나서 말했다.

"쏴라."

그 순간 옆쪽에 엎드려 있던 로켓포 사수 둘이서 일제히 방아쇠를 당겼다.

"쉬!"

마치 증기기관차의 스팀이 뿜어 나오는 것 같은 발사음이 났다. 주위가 건조했을 때는 '퐁' 하는 소리가 난다.

2발의 로켓탄이 발사관을 빠져나가 일직선으로 부속동을 향해 날아갔다. 거리는 150미터.

일초, 이초.

다음 순간 폭음과 화염이 동시에 일어났다.

"꽈 꽝 꽝!"

창문 2개를 뚫고 들어간 로켓탄이 안에서 대폭발을 일으킨 것이다. 그때 로켓포가 다시 날아간다.

"쉬! 쉬!"

2대가 조금 발사 차이가 났다.

"꽝. 꽈꽝!"

다시 2개의 창문 안에서 폭발. 이제 부속동의 지붕이 무너지고 화염이 밤하늘로 치솟는다.

"한 발씩 더!"

이미 지시는 했지만 우디시 옆에 엎드린 한타이가 격정을 참지 못하고 소리쳤다.

"쉭! 쉭!"

"꽈꽈꽈꽝!"

여섯 발의 로켓탄을 맞은 부속동은 이제 건물이 아니다. 지붕은 다 허물어졌고 불길이 10여 미터나 치솟아 밤하늘을 붉게 물들였다.

"가자!"

우디시가 벌떡 일어나 소리치자 7명은 일제히 앞으로 내달렸다.

그 시간에 보칸은 본관 아래층 식당에 앉아 있었다.

폭음이 울린 순간 보칸이 벌떡 일어나 창밖을 보고는 소리쳤다.

"비상! 비상!"

그때 두 번째 폭발이 일어났고 부속동이 화염에 휩싸였다. 본관 식당에서 부속동까지는 70미터 거리다.

세 번째 로켓포가 폭발하면서 부속동 건물이 폭삭 무너져 내렸을 때 보칸이 정신을 수습했다.

"너, 날 따라와!"

마침 옆에 서 있던 병사 하나에게 소리친 보칸이 이 층 계단으로 달려 올라갔다. 지금 명령이나 하고 있을 상황이 아니다.

아래쪽 부속동에는 30명 가까운 경비대가 들어가 있을 것이다. 나머지 경비대가 제 자리에 있다면 다 봤을 테니 연락을 하느라 시간 소비할 것 없다.

보칸이 계단을 올라가 소리쳤다.

"마님! 어디 계십니까?"

이제 사일라는 마님이다. 다 마님이라고 부른다.

그때 사일라가 안방에서 나왔다. 폭음에 놀란 표정이다.

"마님! 피하십시다!"

보칸이 소리쳤다.

"저쪽 비상계단으로 내려가십시다!"

30미터쯤 달렸을 때다.

우디시가 로켓포 사수에게 소리쳤다.

"여기서 본관을 쏴라!"

이곳에서 본관이 드러난 것이다.

로켓포 사수들이 바로 엎드렸고 나머지는 불타오르는 부속동을 향해 달려갔다.

"쉭!"

달리는 요원들 옆으로 로켓 포탄이 날아갔다. 흰 분사연을 뿜으면서 곧장 날아간 로켓 포탄이 아래쪽 유리창을 뚫고 들어가 폭발했다.

"꽈광!"

거리는 180미터 정도.

불빛이 비치는 사각 창을 겨누고 쏜 것이다. 빗나가지 않는다.

이어서 그 옆의 창문으로도 로켓포 한 발이 쑤셔 박혔다.

"꽈광쾅!"

다시 대폭발이 일어났다.

이어서 또 한 발이 달리는 대원들 옆을 스치고 지났다.

"꽈광꽝!"

이번의 포탄은 이 층의 창문을 뚫고 들어가 폭발했다.

"꽝광꽝!"

폭발과 함께 몸이 떠오른 보칸이 곧 아래층 계단으로 곤두박질치며 떨어졌다.

"아앗."

등이 세차게 나무 계단에 부딪쳤지만 몸을 뒹굴면서 상반신을 세웠던 보칸이 위쪽을 올려다보면서 소리쳤다.

"마님!"

뒤를 따라오던 사일라의 모습이 보이지 않았기 때문이다.

그때 부서진 창틀이 밑으로 쏟아져 내렸다.

몸을 숙인 보칸은 다시 폭발음을 듣는다.

"꽈꽝!"

이 층에 다시 로켓탄이 터졌다.

"타타타타타."

먼저 부속동에 도착한 대원이 AK-47을 난사했다. 아직 살아 있는 경비대원을 향해 발사한 것이다. 어둠 속에서 번쩍이는 섬광이 드러났다.

"타타타타타."

이어서 서너 정의 총성이 함께 울렸다.

그 총성을 들으면서 우디시는 부속동을 지나 본관으로 달려갔다.

"쉭. 꽈쾅쾅!"

이미 불길에 싸인 본관에 다시 로켓탄이 한 발 폭발했다. 본관 아래층과이 층이 불길에 휩싸여 있다. 그러나 좌측은 멀쩡했고 단단한 벽돌 건물이어서 무너지지는 않는다.

뒤쪽 경비를 맡고 있던 마노는 부속동이 폭발했을 때 뒤쪽 경비대를 소집했다. 뒤쪽에서는 본관에 가려 좌측의 부속동이 보이지 않는다. 그러나 공격을 받는 상황에서 가만있을 수만은 없다. 무전기로 부속동의 당번에게 연락을 했지만 불통이다. 경비대장 보칸이 본관에 있는 줄 알고 있었기 때문에 전령을 보냈을 때 이번에는 본관이 폭발했다.

이어서 격렬한 총성이 울렸는데 10여 정이다. 교전인 것이다.

"각 조에서 1명씩 나와라!"

마노가 소리쳤다.

이곳 북쪽 지역의 경비는 절반만 남기고 절반은 본관으로 데려갈 작정이다.

본관까지의 거리는 150미터 정도. 이제 본관은 불길이 치솟고 있다.

"마님!"

악을 쓰면서 보칸이 부서진 계단을 밟고 다시 이 층으로 기어올랐을 때는 1분도 안 되었다. 이제 본관은 총성으로 뒤덮여 있다. 더 이상 포탄이 터지지는 않았지만 총성은 더 요란해졌다.

조금 전에 보칸이 앞장서서 비상계단을 내려오다가 떨어졌기 때문에 사일라는 거실에 있어야 했다.

포탄이 비상계단 입구에 맞아 폭발하는 바람에 보칸이 밑으로 떨어졌던 것이다. 그러나 거실은 한쪽 벽이 무너진 채 사일라가 보이지 않았다.

보칸이 손에 쥔 토카레프를 휘두르며 난장판이 된 거실을 훑어보았다.

"마님!"

그 순간 보칸은 사일라가 소파 뒤쪽에 누워 있는 것을 보았다.

조금 전에 입었던 바지에 긴팔 셔츠 차림, 긴 머리가 흩어져 있었지만 반듯이 누워 있는 얼굴은 평온했다. 눈은 뜨고 있는 데다 시선이 이쪽을 향하고 있다.

그때 아래층 쪽 계단 입구에서 낯선 사내의 머리가 나타났다.

본관 안은 총성으로 뒤덮여 있다.

본관에는 20명 가까운 남녀 하인과 7, 8명의 경비원이 있었기 때문이다.

"탕탕탕."

시선이 먼저 마주쳤지만 보칸이 먼저 쏘았고 사내의 얼굴에 두 발이 맞았다.

곧 계단 밑으로 굴러 떨어진 사내의 모습은 보이지 않았다.

보칸이 사일라에게 달려갔다.

"마님! 가십시다!"

보칸이 사일라의 상반신을 일으켰다가 숨을 들이켰다.

사일라의 머리가 뒤로 젖혀지면서 손이 피로 젖었기 때문이다.

"아앗."

놀란 보칸이 사일라의 뒷머리를 보았다.

뒷머리가 주먹만 한 크기로 패어 있고 흰 뇌수가 쏟아져 나왔다.

그때였다. 계단을 올라온 사내 하나가 AK-47을 내갈겼다.

"타타타타타타."

무방비 상태였던 보칸이 10미터 거리에서 그대로 총탄을 온몸으로 받으면서 사일라의 몸 위로 쓰러졌다.

무의식중에 사일라의 몸을 몸으로 막은 것이다.

5장 미안해, 사일라

"이 층은 비었습니다."

순식간에 이 층을 훑고 온 한타이가 헐떡이며 말했다.

그때 우디시가 거실 바닥에 누운 시체 2구를 눈으로 가리켰다.

"저것들 둘이 암살자 부부인가?"

둘이 엉켜서 죽은 모습이 그렇게 보인 것이다.

그때 대원 하나가 둘의 얼굴을 나란히 놓고 사진을 찍었다.

저택에 잠깐 총성이 그쳤지만 불길이 솟아오르기 시작했다.

"자, 가자."

우디시가 몸을 돌려 조금 전 보칸이 떨어졌던 비상계단 쪽으로 달렸다.

이 층에 올라온 부하 셋이 뒤를 따른다.

이제 철수다.

본관과 40미터쯤 거리로 다가갔을 때 마노가 2층의 비상계단을 내려오는 사내들을 보았다.

계단 위쪽이 부서져서 조심스럽게 뛰어 내린다.

이 층의 불길이 거세지는 바람에 사내들의 윤곽이 다 드러났다.

그 순간 마노가 그대로 엎드리더니 AK-47을 겨눴다.

뒤를 따르던 넷도 일제히 엎드린다. 잘 훈련된 부하들이다.

"타타타타타타"

마노가 발사하자 부하 넷도 일제히 계단의 사내들을 향해 발사했다.

거리는 40미터 정도밖에 되지 않는 데다 불길로 타깃이 환하게 드러난 상태. 사내들이 불속에서 펄럭이는 불나방처럼 사지를 흔들면서 떨어졌다.

"타타타타타타."

첫 총성이 울렸을 때 우디시는 계단의 아래로 몸을 날린 참이었다.

뒤에 부하 셋이 서 있었고, 아주 어정쩡한 자세들이다.

첫 총격이 어깨와 팔에 맞았지만 우디시는 땅바닥에 두 발을 짚고 안착했다.

"타타타타타타."

그러나 연거푸 쏟아지는 총탄을 피할 수는 없다.

배에 이어서 이마를 관통당한 우디시가 뒤로 벌떡 넘어졌다.

30분 후.

쿨리 하카드가 1개 대대 병력을 이끌고 왔을 때 부속동은 전소했고 본관을 절반쯤 태운 화재는 진압되어 있었다.

경비대장 보칸이 전사했기 때문에 마노가 보고했다.

"경비병 32명 전사, 본관 종사원 11명이 사망했습니다. 부상은 12명입니다."

마노가 핏발 선 눈으로 쿨리를 보았다.

"습격자 시신은 7명 확인했습니다."

발을 뗀 쿨리가 안쪽 땅바닥에 눕혀진 사일라에게 다가가 섰다.

사일라의 몸 위에는 흰색 시트가 덮여 있고 이제는 얼굴이 자는 것 같다. 누군가 눈을 감겨준 것이다.

마노가 말을 이었다.

"보칸이 보호하려고 이 층으로 갔다가 같이 당했습니다."

"……."

"습격자 무장 상태는 로켓포 2정, AK-47에 모두 적외선 스코프가 부착되었고 모두 베레타 92를 소지하고 있는 데다 나침반을 갖고 있었습니다. 카메라도 있습니다."

그때 쿨리가 고개를 돌려 옆에 선 마판을 보았다.

"오마르가 보낸 거야."

마판이 흐려진 눈으로 고개만 끄덕였을 때 쿨리가 길게 숨을 뱉었다.

고대형을 의식하고 있는 것이다.

페샤와르, 안가에서 나온 지미 우들턴이 시장 안의 카페에 들어섰을 때는 오전 10시 반이다. 오전이었지만 카페 안에는 알코올 중독자, 마약 중독자, 그리고 이쪽저쪽에 정보를 팔아먹는 정보원들로 차 있었는데 이곳은 24시간 영업이기 때문이다.

지미는 더러운 터번에 해어진 쑵 차림에다 수염도 지저분해서 그들과 마찬가지다.

구석 쪽 지린내가 나는 거리에 앉은 지미 앞으로 마약쟁이 하카리가 다가와 섰다. 허락 없이 앉았다가 두들겨 맞은 경험이 있었기 때문에 약쟁이어도 조심하고 있다.

"정보가 있어."

"네 정보는 안 듣는다, 약쟁이."

지미가 외면한 채 말했다.

"내 앞에서 주절거리지 마라. 입 냄새를 맡느니 정보를 안 듣는다.

"그때 하카리가 손바닥으로 입을 막는 시늉을 하고 말했다."

"내가 공군 기지에서 나오는 셋을 보았어. 어젯밤에 말야."

"……."

"밤 12시에 C-140이 내리더니 30분쯤 후에 승용차 424번이 나왔어. 운전사는 누군지 알아?"

"……."

"브라운 대령이었어."

"……."

"차에 셋을 태우고, 경비 초소에서 차 안을 볼 때 선팅된 유리창이 내려졌기 때문에 안에 탄 셋을 보았어."

"……."

"그만하면 5불 가치가 있을까?"

"없어."

"그 세 명이 아랍인 차림이었는데 이상하지 않아?"

"갓댐."

귀찮은 표정이 된 지미가 주머니에서 구겨진 1불짜리 지폐를 꺼내 던졌다.

"꺼져, 약쟁아."

하카리가 땅바닥에 떨어진 지폐를 줍더니 비틀거리며 사라졌다.

아마 어젯밤에 미 공군 기지 앞 쓰레기장을 뒤지다가 C-140이 내려간 장면을 보았겠지. 밤에 C-140이 내리는 장면을 보았겠지. 밤에 C-140이 내리는 건 특별한 경우다. 그리고 424번 승용차는 사람들에게 미 대사관 여권 담당 영사의 차량으로 알려졌지만 브라운도 CIA 연락관이다.

지미도 브라운의 지시를 받고 있는 것이다.

"갓댐."

두 손으로 턱을 고인 지미가 미간을 좁혔다.

브라운이 셋을 마중 나가 데려왔다. 더구나 아랍 복장의 사내라니. 바로 작전에 투입시킨다는 것밖에는 다른 이유가 없다. 지금까지 브라운도 페샤와르 중심의 작전은 지미를 통해서 수행했다.

그런데 지금은 무슨 일인가?

10분 후.

지미가 카페 근처의 공중전화로 브라운에게 전화를 했다.

"지미, 무슨 일이야?"

브라운이 평소처럼 느긋한 목소리로 물었다.

브라운은 지금 안가에서 전화를 받는다.

"브라운, 어제 왜 포커 하러 안 온 거요?"

지미가 묻자 브라운이 짧게 웃었다.

"마카리나하고 모처럼 회포 풀었어, 오후 8시부터 새벽까지."

하카드족 진지에 도착했을 때는 오후 7시가 되어갈 무렵.

바위산 아래쪽의 보초가 고대형 일행을 보더니 놀란 표정으로 무전기의 송화기를 들었다.

그것을 본 아크란이 쓴웃음을 짓고 말했다.

"자식, 놀라기는."

보초 막사를 지나 바위산 계단을 오르면서 조나시가 덧붙였다.

"저 자식들이 우리가 방송국 부수고 온 것을 모를 텐데, 왜 저러지?"

밤이었지만 바위산 지리는 익숙해져 있었기 때문에 셋이 일렬로 서서 50미터쯤 올라갔을 때다.

앞에서 내려오는 일당의 무리가 보였다.

"아비도스!"

그렇게 부르는 목소리는 마판이다.

"아비도스냐?"

"그래, 마판."

고대형이 앞장서 오르면서 대답했다.

그때 어둠 속에서 마판의 모습이 드러났다. 마판 뒤쪽에 여러 명이 따르고 있다.

그때 다가온 마판이 고대형의 몸을 안았다. 그러더니 볼을 세 번 마주치고 나서 다시 부둥켜안는다.

"마판, 됐다."

쓴웃음을 지은 고대형이 마판을 밀어내면서 말했다.

"어서 부족장께 인사하고 집에 가야겠다."

"아비도스."

마판이 고대형의 소매를 당겼다.

"잠깐 나하고 이야기 좀 하자."

"어, 그래."

"아버님도 곧 내려오실 테니까."

그때 위쪽에서 웅성거리는 소리가 들리더니 쿨리 하카드의 모습이 드러났다.

"아비도스."

"오, 족장 각하."

놀란 고대형에게 다가온 쿨리가 다시 껴안는다. 한 번, 두 번, 세 번.

그때 고대형의 이맛살이 찌푸려졌다. 심상치 않은 예감이 들었기 때문이다.

쿨리의 동굴 안.

방 안에는 쿨리와 마판, 둘만 남았다. 모두 내보낸 것이다.

아크란과 조나시의 입장을 허락했기 때문에 방 안에는 다섯이 둘러앉아 있다. 벽에 매달린 가스등이 방을 비추고 있다. 조금 경사진 동굴 안은 환한 대신에 그림자도 짙다.

이제는 고대형도 시선만 주었고 쿨리가 마침내 입을 열었다.

"아비도스, 거사의 성공을 축하하네."

쿨리의 표정이 전혀 말과는 다르다. 쿨리가 말을 이었다.

"어젯밤 자네 저택이 괴한들의 습격을 받았어."

쿨리의 두 눈이 번들거리고 있다.

"사일라 씨가 죽었네. 보칸이 몸으로 막았지만 같이 죽었어."

"……"

"그놈들은 전문가들이었고 보칸과 사일라 씨의 시체 사진도 찍었어. 증거로 제시할 작정이었지."

"……"

"놈들 시체 7명을 확보했는데 몇 명이 습격했는지는 알 수 없어."

"사일라는 어디 있습니까?"

마침내 고대형이 묻자 마판이 대답했다.

"우리가 이곳으로 실어왔어."

아래쪽 창고로 사용되는 동굴 안, 그 바닥에 사일라가 누워 있다. 양탄자 뒤에 눕혀진 사일라의 몸에 순백의 천이 덮여 있다.

머리도 잘 빗어 넘겼고 눈은 감고 있었지만 희게 굳어 있다. 자는 얼굴이 아니다. 조각상처럼 단단해진 얼굴.

고대형이 사일라를 우두커니 내려다보았다. 뒷머리가 깨졌다고 들었지만 상처를 보고 싶지는 않다.

동굴 안은 조용하다. 10평쯤의 넓이로 벽에 가스등 하나가 있다. 사일라를 위해 마련된 방인 것이다.

고대형이 사일라의 옆에 앉았다. 아예 책상다리를 하고 앉은 것이다.

"미안해, 사일라."

고대형이 손을 뻗어 사일라의 이마를 덮었다. 돌덩이처럼 차갑게 굳어진 얼굴.

"이렇게 헤어지게 되는구나."

사일라의 이마를 쓸던 손바닥이 입술까지 덮었다. 역시 찼지만 말랑한 촉감이 전해졌다.

"잘 가라, 사일라."

얼굴을 꽉 눌러 덮고 난 고대형이 손을 떼고는 자리에서 일어섰다.

손바닥이 훑었기 때문인지 사일라의 눈꺼풀이 올라가 고대형을 올려다 보고 있다.

시선을 마주친 고대형이 고개를 끄덕였다.

"사일라, 어차피 헤어질 운명이었어. 차라리 이게 나을지 모른다. 잘 가."

고대형의 목소리가 동굴을 울렸다. 몸을 돌린 고대형이 동굴을 나왔다.

할 말은 한 셈이지. 저택에서 천년만년 같이 살 수는 없었으니까.

232

"오마르가 암살자를 보낸 거야."

마판의 벙커 안.

굳어진 표정으로 마판이 고대형을 보았다.

"네가 저택에 있는 줄 알고 암살팀을 보낸 것이지. 그놈들 7명의 사진을 다 찍어 놓았으니까 언제든 확인이 될 거다."

방 안에는 둘뿐이다.

오후 8시.

사일라의 시신을 만나고 온 고대형은 바로 마판의 벙커로 온 것이다. 그때 고대형이 고개를 들고 마판을 보았다.

"내가 여기 있는 줄 안다는 말인데, 이곳을 떠나는 것이 부족을 위해서도 나을 것 같다."

"천만에."

마판이 펄쩍 뛰듯이 말했다.

"널 내보낼 수 없어, 우리 부족이 탈레반하고 전쟁을 하더라도."

"마판, 아버님께 말씀드려, 난 떠난다고."

"안 돼. 우리가……."

"사일라 장례식만 내일 치르고 떠나겠다."

고대형이 자르듯 말했다.

"마판, 내일 아침에 사일라 장례식 준비나 해줘."

오후 8시 반.

지미가 페샤와르 시장이 보이는 건너편 골목에서 옆에 선 모리토에게 말했다.

"모리토, 잘 들어."

"예, 대장."

모리토의 넝마 같은 숍에서 악취가 풍겨왔지만 지미는 이제 상관하지 않았다.

지미가 눈으로 시장 입구를 가리켰다.

"네가 먼저 가서 무스타파 식당까지의 길을 살펴봐."

"위험한 골목을 2개나 지나야 합니다, 대장."

"그래, 모리토."

"암살자가 숨어 있을 만한 공간이 5개는 돼요, 대장."

모리토가 바짝 붙어서 이제는 구취까지 풍겼다. 금방 토할 것 같았지만 지미가 이를 악물고 참았다.

모리토가 지금은 알코올 중독자가 되어서 거지처럼 쓰레기통을 뒤지고 살지만 6년 전까지만 해도 파키스탄 공수특공대 상사였다는 것을 지미만 안다.

6년 전, 모리토는 공금을 횡령해서 6개월 형을 살고 군에서 쫓겨난 것이다. 그 후로 모리토는 카라치에서 이곳으로 도망쳐 와서 이 꼴이 되었다. 그러나 모리토의 전력을 알게 된 지미가 가끔 일을 맡기고 용돈을 준다. 술에 취하지 않았을 때 모리토는 흉기로 변하기 때문이다.

그때 지미가 겉옷 안주머니에서 기다란 물체를 꺼내 모리토에게 내밀었다.

"모리토, 받아라."

"어이쿠!"

놀란 외침을 뱉었지만 모리토가 받아들고 웃었다.

"베레타 92F군요. 소음기까지 끼웠네."

"실탄 15발이 들었다."

"압니다. 탄창까지 16발이죠?"

"맞다."

"그럼 시장 안 골목 중 한 곳에서 기다렸다가 대장을 노리는 놈을 없애는 것이군요."

"한 놈이 아닐지도 모른다."

"그러면, 대장."

모리토가 번들거리는 눈으로 지미를 보았다.

"두당 1백 불을 주십쇼."

"갓댐."

본래의 계획은 1백 불이었던 것이다.

그러나 한 사람이 아닐지도 모른다고 하자 바로 두당 1백 불로 요구한다.

지미가 정색하고 모리토를 보았다.

"모리토, 네가 이곳 지리를 잘 아는 것이 최대 장점이야. 명심해. 두당 1백 불이다."

"맡겨 주십시오."

"놈들은 이곳 지리에 익숙하지 못해. 그러니까 네가 뒤를 칠 수 있을 거야."

모리토는 무스타파 식당으로 가는 길목에서 지미를 노리는 놈들을 뒤에서 해치우는 역할이다.

지미가 손목시계를 보았다. 9시에 저녁 약속이 있는 것이다.

손목시계를 본 브라운이 옆자리의 아문센에게 물었다.

"놈들이 정확하겠지?"

"그거야 본부에서 보낸 놈들이니까요."

"본부 놈들이 이곳 상황을 알기나 하나?"

차는 어둠에 덮인 페샤와르 시내를 달려가는 중이다.

핸들을 쥔 아문센이 앞쪽을 응시한 채 말했다.

"저놈들은 지미가 무슨 일을 하는지 모릅니다. 다만 얼굴이나 익혀왔을 겁니다."

"당연하지. 누군지 알면 이젠 그놈들까지 죽여야 할 테니까."

"카라치에는 저런 놈들이 깔렸으니까요."

"갓댐."

투덜거린 브라운이 길게 숨을 뱉었다.

"본부에서 우리 입을 막으려고 다른 해결사를 보낼지도 모르겠군."

"어차피 우리는 공범이 된 셈이니까 손을 쓸 필요가 없을 겁니다."

아문센이 말을 이었다.

"지미 다음 순서가 고대형이 되겠지요."

"고대형은 간단해."

브라운의 얼굴에 쓴웃음이 떠올랐다.

"애꾸눈 오마르에게 고대형의 정보만 주면 되니까."

그때 차가 시장 입구에서 멈췄기 때문에 둘은 말을 멈췄다.

시장은 밤에도 영업을 하지만 절반쯤은 문을 닫았다. 그래서 오가는 사람도 드문드문하다. 불도 꺼져서 시장 표시도 보이지 않았고 안도 좁은 길이 미로처럼 얽혀 있다. 물론 차량은 들어가지 못한다.

한동안 시장 입구를 바라보던 브라운이 불쑥 말했다.

"요즘은 보스 행동에 여유가 느껴지지 않아."

보스는 CIA 부장 후버를 말한다.

브라운이 말을 이었다.

"전에는 여유가 느껴졌는데 말야. 말단인 우리한테 떨어지는 작전도 탄력이 있었어. 그런데 지금은 삭막해. 서둘러."

손목시계를 본 브라운이 문을 열고 나가면서 욕을 했다.

"선오버비치."

브라운은 48세. 레바논, 이집트, 이라크에 이어서 이곳 아프간 담당이 된 지 3년. 중동 지역만 18년째다. 별명이 대령인 것은 자주 페샤와르의 미 공군 기지를 오갔기 때문이다.

8시 50분.

골목 안에 기대서 있던 파야드가 옆에 붙어 있는 가르단에게 말했다.

"여기서는 얼굴이 다 드러나는 위치야. 그놈은 키가 크다니까 키 큰 놈만 찾으면 돼."

무스타파 식당은 우측 20미터 거리다. 그 사이에 빠지는 골목도 없고 뒤쪽은 막혔다. 이 골목도 뒤가 막혀서 앞만 보면 되는 것이다.

가르단이 손목시계를 보았다. 8시 53분이다. 9시에 약속이니 지금쯤 나타나야 한다.

그때 파야드의 저고리 주머니에 넣은 무전기가 낮은 진동음을 냈기 때문에 둘은 긴장했다.

시장 입구 쪽에서 감시를 맡고 있던 야콥이다.

서둘러 무전기를 귀에 붙인 파야드의 귀에 야콥의 목소리가 울렸다.

"간다. 거기까지 거리는 50미터 정도. 놈은 붉은 실 자수를 놓은 터번을 썼고 쑴 위에 군복 상의를 걸쳤다."

"알았다."

오가는 사람도 없는 데다 군복 상의를 걸쳤다.

파야드가 주머니에서 소음기를 끼운 브라우닝을 꺼내들었다.

가르단도 서둘러 브라우닝을 꺼내 쥔다.

"50미터. 붉은 실 터번. 군복 상의."

옆에서 가르단도 들었지만 확인하듯 파야드가 말하고는 두 발짝을 더 앞으로 나갔다. 골목 입구까지는 3미터 정도.

지미 우들턴이 골목 앞을 지날 때의 거리는 최대 5미터다. 5미터는 눈 감고도 맞힌다.

가르단이 벽에서 몸을 떼더니 반대편 담장으로 옮겨갔다. 골목의 좌우 벽에 둘이 붙어선 셈이다.

파야드가 총을 쥔 손을 조금 들어 올리고는 심호흡을 했다.

손에 익은 브라우닝이다. 약실의 장탄까지 14발. 1킬로가 조금 넘는 무게다.

주위는 조용하다.

좌우의 가게는 불을 끈 빈집이 되어 있다. 뒤쪽은 가게의 뒷문이 가로막혀 있었는데 역시 빈집으로 어둡다.

그때 가르단이 말했다.

"파야드, 네가 먼저 쏴."

"오케."

파야드가 낮게 대답한 순간이다.

"퍽, 퍽, 퍽, 퍽, 퍽."

골목 안에서 소음기를 낀 발사음이 둔탁하게 울렸다, 다섯 번이나.

파야드와 가르단이 두 팔을 휘저으며 쓰러지자 뒤쪽 어둠 속에서 모리토가 나타났다. 손에 베레타를 쥔 모리토가 조심스럽게 다가오더니 땅바닥에 쓰러진 둘의 머리에 대고 다시 한 번씩 방아쇠를 당겼다.

238

"퍽, 퍽."

그러고는 몸을 숙이더니 재빠른 손놀림으로 둘의 권총을 집어 주머니에 넣고 저고리를 뒤져 지갑을, 손에 찬 시계를 풀어 주머니에 넣는다. 파야드가 끝나자 가르단까지. 가르단에게서는 손가락에 낀 반지까지 빼앗았다. 그러고는 몸을 일으켰다가 파야드의 주머니에서 무전기를 빼내었다가 땅바닥에 내동댕이쳤다.

몸을 돌려 방금 나온 뒤쪽 가게 뒷문으로 다가갔던 모리토가 다시 달려와 둘의 신발을 살펴보더니 파야드의 가죽 샌들을 벗겨 두 손에 쥐고 내달렸다.

뒷문까지는 10미터 거리밖에 안 된다.

곧 모리토의 모습이 뒷문 안으로 사라졌다.

식당 안으로 들어선 브라운이 주위를 둘러보다가 앞쪽에 앉아 있는 지미를 보더니 주춤했다. 크게 표시가 나지 않았지만 눈이 퍼뜩 떠지는 것, 눈빛이 순간 10퍼센트쯤 강해지는 정도였다.

식당 안은 어둡고 소란스러웠다. 브라운과의 거리는 10미터 정도였어도 그것이 보이는 것이다.

지미가 브라운을 향해 빙그레 웃었다.

그것을 본 브라운이 고개를 끄덕여 보인다.

"오랜만에 양갈비구이를 먹어볼까?"

자리에 앉으면서 지미가 말했다.

"카불 방송국 폭파로 오마르가 완전 개망신을 당하고 있더군, 브라운."

"오마르가 신고식을 거창하게 한 셈이지."

쓴웃음을 지은 브라운이 맞장구를 쳤다.

지미나 브라운, 둘 다 백인 계열이었지만 겉모습은 완전한 파키스탄인
이다.

더러운 숖, 넝마 같은 저고리를 숖 위에 걸치고 주머니에는 온갖 잡동사
니를 넣어서 불룩하다. 어떤 놈은 저고리 주머니에 탄창 3개, 수류탄 3발, 1
일분 빵과 플라스틱 물통, 안에 개머리판을 떼어낸 AK-47을 매달고 다니기
도 한다.

다가온 종업원에게 양갈비구이와 맥주를 시킨 둘의 태도는 자연스럽다.

한 놈은 상대가 식당에 오는 길목에서 살해하도록 지시를 했고 또 한 놈
은 그 암살자들을 제거하고 온 상황이다. 놀라지도, 분개하지도 않고 자연
스럽게 눈길이 오간다.

맥주가 먼저 왔기 때문에 맥주병을 든 브라운이 말했다.

"그럼 암살자는 지금 하카드한테 돌아와 있나?"

"암살자 저택이 습격을 받았어."

지미의 말에 브라운이 숨을 들이켰다. 진짜로 놀란 표정이다.

하카드와의 연락은 지미 소관이다, 지미가 없어지면 바로 교체가 되겠
지만.

"누구한테서?"

"오마르겠지."

"오마르가 그렇게 빨리 대응한단 말야?"

"글쎄. 그전에 보냈는지도 모르지."

"그래서?"

"그래서라니?"

"암살자의 저택이 습격을 받았다면서?"

"암살자가 도착하기 전이었어."

"그렇군."

한 모금 맥주를 삼킨 브라운이 고개를 끄덕였다.

"허탕을 쳤군. 오마르의 암살팀이."

"고대형의 여자를 죽였어."

"고대형의 여자?"

"마문 지역에서 데려온 여자."

"그 상황에서도 여자를 챙겼군. 그놈, 전문가야."

"어려울 거야."

"뭐가?"

"고대형을 제거하는 것 말야."

"무슨 말야?"

브라운이 지그시 지미를 보았다. 지미는 여전히 왼손으로 맥주병을 들고 팔꿈치는 식탁을 짚은 자세다.

브라운의 시선이 지미의 오른쪽 팔을 보았다.

팔목 아래쪽은 식탁 밑으로 들어가 있다.

"지미."

시선을 든 브라운이 지미를 불렀다. 눈이 흐려졌고 입술이 조금 벌어져 있다.

"지미, 내 의도는 아니었어."

브라운이 억양 없는 목소리로 말했다.

"잘 알지 않나? 난 연락관일 뿐이라는 걸."

"알지, 브라운."

지미가 희미하게 웃었다.

"그 연락관 임무를 즐기고 있다는 것도."

"지미, 그냥 사라질 수도 있지 않나?"

"그냥 사라지나 널 없애고 가나 마찬가지야, 브라운."

"지미, 살려줘."

"네가 보낸 놈들은 이미 시장 바닥에 벌거벗긴 채 시체가 되어 있어."

브라운의 얼굴에 땀이 배어 나왔기 때문에 불빛을 받아 번질거리고 있다.

종업원이 다가와 둘 앞에 양고기가 담긴 커다란 접시를 놓고 돌아갔다.

"지미, 나한테 기회를……."

다시 브라운이 입을 열었다가 털썩 상반신을 뒤쪽 기둥에 부딪치더니 다시 앞쪽 식탁으로 엎어졌다. 식탁 밑에서 발사한 총알이 심장을 찢어놓았다.

"턱석!"

소음기를 낀 발사음이 이번에는 분명하게 들렸다. 이번에는 총탄이 엎드린 브라운의 배를 뚫고 들어갔다. 그러나 이미 심장이 터진 브라운은 시체다. 움직이지 않는다.

권총을 저고리 주머니에 넣은 지미가 자리에서 일어섰을 때 옆쪽 테이블의 손님들이 잠깐 이쪽을 보았다가 이야기를 다시 시작했고 식당 안의 소음은 여전했다.

카운터로 다가간 지미가 계산을 마치고 나왔을 때도 브라운은 식탁에 엎드려 있고 누가 다가가지도 않았다.

밤 9시 50분, 고대형의 벙커로 마판이 들어섰다.

혼자 앉아 있던 고대형이 마판을 보았다.

같이 저녁을 먹고 헤어진 지 30분도 안 되었기 때문이다.

그때 방 입구에 선 채 마판이 말했다.

"아비도스, 연락이 왔어."

고대형이 잠자코 자리에서 일어섰다.

페샤와르의 지미일 것이다.

"형, 당장 거기서 나와."

고대형이 응답했을 때 지미가 말했다.

"널 노리고 있어."

"알고 있어."

"뭘 알고 있단 말야? 영감이 널 제거해서 증거를 없애려고 한다고."

지미가 쏟아붓듯이 말했을 때 고대형이 전화기를 고쳐 쥐었다.

지금 고대형은 이스란 마을로 내려와 민간 전화를 사용하고 있다. 지미하고의 연락 때만 사용하는 라인이다.

자동차 수리 센터의 썰렁한 사무실 안, 20촉 전등 한 개만 매달려 있는 사무실에는 고대형 하나뿐이다.

"영감이 나를?"

영감은 CIA 부장, 후버를 말한다.

그때 지미가 말을 이었다.

"방송국 폭파를 라바니 정권의 테러로 넘기려는 거야. CIA가 미국 국민, 아니 CIA 동료의 입을 막으려고 방송국과 함께 날려 버렸다는 비판을 받지 않으려는 거다."

"……"

"그래서 관계자인 나부터 없애려고 암살팀을 보냈다."

"짐, 너한테 말야?"

"그래서 내가 조금 전에 그 암살팀을 죽여 버리고 연락관 브라운까지 쏴 죽였어, 형."

"갓댐."

"그놈들의 목표는 나 다음에 너야."

"선오버비치."

"형, 이게 내 마지막 통신이다. 나도 지금부터 잠적한다. 잠적하기 전에 너한테 사실을 말해줘야 할 것 같아서 이 라인을 사용하는 거야."

지미의 목소리에 웃음기가 띠어졌다.

"물론 CIA의 내 동료들이 이 통화를 다 듣겠지. 그리고 본부에 보고하겠지."

"갓댐."

"형, 도망쳐. 그리고 살아남아라."

"짐, 살아남아서 연락해."

"그리고, 참."

지미가 잊었다는 듯이 목소리가 팽팽해졌다.

"네 여자, 정말 안됐다. 진심으로 유감이야."

"고맙다, 짐."

그때 통화가 끊겼다.

밤 11시 반, 고대형의 벙커 안.

고대형이 아크란, 조나시와 셋이 둘러앉았다.

앞에 조니 워커 2병이 놓였고 마른 양고기가 접시에 담겨 있다. 고대형이 마판에게 부탁한 것이다.

벽에는 기름등이 붙어 있다.

고대형이 둘을 번갈아 보면서 잔에 술을 따랐다.

"그동안 고생 많았다."

"대장, 유감입니다."

아크란이 외면한 채 말했다.

지금 아크란은 사일라의 죽음에 뒤늦은 애도를 보내고 있다. 이렇게 이야기할 시간이 없었기도 했기 때문이다.

그때 조나시가 거들었다.

"이제야 대장께 말씀드리네요. 사일라 부인은 천국에 갔을 것입니다."

"고맙다."

"내일 장례식인가요?"

아크란이 묻자 고대형이 시선을 들었다.

"그래. 아침 일찍 마판이 준비해주기로 했어."

"저희들도 가요."

"고맙다."

한 모금 술을 삼킨 고대형이 다시 아크란과 조나시를 보았다.

"이제 임무 끝났다."

"본부에서 연락이 왔습니까?"

"그런 셈이지. 내가 마을에 내려가서 전화를 받고 왔어."

고대형이 번들거리는 눈으로 둘을 보았다.

"너희들 파키스탄에 가족이 있지?"

"예."

동시에 대답한 둘이 고대형을 마주 보았다.

그때 고대형이 어금니를 물었다가 풀었다.

"가족에게 돌아가면 위험하다."

숨을 죽인 둘에게 고대형이 지미와의 통화 내용을 말해주었다.

이야기가 다 끝났을 때 아크란이 물었다.

"대장은 어디로 가실 겁니까?"

"할 일도 없으니까 사일라를 죽인 놈을 찾아다닐 계획이야."

"저도 가요."

아크란이 기다렸다는 듯이 대답했고 조나시도 정색하고 말했다.

"당연히 저도 갑니다."

"안 돼."

고대형이 바로 고개를 저었다.

"너희들은 파키스탄으로 돌아가 은밀하게 가족을 챙기도록 해라."

그러고는 고대형이 구석에 놓인 자루를 가리켰다. 커다란 배낭이다.

"저거 가져와라."

조나시가 일어나 가방을 들고 왔는데 무겁게 보였다.

고대형이 옆에 놓인 가방의 묶인 끈을 풀면서 말했다.

"CIA 자금이 지난 달 보내온 것까지 165만 불이 남았다. 공작 자금이지."

뚜껑을 연 백 안에 1백 불짜리 현금 뭉치가 가득 쌓여 있다.

"너희들도 앞으로 CIA의 증인 말살 작전 대상으로 쫓기게 될 거야."

"쉽게 당하진 않을 겁니다."

아크란이 눈을 치켜뜨고 말했다.

"지미 씨가 브라운을 해치웠다지만 우리도 그 이상을 갚아줄 테니까요."

"아크란, 조나시하고 저 백에서 50만 불씩 나눠 갖도록 해."

순간 아크란과 조나시가 서로의 얼굴을 보았다가 동시에 돈 가방으로 시선이 옮겨졌다. 둘의 눈이 번들거리고 있다.

그때 고대형이 말을 이었다.

"그 돈을 가족에게도 주고 도피 자금으로 쓰란 말이다. 내가 너희들에게 보상을 해주는 거야."

"대장."

부르고 난 아크란이 목이 막혔기 때문에 헛기침을 했다.

"너, 너무 많습니다. 50만 불은 너무……."

"말도 안 됩니다."

조나시가 거들었다.

"5만 불도 많은데 50만 불이라니요? 5만 불만 가져도 파키스탄에서는 제 가족이 평생 동안은……."

"닥쳐, 조나시."

말을 자른 고대형이 아크란을 보았다.

"아크란, 돈을 나누고 내일 아침 사일라를 묻고 나서 헤어지기로 하자."

고대형이 다시 술잔을 들었다.

"더 이상 말하지 마라."

그 시간에 오사마 빈 라덴이 앞에 서 있는 사내를 응시한 채 입을 다물고 있다. 카불의 대저택 안.

고급 양탄자가 깔린 응접실에는 빈 라덴과 사내, 그리고 사내를 데려온 보좌관 사하브 셋뿐이다.

이윽고 빈 라덴이 물었다.

"암살자를 처리한 것은 맞아?"

"예, 지도자 님. 제가 여자를 껴안고 있는 암살자를 직접 쏘았습니다."

사내의 이름은 울라, 우디시가 이끈 8인 암살대에서 유일하게 살아 돌아온 용사다. 저택에서 천신만고 끝에 도망쳐 나와 이곳까지 오는 데 사흘이 걸린 것이다.

빈 라덴이 고개를 끄덕였다.

"8명으로 1백 명이 넘는 경호대를 뚫고 돌격해 들어갔다니, 우디시는 영웅이다."

사내는 저택 경호대를 1백 명으로 보고한 것이다.

"잘했다."

빈 라덴의 시선이 울라에게로 옮겨졌다.

"울라가 암살자 부부를 사살했다. 내일 오마르 동지에게 말해서 마문의 복수를 한 용사로 상을 받게 해 주마."

울라가 방을 나갔을 때 빈 라덴이 사하브에게 말했다.

"우디시가 죽은 건 확실하군."

"예, 암살자 신원이 밝혀지지 않은 상태에서 죽였는지 확인이 어렵습니다."

"어쨌든 오마르가 방송국 폭파 사건으로 망신을 당한 상황이야. 암살자 사살 전과를 넘겨주기로 하지."

"라바니의 잔당이 방송국을 폭파한 것 같지 않습니다."

"CIA야."

빈 라덴이 단언하듯 말했다.

"그놈들은 포로가 자백하기 전에 방송국을 폭파시켜 입을 막은 거야. 그 공을 병신 같은 라바니 잔존 세력에게 넘겼고."

그러나 그것도 증거가 없다.

빈 라덴이 고개를 들고 사하브를 보았다.

"암살자를 하카브족이 보호하고 있었던 건 사실이야. 더구나 마문이 암살당하고 나서 하카브가 타지크족의 리더가 되려고 한다."

빈 라덴의 깊게 들어간 눈이 사하브를 응시했다.

"아프간의 미래는 곧 알 카에다의 미래야. 내가 타지크족을 관리하겠다."

이른 아침, 사일라의 장례식은 하카브 부족장 쿨리까지 참석해서 치러졌다.

그러나 쿨리와 마판, 원로 몇 명만 모인 비밀 장례식이다.

목제 관에 담긴 사일라의 시신은 바위산 왼쪽의 양지바른 황야에 묻혔다. 비석도 없고 봉분도 없는 묘다.

땅에 묻고 흙을 넣고 나서 땅을 전처럼 평평하게 다듬고 나서 표시로 바위 하나를 위에 놓았다. 땅으로 돌아가는 것이니 남에게 보일 필요가 없고 가족만 알면 된다는 의미다.

장례식은 바위 주변에 물과 양 젖을 뿌리고 알라신을 찬양하는 것으로 끝났다. 1시간도 걸리지 않은 의식이다. 아직 해도 떠오르지 않은 어스름한 아침이다.

고대형이 미리 가져온 배낭을 어깨에 메고 쿨리 앞으로 다가가 인사를 했다. 작별 인사다.

쿨리가 고개를 끄덕이더니 곧 고대형을 껴안고 뺨을 비볐다.

"아비도스, 알라신이 함께 하기를."

"족장이시여, 알라신의 축복을."

고대형도 진심으로 축원했다.

"타지크족의 번영을 이루시기를."

"아비도스, 자네는 위대한 암살자다."

쿨리가 가슴에 손을 얹고 고대형을 보았다.

존경을 보내는 자세다. 그러더니 낮게 소리쳤다.

"알라 아크바르!"

바위산 정상에 선 고대형이 서쪽 산맥 위에 얹혀 있는 석양을 보았다.

험준한 바위산으로 둘러싸인 황량한 천지에 붉은 햇살이 덮이고 있다. 사방을 둘러보아도 산, 산, 산이다. 나무 한 그루 없는 바위산.

그것이 붉은 석양에 물들어 붉은 산이 되어 있다.

고대형은 바위 위에 앉아 석양이 산맥 뒤쪽으로 묻혀 가는 것을 보았다. 서쪽 하늘은 더 붉어졌고 이쪽은 슬슬 어둠이 덮이기 시작한다.

하카드 지역을 떠난 지 오늘로 나흘째, 혼자 인적이 없는 산으로만 북상해 온 것이다. 지도를 보았더니 서북쪽으로 나흘 동안 150킬로를 주파했다.

해발 2천 미터가 넘는 산악 지역을 이만큼 걸었다는 것은 대단한 속도다.

어둠이 덮이기 전에 고대형이 지도를 꺼내 위치를 살펴보았다.

이대로 곧장 서북쪽으로 직진하면 우즈베키스탄이 나온다. 거리는 120킬로. 북쪽은 타지키스탄.

고대형은 시선을 떼었다. 다시 타지키스탄으로 갈 생각은 없다.

깊은 밤이다. 바위틈에 양털 모포를 뒤집어쓰고 잠이 들었던 고대형이 기척에 눈을 떴다.

쿵쿵 거리는 소리, 짐승이 냄새를 맡는 소리다. 순간 몸을 굳힌 고대형이 허리춤에 찬 권총 손잡이를 쥐었다. 쑴은 배낭에 넣고 바지 점퍼 차림이다. 그래서 벨트에 브라우닝을 끼워 놓은 것이다.

그때 독한 냄새가 풍겨왔다. 양이나 염소, 말 냄새와는 다르다. 바람결에 냄새가 흘러온 것이다.

다음 순간 몸을 굴린 고대형이 총을 빼들어 반대쪽을 겨누었다.

동시에 고대형의 몸 위로 거대한 물체가 덮쳤고 뜨거운 입김이 얼굴로 덮쳐왔다.

"탕!"

총성이 울렸다.

고대형이 왼팔로 얼굴을 막으면서 오른손에 쥔 권총을 뜨거운 김을 뿜는 물체를 향해 발사한 것이다.

"컥!"

바로 얼굴 위에서 외침이 울렸을 때 고대형이 다시 방아쇠를 당겼다.

"탕! 탕!"

연거푸 두 발을 발사한 고대형이 몸을 뒹굴면서 덮쳐누른 짐승을 밀어젖혔다. 상반신을 절반쯤 일으킨 고대형은 옆으로 뒹굴면서 머리를 이쪽으로 돌리는 곰을 보았다. 거리는 1미터도 안 되었기 때문에 눈 한쪽이 총에 맞아 피범벅이었고 총탄에 맞은 아래턱이 덜렁거리고 있다.

그때 고대형이 곰의 뇌를 겨누고 쏘았다.

"탕. 탕. 탕."

눈 위쪽의 뇌가 박살이 난 곰이 털썩 쓰러지면서 사지를 떨었다. 피비린내가 풍겨왔다.

상반신을 반듯이 세운 고대형이 두 손으로 몸을 더듬었다. 소매에 묻은 피는 곰이 흘린 것이다. 얼굴에는 곰의 침이 묻어서 미끈거렸다.

물린 곳은 없다. 그러나 아직 숨이 가쁘다.

굶주린 곰이다. 곰은 2미터가 넘는 체격에 2백 킬로 가깝게 되었다.

오전 3시 반이다. 총성이 요란했기 때문에 사방 3킬로 지역까지는 들렸을 것이다. 곰이 출몰할 줄은 예상하지 못했다.

고대형은 바로 짐을 꾸려 현장을 떠났다.

아직도 짙은 어둠에 덮인 바위산을 내려가 골짜기에 닿았을 때는 오전 5시가 되어갈 무렵.

개울가로 다가간 고대형이 옷에 묻은 곰의 피와 침을 씻었다.

아침 햇살이 비치고 있었지만 골짜기는 비껴 지나갔기 때문에 어둑하다.

고대형이 다시 신발 끈을 매고 있을 때 자동차 엔진 음이 들렸다. 골짜기 아래쪽이다. 바위에 가려 보이지 않았지만 도로가 있는 것 같다.

지도를 꺼내 살펴보았더니 국경으로 뻗어가는 샛길이었다.

사틀라간 산맥 아래쪽을 지나 우즈베키스탄으로 뻗은 길이다. 거리는 대략 95킬로.

한동안 지도를 내려다보던 고대형은 차를 얻어 타고 우즈베키스탄으로 빠져나갈 작정을 했다.

해밀턴이 이광과 나란히 앉아 앞쪽 바다를 보았다.

오후 4시 반.

해밀턴이 리스타랜드에 온 것이다.

바닷가 별장의 베란다에는 이광을 중심으로 해밀턴과 비서실장 안학태가 좌우에 벌려 앉아 있다.

이광이 입을 열었다.

"요즘 아프간이 뉴스의 중심이 되었더군."

"그렇습니다."

해밀턴의 얼굴에 쓴웃음이 번졌다.

"오마르가 라바니를 축출했지만 죽을 쓰고 있지요. 이번에 방송국이 폭파되는 바람에 미국 측에 뒤통수를 찍혔지요."

이제는 정색한 해밀턴이 말을 이었다.

"방송국을 폭파한 것이 리스타에서 빌려준 고대형입니다."

"……."

"CIA의 암살자로 아프간을 흔들어 놓았지요. 그전에는 타지크족의 마문 부족장 마문을 암살했습니다."

"……."

"그런데 지금 고대형은 쫓기고 있는 상황입니다."

이광과 안학태는 잠자코 바다만 보았다. 당연한 일이었기 때문이다. 오마르가 눈에 불을 켜고 쫓지 않겠는가?

그때 해밀턴이 말했다.

"CIA가 증거를 없애려고 고대형을 없애려는 것입니다."

고개를 든 이광이 해밀턴을 보았다.

"증거를 없애려고?"

"예. 방송국에 CIA 요원 다섯 명이 증언을 하려고 가 있었거든요."

해밀턴이 상황을 설명하는 동안 파도소리만 들렸다.

해밀턴이 말을 마치고 나서 덧붙였다.

"고대형의 안내역을 맡았던 지미 우들턴이라는 CIA 현지 요원까지 제거하려다가 실패해서 고대형이 피신할 수가 있었지요. 지미 우들턴은 CIA가 보낸 암살팀을 역습해서 제거하고 고대형에게 연락을 해준 것입니다."

"……."

"저도 지미가 리스타연합 측에 사실을 알려줬기 때문에 알게 되었습니다."

"후버 씨 지시인가?"

이광이 묻자 해밀턴이 한숨부터 뱉었다.

"윌슨한테 확인해 보았더니 부정도 시인도 하지 않았습니다."

이광이 고개를 끄덕였다. 그것은 시인이나 마찬가지다.

그때 안학태가 말했다.

"CIA 작전을 중지시킬 수는 없는 겁니까?"

"힘들어요."

해밀턴이 말을 이었다.

"이미 CIA는 지미하고 고대형을 수배시켰습니다. 제거하라는 지시가 전 지역의 요원에게 하달되었어요."

"안 돼."

이광이 말하자 해밀턴이 주춤했다.

고개를 돌린 이광이 해밀턴을 보았다.

"수단 방법을 가리지 말고 고대형을 살려야 돼. 그렇게 한다고 CIA와 우리 사이에 전면전이 일어나지 않을 테니까."

"제가 중재하겠습니다."

해밀턴이 고개를 끄덕이며 말했다.

"윌슨도 CIA 측에서 조정자 역을 하겠지요. 영감이 말년에 과격해지는 경향이 있다고 걱정했습니다."

"나는 어때?"

불쑥 물은 이광이 해밀턴과 안학태를 번갈아보았다.

"내가 혹시 감정적이거나 충동적인 건 아닐까?"

"아닙니다."

안학태가 바로 대답했고 해밀턴은 웃음 띤 얼굴로 이광을 보았다.

"저는 회장님이 그런 결정을 하실 줄 예상했습니다. 그것이 회장님의 스타일이시니까요."

이광이 따라 웃었다.

"결국 나는 당신들의 예상 안에서 행동하고 있군."

"그게 정상이시지요."

안학태가 말하더니 자리에서 일어섰다.

"저는 해밀턴 씨하고 고대형의 구출 문제를 상의하겠습니다."

"연락관 브라운이 멍청한 놈입니다."

중동 보좌관 아놀드가 말했다.

"그놈한테 작전을 지휘하도록 하는 게 아니었습니다. 그놈이 독자적인 작전을 해본 적이 없거든요."

"갓댐."

윌슨이 짜증을 냈다.

아놀드보다 2년쯤 선배지만 윌슨은 선임 부장보.

CIA 서열이 2위다. 아놀드는 30위권쯤 될까?

"이봐, 아놀드, 그런 말은 동양에서는 뭐라고 하는 줄 알아?"

"모르겠는데요, 부장보님."

"죽은 자식 나이 센다고 해."

"그렇군요."

쓴웃음을 지은 아놀드가 윌슨을 보았다.

"어쨌든 지미하고 고대형은 아프간 주변에서 벗어나지 못했습니다. 정보 원을 대폭 증강했으니까 곧 흔적이 잡힐 겁니다."

"이봐, 아놀드."

윌슨이 정색했다.

"그놈들이 우리 지시로 방송국을 폭파한 후에 다시 그 증거를 없애려고 우리들이 제거 작전을 한다는 사실을 폭로하면 우리는 제대로 가는 거야."

"그렇게 될 리가 있습니까?"

둘은 랭글리의 CIA 본부 부장보실에서 마주 앉아 있다.

후버는 요즘 본부에 출근하는 날이 드물어서 부장 대행도 월슨이 맡고 있다. 월슨이 이맛살을 찌푸렸다.

"아놀드, 고대형 뒤에는 리스타가 있다는 사실을 잊었나?"

"아닙니다. 잊지는 않았습니다."

"고대형이 리스타에 연락을 한다면 어떻게 될 것 같나?"

"해밀턴이 나서겠지요."

아놀드는 리스타를 잊고 있었던 것 같다.

해밀턴 이름을 제 입으로 꺼낸 순간부터 긴장하는 것을 보니까 그렇다. 그때 월슨이 말을 이었다.

"우리가 부장 지시로 고대형을 쫓지만 이미 지미가 고대형에게 사실을 말해준 상황이야."

"고대형이 리스타에 보고 했을까요?"

"지미가 리스타연합 정보원에게 말했어."

"그럼 리스타는 알고 있겠군요."

"고대형을 제거하면 안 돼. 이젠 늦었어."

"지미를 처치했으면 순조롭게 풀리는 일이었습니다."

"갓댐. 글쎄 입 닥쳐."

"예, 부장보님."

"아놀드, 자네가 페샤와르로 가."

"부장님께 보고해야 되지 않겠습니까?"

"내가 보고할 테니까 현장 지휘로 가는 거야."

256

"알겠습니다."

"정보원들에게는 아무 소리 말고 고대형은 건들지 마. 지금 출발하라고."

"무슨 말씀인지 알겠습니다."

고개를 끄덕인 아놀드가 자리에서 일어섰다.

산 위에서 내려다보이는 마을은 평화로웠다.

지붕이 붉은색, 파란색, 노란색으로 칠해져 있는 것이 장난감 같다. 푸른 초원에 흰 점을 찍어 놓은 것 같은 양떼와 황갈색 소떼, 이곳이 우즈베키스탄이다.

오후 3시 무렵, 고대형은 산을 넘어 마침내 우즈베키스탄 영토에 들어와 있다. 국경 검문소를 피해 산을 넘어온 것이다.

고대형은 다시 발을 떼었다. 지쳤지만 오늘은 마을에서 투숙할 예정이다.

이제 쑵과 터번을 벗고 작업복 상의로 갈아입었다. 먼저 개울가에 가서 씻고 수염도 자를 작정이다. 배낭에는 비누와 면도기까지 들어 있으니까.

오후 6시 반, 우즈베키스탄의 국경도시 타이란시.

시장 옆의 여관으로 고대형이 들어섰다.

"방 있습니까?"

고대형이 파슈툰어로 묻자 주인이 고개를 끄덕였다.

"있지요. 요즘은 피난 오는 사람들이 많지만 여관에는 안 와."

흰 수염이 짙게 난 주인이 손을 내밀었다.

"아프가니는 안 받는 거 아시지? 달러나 루블도 좋고."

"달러로는 하룻밤 얼마요?"

"5불."

고대형이 주춤 물러섰다.

"이런 집이 5불이라니? 다른 여관으로 가겠소."

"달러만 낸다면 3불까지 깎아주지."

"2불밖에 없어."

"좋아, 2불만 내."

주인이 마르고 검은 손을 고대형의 턱밑에 내밀었다. 고대형의 더러운 헝겊 가방에 현금 65만 불이 담겨 있다는 것을 알면 기절하겠지.

우선 방을 잡아놓고 거리로 나가서 옷과 신발까지 다 샀고 이발소에 들러 다시 머리와 수염을 다듬었다.

새 가방까지 산 다음에 음식을 준비해 온 고대형은 여관으로 돌아왔다. 욕실에서 싹 씻고 새 옷으로 갈아입었더니 딴 사람이 되었다.

여관방은 손님들로 소란스럽다. 대부분이 우즈베크인이고 가끔 색다른 언어가 들린다. 주의 깊게 귀를 기울였더니 바로 '한국어'다. 고려인이 이곳에 있다.

다음 날 오전 6시 반, 고대형이 여관을 나와 버스 정류장으로 다가갔다.

아침 일찍 나온 것은 여관 주인이 이상하게 생각할까 조심했기 때문이다.

전혀 다른 모습이 되어 있는 고대형을 신고할지도 몰랐다.

여관을 나온 고대형이 버스 정류장으로 갔더니 타슈켄트행 버스는 8시 반에 출발이다. 1시간이나 남았다. 그래서 정류장 옆 식당에서 아침을 먹고 있는데 또 '고려말'이 들렸다. 북한 쪽 억양이 섞여 있었지만 다 알아들을 수 있다.

고개를 돌린 고대형이 뒤쪽에 앉아 있는 두 여자를 보았다. 50대쯤의 중년과 20대 여자다. 둘은 히잡을 쓰고 있는 것이 회교도다. 우즈베크인의 90퍼센트가 회교도인 것이다.

시선이 마주치자 중년은 외면했지만 20대는 2초쯤 시선을 주었다가 비껴났다. 둥근 얼굴에 검은 눈동자가 호기심에 반짝였다.

고대형은 턱수염만 기른 얼굴인데 누가 봐도 파슈툰족이나 타지크족이다.

그러나 말끔한 양복 차림에 겉옷을 걸쳤고 짐 가방도 새것이다. 이미 골짜기에서 무기는 다 버렸다.

그때 중년이 20대에게 말했다.

"야, 눈길 주지 말라우. 저놈은 밀매상 같다."

지금 고대형한테 하는 말이다.

그때 20대가 말했다.

"어머니는 말끔한 옷을 입은 사람만 보면 밀매상이라고 하오?"

"그럼 저놈이 양 키워서 저런 옷 입었겠니?"

"그나저나 옥수수 값 제대로 받지 못해서 어쩌지요?"

둘은 옥수수를 팔고 가는 것 같다.

18시간이 걸리는 장거리 여행이다.

버스는 산길을 달리다가 오전 11시가 되면서부터 평원으로 들어섰다.

끝없이 펼쳐진 대평원이 신기했지만 그것도 금방 싫증이 나서 고대형은 잠을 자기로 했다. 이곳은 검문소도 없었기 때문에 마음을 놓아도 된다. 고대형은 지미가 만들어준 파키스탄 여권을 갖고 있어서 우즈베크의 검문에 걸려도 별 문제가 없다. 이쪽 지역은 수백만이 이동하기 때문이다.

자리를 잡고 정식 직장에 다니기가 어려울 뿐이지 일용 노동자나 잡일은 얼마든지 가능하다.

오후1시, 버스가 작은 마을에 들어가 쉬었다. 점심식사 겸 1시간 휴식이다.
이곳에서 내리는 사람도 있고 갈아타는 사람도 있다.

고대형은 정류장 근처의 식당에 들어가 양고기로 점심을 먹었다. 긴장이
풀려서 그런지 계속해서 졸리기만 했다.

그래서 식당 앞 의자에 몸을 파묻듯이 기대고 졸았더니 옆에서 두 모녀
의 이야기가 들렸다.

"어머니, 트럭 운임하고 버스비 빼면 타슈켄트에서 판 것보다 1백만 숨쯤
이득이야. 참, 여관비, 식비를 안 뺐구나."

"1백만 숨이면 내가 반달 김치 팔아서 번 돈은 된다."

그 소리를 듣고 고대형이 계산해보았다.

1백만 숨이면 2백 불 정도는 된다. 이곳에서 1백 불을 50만 숨으로 환전
했기 때문이다.

그때 딸이 말했다.

"옥수수 농사도 갈수록 힘들어져서 미카엘 결혼 비용 장만하는 데 몇
년이 더 걸릴지 모르겠어."

"네 걱정이나 해라. 너는 계속 부모하고 같이 살 작정이냐?"

"왜? 일 도와주고 좋지 않아?"

"토르마한테 가, 유리는 우리가 키울 테니까 걱정 말고."

"그런 소리 하지 말라고 했잖아. 어머니 같으면 7살짜리 아들을 부모한테
맡기고 새 남자한테 가겠어?"

"넌 스물일곱밖에 안 됐다. 네가 불쌍해서 그렇다."

"난 하나도 불쌍하지 않아. 옥수수 값만 오르면 행복해."

"참 내."

"김치 값이 오르면 더 행복하고."

그때 나이든 여자가 짧게 웃고 말했다.

"아이구, 그만두자."

"김치가 좀 팔렸는지 모르겠네. 타냐가 가게를 비워놓고 돌아다니기를 잘해서."

"글쎄 말이다."

"어머니, 돈주머니 잘 챙겨놓았어?"

"그래."

그러더니 나이든 여자가 목소리를 낮췄다.

"저 파키스탄 놈인지 아프간 놈인지가 수상해서 아예 배에다 둘러찼더니 숨 쉬기가 거북하구나."

고대형이 저절로 숨을 들이켰다. 의자에 머리를 기대고는 눈을 감고 있었기 때문에 영락없이 자는 모습이다.

그런데 저 여자는 자신이 수상하단다. 그래서 돈주머니를 배에다 차고 있다지 않는가? 몸이 뚱뚱한 줄 알았더니 돈 자루를 둘러찼구나.

오후 7시가 되었을 때 버스는 중부의 소도시에 정차했다. 이곳에서 대부분의 승객이 내리고 새 손님으로 바뀌었다. 운전사도 바뀌었는데 이번에는 두 시간을 쉰다.

국경 쪽 도시에서 타슈켄트까지 곧장 가는 손님은 두 모녀를 포함해서 넷뿐이다. 이번에는 고대형이 두 모녀를 슬슬 따라가서 식당의 뒷자리에 앉았다. 버스 터미널 근처의 싸구려 양고기 식당이다. 제일 비싼 양다리구이가 2만 숨. 달러로 4불밖에 되지 않는다.

모녀는 1만 숨짜리 양꼬치 2개와 빵과 물을 시켰다. 합계 2만 숨.

고대형은 채소와 말 젖, 과일까지 시켜서 4만 숨이다.

고대형은 딸의 상황을 대충 파악할 수 있었다. 딸은 남편이 죽었는지 도 망갔는지 모르지만 7살짜리 유리라는 아들하고 친정 부모한테 얹혀산다. 같이 살면서 억척스럽게 일을 하는 것 같다.

옥수수 농사를 같이 짓고 수확한 옥수수를 더 좋은 가격에 팔려고 아프 간 국경까지 싣고 내려왔다가 돌아간다. 집에 남동생 미카엘이 있고 그놈의 결혼 자금을 모으는 것 같다. 어머니는 토르마라는 남자한테 딸을 보내주 려고 하지만 유리를 놔두고는 절대 안 간다는 거다.

그때 어머니가 이야기를 시작했다.

"내가 이남 이녀를 낳아서 미카엘 하나만 남겨놓고 다 결혼시켰지만 큰 딸인 네가 도와주지 않았다면 이 정도까지 되기도 힘들었을 거다."

"무슨 말야?"

"네가 이반이 죽고 나서 두 살짜리 유리를 업고 집으로 돌아왔을 때 내 억장이 무너졌다."

어머니의 목소리에 물기가 덮인 것 같다.

"그런데도 넌 돌아온 다음 날부터 농장에 나갔고 밤에는 김치를 담갔어. 유리를 업고 네가 내 대신 가게를 봐줄 때 나는 숨어서 많이 울었다."

"엄마가 울었어? 난 몰랐는데. 내가 가게 봐준다면 좋아서 웃고 나가더만."

"아이구, 이년아."

"옛날이야기 하지 마. 벌써 5년 전이야."

"그 5년 동안 네가 두 동생 결혼시켜준 것 아니냐?"

"내가 시켰나? 어머니가 죽어라고 농장 일 하고 김치 팔아서 결혼 시킨 거지. 그리고 애들도 같이 일했고."

"걔들은 학교 다니느라고 무슨 일을 해? 이제야 겨우 한 사람 몫을 하 는데."

"근데 저 아프간 사람은 타슈켄트에 뭐 하러 가지?"

마침내 젊은 여자가 고대형에 대해서 물었다. 눈치 챌까 봐 고개는 이쪽으로 돌리지 않는다.

그때 어머니가 말했다.

"가만 보면 장사꾼 같기도 한데, 무역하는 놈인가?"

"도축업자 같기도 해."

딸이 말을 이었다.

"아프간에서 돈 많은 사람은 도축업자 아니면 정부 관리뿐이야."

"네가 한번 물어봐라."

"내가? 왜?"

"앞으로 10시간은 더 버스를 같이 타고 가는데 말이나 붙여 봐."

"글쎄, 내가 왜? 아까는 수상하다면서?"

"나이는 한 사십 된 것 같지?"

"수염 깎으면 그보다 덜 먹은 것 같기도 해. 서른 대여섯?"

"결혼했겠지?"

"안 했으면 어쩌라고?"

"체격이 커서 농사일 잘 하겠다."

"아유, 그만둡시다."

그때 고대형이 일어섰더니 외면하고 있던 두 모녀가 입을 딱 다물었다

젊은 여자 이름이 소냐였다. 버스 탈 때 나이든 여자가 그렇게 불렀던 것이다.

다시 밤길을 달리면서 고대형은 타슈켄트에서 당분간 지내야겠다고 마

을을 먹었다. CIA의 암살자들이 찾겠지만 리스타 쪽에도 연락을 끊고 잠적하는 것이다. 이제 좀 쉴 때도 되었다.

그때 통로 옆자리에 앉았던 소냐가 고개를 돌려 고대형을 보았다.

"당신, 아프간인인가요?"

소냐가 파슈툰어를 쓴다.

창가에 앉은 소냐의 어머니는 잠이 들었다. 버스 안도 조용하다.

모두 잠이 들었기 때문이다.

구닥다리 버스의 엔진 음이 컸고 진동도 요란했는데 그 소음이 소냐의 말을 방해하지는 않았다.

소냐의 시선을 받은 고대형이 고개를 끄덕였다.

"아프간에서 왔지만 파키스탄 국적이오."

"파슈툰?"

"그렇소."

"타슈켄트에는 뭐 하러 가요?"

"거기 쉬러 가는 거요."

"쉬러?"

소냐의 두 눈이 반짝였다.

"거기까지 쉬러 간단 말이에요?"

"너무 오래 힘들게 일을 해서, 한동안."

"무슨 일을 했는데?"

"중개업. 여러 가지를 이쪽저쪽에 팔았지."

"나도 그럴 줄 알았다니까."

소냐가 고개를 끄덕였다.

힐끗 잠이 든 어머니를 돌아본 소냐가 다시 물었다.

264

"타슈켄트에는 자주 가 봤어요?"

"처음이오."

"저런."

"왜?"

"처음 가본다니 놀랐지요."

"그런데 파슈툰어를 잘하는군."

"장사를 하려면 할 수 없이 배워야죠."

"무슨 장사를 하는데?"

"시장에서 김치 팔아요."

"김치? 그럼 당신 고려인이오?"

"그렇게 안 보여요?"

"고려인에 당신 같은 미인이 있다니."

그때 소냐가 눈을 흘겼다. 얼굴에 웃음이 떠올라 있다.

"농담하지 마요, 파슈툰."

"결혼했소?"

"7살짜리 아들이 있어요."

"어떤 놈인지 좋겠군. 나 같으면 7살짜리 밑으로 연년생 5명은 더 낳았을 텐데."

어쩌나 보려고 불쑥 내질렀더니 소냐가 한동안 눈을 깜박였다가 물었다.

"당신은 결혼했어요?"

"아내가 죽었소."

"……."

"죽은 지 일주일이 되었군."

소냐의 검은 눈이 어둠 속에서 크게 떠져 있다.

고대형의 눈앞에 떠 있는 소녀의 얼굴이 사일라로 바뀌었다.

사일라, 난 지금 타슈켄트로 가는 버스 안에서 고려인 여자에게 너를 팔아먹고 있다. 너를 이용해서 이 여자한테 호의를 끌어내려고 하는구나.

그때 소녀가 가라앉은 목소리로 물었다.

"왜 죽었는데요?"

"탈레반의 총에 맞아서."

"……"

"뒷머리가 깨졌다는데 난 그 상처는 보지 않았어."

"……"

"죽고 나서 이틀 후에 시체를 보았으니까. 얼굴을 쓰다듬었더니 대리석 같더군."

"……"

"감겨졌던 눈꺼풀이 말려 올라가서 나를 쳐다보았는데 꼭 산 사람 같더라니까."

"안됐어요."

소녀가 한숨과 함께 낮게 말하더니 번들거리는 눈으로 고대형을 보았다.

"내 남편도 죽었어요."

"저런."

"당신 이름이 뭐죠?"

"아비도스. 당신은?"

"소냐."

"타슈켄트에 숙소 좋은 곳 아시오? 당신 집과 가까운 곳."

그렇게 물었더니 소녀의 눈동자가 흔들렸다. 어둡지 않았다면 얼굴이 붉어진 것이 보였을까?

이윽고 소녀가 말했다.

"제가 생각해 볼게요."

오전 6시에 타슈켄트에 도착했다. 18시간 걸린다더니 22시간이 걸린 셈이다.

버스에서 내린 고대형 앞으로 소녀와 어머니까지 다가와 섰다. 소녀는 이미 버스 안에서 고대형의 사연을 다 말해준 상태.

어머니의 얼굴은 고대형에 대한 호의로 덮여 있다.

"아비도스 씨, 우리 마을에 여관이 있는데 별로 좋지는 않지만 가시겠어요?"

"갑시다."

대번에 고대형이 말했다.

"마을 사람들한테 관심을 받기 싫으니까 내 이야기는 하지 말아요, 소녀."

"당연하지."

어머니가 서툰 파슈툰어로 말했을 때 고대형이 고개를 끄덕였다.

"감사합니다."

"저기서 버스를 타고 가지."

어머니가 손으로 텅 빈 버스 정류장을 가리키며 말했다.

"2시간쯤 기다리다가 버스를 타야 돼."

"그러실 것 없이 택시를 타십시다."

"아니, 버스로 한 시간 반이 걸리는 거리야."

"내가 택시비 내지요."

가방에 든 돈으로 택시를 1백 대쯤 살 수 있을 것이다. 고대형이 손을 들어서 지나가는 택시를 세웠다.

이곳은 우즈베크의 수도 타슈켄트다. 벤츠 택시도 굴러다닌다.

소냐와 어머니는 택시를 타본 적이 없는 것 같다, 흥정도 못하는 걸 보니까.

타슈켄트 서쪽 40킬로 지점의 고려인 마을.

택시에서 내려 훑어보았더니 민가는 6채. 그것도 드문드문 흩어졌고 그 중심부에 세워진 가게가 여관을 하고 있다.

가게 옆은 식당. 국도에서 4킬로쯤 떨어진 지역으로 사방이 옥수수 밭이다.

추수가 끝나서 황량한 벌판이 되어 있는 이곳까지 택시는 비포장도로를 달려왔지만 차 한 대 지나지 않았다.

그것이 고대형의 마음에 드는 딱 한 가지다.

놀라서 나온 가게, 식당, 여관 주인인 사내도 고려인이다. 40대 중반쯤.

"얘는 내 오빠 아들이야."

어머니가 사내를 가리키며 말했다.

"여관 손님은 하나도 없어. 그러니까 마음대로 써도 돼."

그동안 소냐한테서 설명을 들은 여관 주인 로마노프 조가 고대형에게 말했다. 콧수염을 기른 성실한 인상이다.

"아비도스 씨, 저쪽 안채를 쓰시지요. 거긴 독채라 편하게 쓰실 수 있을 겁니다. 식당에 가 계시면 우리가 청소를 깨끗이 해놓지요."

로마노프 조의 파슈툰어가 서툴렀기 때문에 고대형이 러시아어로 말했다.

"러시아어로 말해도 돼요."

"아이구, 러시아어를 하시는군."

로마노프 조가 반색을 했고 어머니는 더 놀랐다. 어머니도 러시아어로 떠들었다.

"아이구머니, 내 고향 말을 하네."

어머니는 아마 스탈린 시대에 러시아 극동 지역에서 이곳으로 추방된 부모한테 이야기를 들었겠지. 우즈베크의 고려인은 모두 그들의 후손이다. 그래서 러시아어를 조선말 다음으로 잘 쓴다. 조선말을 잊은 고려인은 있지만 러시아어는 안다.

그때 어머니가 말했다.

"우리 집은 저쪽이야."

어머니가 가리킨 저쪽은 1킬로쯤 떨어진 주택이다. 벌판 한복판에 서 있는 집.

"우리가 집에 갔다가 다시 보러 올 테니까 그동안 잘 쉬어, 아비도스 씨."

"예, 고맙습니다."

고대형의 시선이 소냐와 마주쳤다.

아침 햇살을 받은 소냐의 얼굴이 해바라기처럼 환했다.

왜 해바라기가 떠올랐을까?

"하카드 가문을 떠난 지 10일이 되었습니다. 행방은 모릅니다."

정보원의 목소리가 이어졌다.

"고대형은 하카드 가문에서 영웅 취급을 받습니다."

"갓댐."

마침내 아놀드가 버럭 화를 내었다.

"이봐, 지금 고대형이 소문 들을 때가 아니라고! 그놈의 흔적을 찾으란 말야!"

"아프간을 빠져 나갔는지 국경을 넘었는지 전혀 알 수가 없어요. 혼자 다니기 때문에 말입니다."

"알았어. 계속 수색해."

결국 그렇게 통화를 끝낸 아놀드가 고개를 들고 마카리를 보았다.

마카리는 페샤와르 주재 CIA 책임자, 파키스탄인이다.

"묘지 감시도 철저히 해야 돼."

"이제는 악에 받쳐서 무슨 짓을 할지 모릅니다."

마카리가 고개를 절레절레 흔들었다.

"그놈을 찾느니 차라리 바닷가 모래사장에서 바늘을 찾겠습니다."

이제는 욕을 할 기력도 없어진 아놀드가 투덜거렸다.

"놈들은 전문가야. 쫓는 것도 숨는 것도 선수라고."

페샤와르에 온 지 사흘째.

아놀드는 아프간 내부와 주변국과의 국경에 수백 명의 정보원을 동원했지만 전혀 성과를 얻지 못했다. 공략비만 수십만 불을 날렸을 뿐이다. 그러니 이제는 지미와 고대형을 추켜세우는 것이 이쪽 자존심에 도움이 되는 것 같다.

파키스탄의 이슬라마바드, 현재 파키스탄의 수도지만 인구는 1백만 정도다.

이슬라마바드 교외의 찻집 안.

이곳은 라왈핀디로 가는 길가여서 창밖으로 쉴 새 없이 차량이 오가고 있다.

오후 3시 반, 찻집 안은 한산하다.

안쪽에 두 사내가 마주 보고 앉았고 문 쪽에 히잡을 쓴 여자 둘이 나란히 앉아서 누군가를 기다리고 있다.

그때 안쪽에 앉은 사내가 입을 열었다.

"자, 이제 사건까지 확인했으니까 기사를 낼 수 있겠지요?"

"알겠습니다."

앞자리의 사내가 고개를 끄덕였다.

이 사내는 후줄근한 양복에 먼지로 덮인 구두를 신었다. 백인. 얼굴이 볕에 타서 황갈색이지만 지저분한 금발이 머리에 붙어 있다.

백인이 고개를 들고 물었다.

"CIA의 암살대가 추적하고 있다는 말도 써야 되겠지요?"

"당연히."

고개를 끄덕인 사내는 지미 우들턴이다.

터번에 쑵을 입고 양복저고리를 걸친 지미는 완벽한 파키스탄인이다. 앞에 앉은 백인은 이슬라마바드 주재 프랑스 신문 르몽드의 기자, 미셸. 특파원으로 파키스탄에 주재하면서 지미하고도 안면을 익힌 사이다.

미셸이 걱정스러운 표정으로 지미를 보았다.

"지미, 이렇게 해도 괜찮겠습니까?"

"각오를 한 일이오, 미셸."

"정부에서 청문회를 열겠다면 출두하겠다고 했는데, CIA가 놔둘까요?"

"날 찾아서 제거하겠지."

"지미, 이 기사를 어떻게든 기사로 낼 겁니다."

미셸이 탁자 위에 놓인 서류봉투를 손바닥으로 두드렸다.

"데스크에서도 사주와 경영진의 승인을 받았어요. 이것은 정부도 묵인하고 있다는 것을 의미합니다."

"그래서 내가 프랑스 르몽드에 이 사건을 제보한 거요. 이슬라마바드에는 22개국 특파원이 있다는 것도 아니까."

"이건 대특종이 될 겁니다. 오마르한테도 가뭄에 단비 같은 뉴스가 되겠지요."

"그까짓 애꾸눈 미친놈에게 좋으라고 한 일은 아니고."

"그건 압니다."

"프랑스가 CIA의 대중동 정책에 비판적이라는 것을 이용했을 뿐이오."

지미가 번들거리는 눈으로 미셸을 보았다.

"미셸 씨."

"뭡니까?"

"내 아내는 파키스탄 여자요."

"그렇습니까? 몰랐습니다."

"서른셋인데 같이 산 지 4년 되었지."

"지금 어디 있습니까?"

미셸이 묻자 지미가 빙그레 웃었다.

"내가 도망자 신세가 되니까 날 자유롭게 만들어 주려고 자살했어."

"……."

"CIA 정보원들이 찾아와서 묻고 감시를 시작하니까 상황을 알아차린 모양이야. 집에 있던 권총으로 머리를 쏘아서 죽었어."

"……."

"세 살짜리 딸이 있었는데 작년에 티푸스로 죽었지. 그 후로 우울증에 걸렸다가 마침 죽을 이유가 생긴 거지."

"유감입니다, 지미 씨."

"자, 그럼 기사 나오는 것만 기다리겠소."

지미가 자리에서 일어서자 미셸이 물었다.

272

"연락은 지금처럼 지미 씨가 해주실 겁니까?"

"그러지요."

몸을 돌린 지미가 손을 들어 보이면서 말했다.

"청문회 때나 얼굴 봅시다. 만일 제대로 일이 된다면 말이지요."

"아, 소냐."

이제는 러시아어로 고대형이 소냐를 맞았다.

여관 앞마당에서 고대형은 로마노프와 그의 처 율랴, 아들 세묘노프와 함께 옥수수 껍질을 벗기는 중이다.

오후 2시.

마당 한쪽에는 10미터 가까운 높이로 옥수수가 쌓였고 사방 30미터가 넘는 마당은 옥수수 껍질로 가득 덮였다.

그때 다가온 소냐가 웃었다.

"뭐야? 손님을 일꾼으로 부려먹는 거야?"

그것은 조선말로 로마노프 일족에게 한 말이고 그다음에는 러시아어로 고대형에게 말했다.

"아비도스, 타슈켄트로 가는 버스가 4시에 떠나요. 난 김치가게에 가는데 같이 가요."

"아, 그럽시다."

고대형이 옷을 털면서 일어섰다. 타슈켄트에 가서 야시장 구경도 하고 쇼핑도 할 예정이었던 것이다.

버스에 나란히 앉았을 때 그동안 낯이 익은 마을 사람 두 명이 알은체를 했다.

그들에게는 옥수수 거래를 하다 알게 된 파키스탄 상인이라고 소냐 모녀가 말해주었다.

소냐 어머니 이름은 나타샤 조다. 소냐의 전체 이름은 소냐 김, 김씨다.

소냐는 김치 통 2개를 갖고 탔기 때문에 고대형도 김치 통 하나를 다리 사이에 끼워놓고 있다. 러시아산 고물 버스가 덜컹거리며 달릴 때 소냐가 고대형에게 물었다.

"아비도스, 고려, 그러니까 한국 잘 알아요?"

"잘 모르겠는데."

이것은 엉겁결에 나온 대답이다.

갑자기 그렇게 물어서 놀란 나머지 대답이 그렇게 나왔다.

그러자 소냐가 정색하고 말했다.

"우린 할머니 때 러시아 동쪽 끝 시베리아에서 이곳으로 끌려왔어요. 추방당한 것이죠."

"아."

"그때는 일본과 러시아가 전쟁 중이어서 극동에 있는 우리가 일본 놈들하고 내통할지도 모른다고 스탈린이 서쪽 끝인 이곳으로 추방시킨 것이죠."

"그렇구나. 그래서 소냐도 이렇게 러시아 말을 잘하는군."

"나도 파키스탄인 치고 아비도스처럼 러시아 말을 잘하는 사람, 처음 만나요."

"그렇군. 그런데 소냐, 당신은 재혼하지 않은 거요?"

"유리 때문에 안 돼요."

"데리고 가면 되지 않아?"

"반길 남자가 있겠어요?"

소냐가 한숨을 쉬었다.

"유리도 싫어할 거구요."

"그렇다고 젊은 나이에 혼자 살기도 그렇잖아?"

그때 소냐가 쓴웃음을 지었다.

"아비도스, 당신 걱정이나 해요."

"우리 둘이 같이 살면 어때?"

"미쳤어요?"

소냐의 얼굴이 대번에 빨개지더니 외면했다. 그러고는 타슈켄트에 도착할 때까지 외면한 채 입을 열지 않았다.

버스 정류장에서 시장까지는 걸어서 10분 거리다.

소냐한테서 김치 통 한 개를 마저 빼앗은 고대형이 김치 통 2개를 시장까지 갖다 주었다.

야시장은 다음 날 오전 6시까지 열기 때문에 소냐는 시집간 여동생 타냐하고 교대를 하는 것이다. 타냐가 임신한 배를 감싸고 돌아간 후에 고대형이 가게를 정리하는 소냐에게 말했다.

"시내 돌아보고 나서 여기 올게, 소냐."

소냐는 대답하지 않았지만 고대형은 몸을 돌렸다.

타슈켄트는 중앙아시아에서 가장 안정되고 화려한 도시다.

우즈베크가 구소련에 속해 있을 때는 중공업의 생산 기지로 경제 상황이 더 좋았지만 독립되고 나서 오히려 침체되었다. 그러나 지금도 타슈켄트의 번화가는 서구의 도시 같다.

고대형은 시내 상점에서 소냐와 유리의 겨울 파카를 하나씩 샀다. 겨울이 다가오는 11월이다. 이곳 겨울은 혹한이다.

산 김에 소냐의 어머니 나타샤의 파카까지 샀더니 한보따리가 되었다. 그래서 산 김에 셋의 겨울용 가죽 부츠도 샀다. 유리도 몇 번 봐서 신발 사이즈도 알았고 나타샤와 소냐의 신발도 보았기 때문이다.

고대형이 한보따리의 짐을 아예 등에 메고 다시 시장으로 돌아갔을 때는 오후 8시 무렵이다. 시장은 손님들이 많았고 소냐도 김치를 파느라고 바빴다. 그래서 고대형이 짐을 안쪽에 내려놓았어도 손님과 흥정하는 바람에 힐끗 보기만 했다.

김치 1킬로그램에 1만 숨, 2달러다.

옆쪽에 서서 구경을 했더니 대개 1킬로에서 2킬로씩 김치를 파는데 깎아달라는 사람이 많아서 8천 숨도 받고 어떤 할머니한테는 7천 숨까지 받았다. 9시쯤 되어서 조금 한가해졌을 때 소냐가 옆에 서 있는 고대형에게 물었다.

"버스 막차가 10시에 떠나요. 그 차 안 타요?"

"기다리는 사람도 없는데 여기 있지, 뭐."

"어디에요?"

"여기. 김치 파는 거 도우면서."

"저리 가요. 그렇지 않아도 옆집 베스나가 당신이 누구냐고 자꾸 물어서 혼났다니까요."

"곧 같이 살 사람이라고 하지."

"아비도스, 그러지 마요."

정색한 소냐가 고대형을 보았다.

"우리 고려인한테 그런 농담은 모욕이에요, 아비도스."

"난 그런 소리 처음 듣는데, 소냐."

"당신은 고려인이 아니니까 몰라."

"이런."

고대형이 혀를 찼다.

러시아계 조선족은 다른 풍습을 갖게 되었단 말인가?

"소냐, 난 진심이야. 버스를 같이 타고 올 때부터 그런 생각이 들었어."

외면한 채 서 있는 소냐의 옆모습에 대고 고대형이 말을 이었다.

"소냐 같은 여자하고 이곳에 정착해서 같이 살고 싶다고 말야. 그렇지, 유리를 같이 키우면서 말야."

그렇다. 암살자의 역할은 다 끝났다, 그것도 성공적으로.

CIA가 암살자 역할까지 없애려고 이제는 암살자를 암살하려고 덤비지만 '숨어주면' 다 끝나는 일이다. 아마 CIA도 그것을 고맙게 생각하겠지. 그리고 내 고향이나 다름없는 리스타에도 피해를 입히지 않고 말이다.

이윽고 숨을 들이켠 고대형이 소냐에게 말했다.

"소냐, 뒤쪽에 너하고 유리, 그리고 어머니 방한 파카와 부츠를 샀어. 그리고 내일 가져가."

발을 뗀 고대형이 말을 이었다.

"나 오늘 밤에는 타슈켄트에서 보내고 내일 마을로 돌아갈게."

뒤쪽의 소냐는 짐 꾸러미를 보는지 대답이 없다.

"아, 지미 씨."

반색한 미셀이 서둘러 말했다.

"데스크에서 보완 요청이 있어서요. 목이 빠지게 기다리고 있었던 중이오."

"보완할 것이 있어요?"

지미가 뜨악한 분위기로 되물었다.

"그만하면 완벽할 텐데, 미셸 씨."

"육성 녹음요. 아주 기본적인 것만 나하고 대답 형식으로 지미의 목소리를 녹음해주면 되겠는데요."

"그럼 지금 하시든지."

"그것을 화면으로 찍는 겁니다. 그 장면을 녹화해서 방영하고 기사를 내겠다는 계획인데."

"아주 철저하게 작업을 하실 계획이군."

"그래야 신빙성이 갖춰진다고 믿는 겁니다. 이건 사운을 걸고 내놓은 대특종이란 말입니다."

"그럼 결국 내가 다시 당신하고 만나야 된다는 말 아닙니까?"

"30분이면 끝납니다, 지미 씨."

"죽이는 건 30초도 안 걸려요, 미셸 씨."

"무슨 말입니까?"

"우리 위에, 아니 내 위에 죽음의 그림자가 덮이려는 느낌이 들어요, 미셸 씨."

"왜요?"

"증거는 그만하면 완벽해요."

"지미 씨, 나는 데스크의 지시로……."

"당신은 모르고 있겠지. 믿어요."

"지미 씨."

"위쪽 데스크, 경영진, 아니면 사주가 정치권 고위층에게 정보를 흘렸고, 그것이 나를 끌어내는 작전으로 옮겨진 것 같소."

"지미 씨."

"다시 조사를 해야겠어요, 미셸 씨."

지미가 말을 이었다.

"그래서 다시 암살자가 되겠어. 그럼 이만."

미셸이 전화기를 귀에서 떼었을 때 어디선가 딸깍 소리가 났다.

무슨 소리인가?

"갓댐."

전화기를 내려놓은 퍼니가 옆에 앉은 루이드에게 말했다.

"저 귀신같은 지미 놈이 눈치를 챘군."

"저 봐."

루이드가 입에만 물고 있던 담배를 내동댕이쳤다.

"지미가 어떤 놈이라고. 우리보다 두어 수 앞을 보는 놈이야."

둘은 방금 미셸의 전화를 도청한 것이다.

6장 타슈켄트

　고대형은 타슈켄트의 클럽에서 밤늦게까지 술을 마시고 클럽 근처의 호텔에 투숙했다.

　아침에 잠에서 깨었을 때는 9시, 소냐가 집에 돌아갔을 시간이다.

　시장의 김치가게는 타냐, 소냐, 미카엘, 소냐의 어머니 나타샤의 순서로 일하기 때문에 지금은 미카엘이 가게에 있을 것이다.

　시내에서 늦은 아침까지 사먹고 버스를 타고 마을에 도착했을 때는 오후 1시가 되어갈 무렵.

　여관 마당으로 들어선 고대형이 걸음을 멈췄다.

　마당 안쪽의 평상에 나타샤와 소냐, 그리고 유리까지 있었기 때문이다.

　둘은 평상에 앉았고 유리는 마당에서 닭을 쫓아다니는 중이다.

　"아니, 나타샤. 로마노프 만나러 왔습니까?"

　분위기가 심상치 않았지만 고대형이 일부러 떠들썩하게 물었더니 나타샤가 눈으로 집 안을 가리켰다.

　"아비도스, 나하고 이야기 좀 하지."

　"그러지요."

　고대형이 소냐를 보았지만 아까부터 외면하고 있다. 얼굴이 조금 붉어져 있는 것 같다. 그렇지, 소냐의 얼굴은 잘 익은 복숭아 같다.

그때 집 안으로 들어가면서 나타샤가 소냐에게 말했다.

물론 러시아어다.

"소냐, 너 어디 가지 말고 여기 있어."

소냐는 대답하지 않았지만 어디로 가지는 않을 것 같다, 눈치가.

독채 여관 방.

현관문으로 들어서면 페치카가 있는 마루방이다. 소파가 놓였는데 안쪽에는 식탁이 있고 더 안쪽은 주방이다. 침실은 페치카 옆쪽 문을 열고 들어간다. 침실 옆에는 욕실과 화장실. 다 큼직큼직해서 40평쯤 규모의 독채 집 같다.

거실의 소파에 앉은 나타샤가 앞쪽에 앉은 고대형을 유심히 보았다.

마치 처음 보는 사람을 대하는 것 같다. 나타샤는 낡은 파카를 입었지만 잘 빨아서 단정했다. 검정색이 바래서 회색이 되었지만 싸구려다.

어제 고대형은 나타샤의 파카를 '오다디스' 브랜드로 샀다. 3백 불이나 주었으니 지금 나타샤가 입은 중국산의 5배는 될 것이다.

그때 나타샤가 말했다.

"아비도스, 부인을 탈레반이 죽였다고 하던데, 사실이야?"

"그래요, 나타샤."

사실이다.

사일라, 보고 싶구나.

고대형이 나타샤에게 물었다.

"소냐한테 들었어요?"

"그래, 아비도스."

"그런데 왜 묻습니까?"

"아니, 그게……."

들어가자고 할 때의 기세가 싹 꺾인 나타샤가 말까지 더듬었다. 눈동자가 흔들린다.

"갑자기 선물을 받아서……."

"내 성의요, 나타샤. 이곳을 소개시켜 주고 그동안 보살펴준 보답을 하고 싶었어요."

"내가 무슨 일을 했다고, 그렇게 비싼……."

"받아줘요, 나타샤. 우리 부족의 전통인데 감사의 선물을 받지 않으면 모욕으로 생각하고 전쟁까지 일으킵니다."

한민족이? 만만의 콩떡이다. 맨날 침략만 당해온 동방예의지국.

그렇지만 고대형은 지금 아비도스, 파키스탄 국적의 파슈툰족.

그때 나타샤가 한숨을 '폭' 쉬었다.

"근데 아비도스, 물론 농담이겠지만……."

"예, 나타샤. 이야기 해봐요."

"혹시, 저기……."

"뭡니까?"

"소냐한테 이야기 했다던데……."

"뭘 말입니까?"

"농담이겠지만……."

"아니, 도대체 무슨 말인데요?"

"아비도스 나이가 몇이지?"

"서른셋입니다."

"자식은 없지?"

"없지요."

그때 다시 나타샤가 한숨을 쉬더니 눈동자의 초점을 잡았다.

"아비도스, 소냐를 데려갈 건가?"

"어디로 말입니까?"

사일라, 용서해라. 나는 지금 이 순박한 모녀를 희롱하고 있구나. 그러나 소냐하고 정착하고 싶은 생각은 있다.

그때 나타샤는 시선만 주었고 고대형이 똑바로 앉았다.

"나타샤. 소냐가 원한다면 데려가지요. 아니, 같이 살겠습니다."

"아비도스, 그런데……"

"유리도 데려가야지요."

"정말인가?"

"농담 아닙니다."

"지금 소냐를 불러서 물어봐도 될까?"

"무슨 말입니까?"

"소냐의 의사를 듣고 싶다는 말이네."

"그러지요."

그때 나타샤가 상기된 얼굴로 자리에서 일어섰다. 나타샤의 얼굴이 조금 철 지난 복숭아처럼 보였다.

소냐가 들어섰는데 이미 얼굴이 홍시처럼 붉어져 있다. 시선을 내린 소냐가 소파 옆쪽에 앉았을 때 나타샤가 서둘러 물었다. 이번에는 놀랍게도 조선어, 고려말.

"소냐. 아비도스가 널 데려가겠다고 한다. 어떠냐? 여기서 대답해야 돼. 러시아 말로."

소냐가 잠깐 시선을 들었다가 내렸다.

십분의 일 초쯤 순간에 고대형과 소냐의 시선이 마주쳤다.

"어머니, 날 좋아하냐고 한 번 물어봐주세요."

그 고려말을 들은 고대형이 숨을 들이켰다. 그렇구나. 가장 중요한 말이 빠졌구나.

그때 나타샤가 고대형에게 물었다.

"아비도스, 소냐를 좋아하고 있나?"

"당연하지요, 나타샤. 좋아하지 않으면서 같이 살자고 할 수 있습니까?"

"들었지?"

나타샤가 고려말로 소냐에게 묻고 나서 바로 이었다. 고려말.

"거짓말 아닌 것 같다. 기회를 놓치지 마."

그때 고대형이 러시아어로 소냐에게 말했다.

"소냐, 당신의 마음을 알고 싶어."

나타샤도 고개를 들었고 방 안에 잠깐 정적이 덮였다.

이제는 소냐가 똑바로 고대형을 보았다. 두 눈이 번들거리고 있다. 맑은 눈. 여전히 붉어진 얼굴.

이른 겨울이어서 낡은 파카를 입었지만 날씬하면서도 건강한 몸매가 드러났다.

그때 소냐가 시선을 준 채 말했다.

"나 당신 좋아해요, 아비도스."

"연락이 끊겼습니다."

아놀드가 말을 이었다.

"파키스탄 안에 있는 것은 확실합니다. 하지만……"

284

"지미는 몇 수 앞을 내다보고 있어."

윌슨의 목소리가 수화구에서 울렸다.

"지금 파키스탄에서 돌아다니는 정보원 놈들은 모두 지미가 훈련시킨 놈들이라고."

"이슬라마바드는 은신하기가 어려운 곳이라 페샤와르에 집중하고 있습니다."

아놀드가 손수건으로 이마의 땀을 닦았다.

페샤와르의 번화가인 사담거리는 길이 보이지 않도록 사람들로 가득 차 있다.

그때 윌슨이 말했다.

"아놀드, 지미가 가만있을 놈이 아냐. 와이프까지 죽었으니까 이젠 거칠 것이 없는 상황이라고."

윌슨이 말을 이었다.

"기다려. 끈기를 갖고 기다려야 돼. 언젠가는 나타날 거야."

"알겠습니다."

아놀드가 길게 숨을 뱉었다.

지미가 르몽드의 기자를 만나면서 CIA 고위층은 비상이 걸린 것이다. 며칠 출장 형식으로 파키스탄에 왔던 아놀드는 지미를 제거할 때까지 이곳에 상주하게 되었다.

그때 윌슨이 물었다.

"아놀드, 고대형의 정보는?"

아놀드는 아예 대답하지 않았다.

르몽드 기자 미셸을 통한 CIA 음모 폭로가 무산되었지만 지미 우들턴은 단념하지 않았다. 그만큼 배신감이 깊었기도 했지만 자신의 주변이 홀가분한 이유도 있었을 것이다. 우울증에 걸려 있던 아내 파티마가 자살한 이유도 결국 CIA 때문이다.

배신감에 원한이 겹쳤다. 그리고 생(生)의 목적이 복수로 집중되었다. 파티마만 죽지 않았어도 몸을 피하기만 했을 것이다.

CIA 부장보, 윌슨과 아놀드가 그런 통화를 하고 있을 때 지미는 마판 하카드와 마주 앉아 있었다. 지미는 그동안 국경을 넘어 하카드 부족령까지 온 것이다.

이곳은 아프간의 타지크족 영역. 아프간을 장악한 탈레반 일당은 타지크족 영내에 행정관과 정부 기관장만 파견했을 뿐으로 군 병력을 보내지는 않았다. 그럴 병력도 없을 뿐만 아니라 그렇게 되면 내전이 일어난다.

라바니 정권도 그전의 나지블라 정권도 그러지 않았다. 각 부족의 자치권을 인정한 것이다.

"마판, 아비도스는 어디로 간 것 같소?"

지미가 묻자 마판이 고개를 기울였다.

마판과 지미는 잘 아는 사이고 마판이 지금 CIA의 내막을 알 리가 없다.

"글쎄. 근데 CIA에서 왜 그렇게 아비도스를 찾는 거요?"

마판이 되물었다.

"나한테 이 사람 저 사람이 세 번이나 전화를 했고 당신을 찾는 놈도 있었어."

"탈레반이야. 그놈들 CIA 흉내를 내는 것이지."

"의심이 가더군. 그런 데다 내가 모르는데 어떻게 대답을 해?"

"그래서 내가 직접 찾아온 거야. 아비도스한테 꼭 전할 말이 있어."

"아비도스가 마문 부족에서 데려온 여자를 잃고 상심했어."

"탈레반 암살대인가?"

"7명을 잡았는데 사진까지 찍어 놓았어."

마판이 벙커 안 구석에 붙여둔 서랍에서 봉투를 꺼내 지미에게 내밀었다.

"우리는 놈들을 가려낼 능력이 없어서 당신한테 보내려고 갖고 있었어."

"잘했군."

"마을의 사진관에서 바로 현상했는데 넘겨주지 못했어."

사진을 꺼내본 지미가 대충 보고 나서 다시 봉투 속에 넣었다. CIA 자료실에 보내면 금방 어떤 놈인지 판독은 된다.

지미가 다시 물었다.

"마판, 짐작 가는 데가 없나?"

"아비도스가 데려갔던 요원 둘도 돌려보냈는데, 그놈들 찾았어?"

"그놈들은 우리 정식 요원도 아냐. 그놈들을 찾는 건 불가능해."

"아비도스가 여자를 묻고 떠날 때 잘 아는 부하가 어디로 갈 것이냐고 물었더니 고개를 북쪽으로 가리켰다는군."

"어디에 서서 북쪽이야? 북쪽에도 여러 곳이 있는데?"

"글쎄."

그때 잠깐 마판을 바라보던 지미가 한숨을 쉬고 나서 말했다.

"마판, 솔직하게 말할게. 나하고 아비도스는 이제 CIA의 제거 대상이 되어 있다고."

눈만 가늘게 뜬 마판에게 지미가 상황을 설명해주었다. 그러고는 마지막에 덧붙였다.

"부끄럽네, 마판. 아비도스와 나는 도망자 신세라네. 내가 아비도스를 찾는 이유는 도와주려는 거야."

"아비도스는 우리 영웅이야."

"그래서 털어놓는 거야."

"내 친구이기도 하고."

"CIA가 끈질기게 추적하고 있어."

"더러운 놈들이야."

지미는 입을 다물었고 마판이 한동안 눈만 치켜뜨고 있다가 말했다.

"우리 부족원이 국경 근처의 마을에 갔다가 아비도스를 보았다고 했어."

"어느 쪽 국경인데?"

"우즈베키스탄."

그러고는 마판이 정색하고 지미를 보았다.

"내가 그놈한테 입을 다물라고 했네. 우린 아비도스를 위해서는 무슨 일이든지 할 거야."

결혼식은 사흘 후에 열렸다.

소냐가 친척 외에는 손님들을 부르지 말라고 극력 만류했지만 친척이 50여 명이나 되었다. 그것도 절반밖에 안 되다니 친척이 무지하게 많은 모양이었다. 장소는 여관 마당이었고 결혼식 주례는 이웃 마을에서 모셔온 고려인 노인이다. 그동안 신혼집을 준비했는데 로마노프 조한테서 여관을 구입해 버렸다. 손님이 일 년 동안 한 명도 없었던 여관이다.

고대형이 묵고 있는 40평짜리 독채에다 방이 12개인 일자형 건물까지 포함해서 1만 불로 구입했다.

로마노프 조가 마당까지 포함해서 9천 불을 불렀지만 고대형이 1만 불을 준 것이다. 대만족한 로마노프는 여관 지붕과 내부를 싹 보수해주기로 약속했다.

나타샤는 가격 조정에 나섰다가 1만 불을 받는 로마노프를 나무랐다가 소냐가 겨우 말려서 기분을 가라앉혔다.

고대형은 여관을 앞으로 소냐가 낳을 아이 7명의 방으로 만들 예정이었다.

그 말을 들은 친척들이 웃었고 소냐도 익은 복숭아 같은 얼굴로 따라 웃었다.

그렇게 결혼식을 치렀다.

타슈켄트 시장의 김치가게는 사흘 동안 쉬었는데 처음 있는 일이었다.

"지금 윌슨이 고대형을 찾고 있습니다."

리스타 랜드를 찾아온 해밀턴이 이광에게 보고했다. 오늘은 이광이 랜드의 중심부에 위치한 리스타빌딩 집무실에 앉아 있다. 86층 집무실에서는 랜드의 전경이 내려다보인다.

방 안에는 이광과 안학태, 해밀턴 셋이 둘러앉아 있다.

해밀턴이 말을 이었다.

"지미 우들턴이 CIA의 '카불 작전'을 폭로하겠다고 나서는 바람에 지금 중동 쪽 CIA 정보원들은 비상이 걸린 상황입니다."

해밀턴은 지미가 르몽드 기자와 접촉했다가 잠적한 이야기를 했다. 프랑스 당국의 긍정적인 반응을 얻었지만 정보가 새어서 지미가 당할 뻔한 사건이다.

다 듣고 난 이광이 이맛살을 찌푸렸다.

"그래서 고대형에게도 여파가 밀려오겠군."

"예, 고대형은 리스타에 영향을 줄까 봐 우리한테 연락도 안 하고 있는 상황입니다."

안학태가 대신 대답했다.

"지미 우들턴과 고대형은 같은 팀이었으니 끌려간 셈이 되었습니다."

이광이 고개를 돌려 해밀턴을 보았다.

"CIA가 왜 이러는 거야?"

"제가 윌슨한테 고대형은 우리가 관리할 테니까 빼라고는 했습니다."

해밀턴이 말을 이었다.

"지미 우들턴과는 분리해서 처리해야 될 것이라고 분명히 말했습니다."

"보호해주도록."

정색한 이광이 해밀턴을 보았다.

"고대형에게 무슨 일이 일어나면 안 돼."

"예, 회장님."

"이제는 우리도 적극적으로 대응해야 돼. 이것이 터닝 포인트가 되도록 하라고."

이광의 결정이다.

첫날밤, 둘 다 한쪽을 잃고 초혼도 아닐 터에 첫날밤이라고 하기는 좀 뭣하지만 첫날밤은 첫날밤이지, 아직 둘이 손도 안 잡았으니까, 키스는 말할 것도 없고.

그러니 고대형에게 같이 '자'는 감동이 있을 리가 있나?

그냥, 지난번 타슈켄트에 갔을 때 자고 일어나서 기억에서 '싹' 지웠지만 호텔로 여자를 데리고 가서 잤다. 여자는 두 시간 만에 나갔지만, 그보다는 감동이 새롭기는 하지.

그렇다고 고대형이 소냐를 싫어하거나 이용하려는 것은 절대 아니다. 암살자로 사는 동안 그쪽 신경이 무디어졌기 때문이지.

사일라의 상처를 얼른 지우기 위해서 새 상대를 찾았다고 볼 수도 있겠다.

군이 험한 표현을 쓴다면 겨눴던 타깃을 잃었으니 새 타깃을 잡았다고 할까?

암살자는 겨누고 잡는 역할이다.

고대형은 제 역할에 길들여졌고, 새 타깃을 잡아서 충실하게 지낼 것이다.

배신은 안 한다.

소냐는 풍만한 몸매였지만 군살이 없는 눈부신 몸을 갖고 있었다. 옥수수처럼 거친 껍질을 벗겼더니 미끈한 알이 드러난 것 같다.

"아이구머니!"

절정에 오른 소냐가 방 안이 떠나갈 것 같은 비명을 질렀을 때 고대형은 그 순간 심장 박동이 멈추는 것 같은 충격을 받았다. 이것이 감동인가?

고려말, 아니 한국말이다. 저도 모르게 고대형이 소냐를 빈틈없이 껴안았다.

그때 다시 소냐가 소리쳤다.

"여보!"

고대형은 한국말로 응답하고 싶은 욕심이 치솟았지만 참았다. 그러나 러시아어도, 파슈툰어도 뱉지 않았다.

이곳은 카불에 자리 잡고 있는 오사마 빈 라덴. 알 카에다의 지도자 빈 라덴이 요즘은 물 만난 고기가 되었다.

지금까지 이곳저곳을 숨어만 다니다가 아프간에 탈레반 정권이 수립되자 공식적 귀빈이 되어 있는 것이다.

오후 3시, 빈 라덴이 대저택의 응접실에서 측근인 야코스와 함께 오마르가 보낸 하비브를 맞는다.

인사를 마친 셋이 양탄자 위에 둘러앉았을 때 하비브가 말했다.

"빈 라덴 님, 프랑스에서 정보를 얻은 것이 있습니다."

빈 라덴의 시선을 받은 하비브가 주름진 얼굴을 펴고 웃었다.

"프랑스 정관계에 저희들 동조자가 몇 명 있거든요."

"알고 있소."

"거기서 나온 정보입니다."

하비브가 말을 이었다.

"이번 카불 방송국 폭파의 주역이었던 CIA 간부가 르몽드 기자에게 사건의 내막을 폭로한 자료를 건넸다는 겁니다."

"……"

"아직 보도는 안 되었는데 보도가 된다면 CIA는 치명상을 입고 미국 정부가 테러국으로 낙인찍히게 된다는 겁니다."

"……"

"그런데 르몽드가 그것을 발표하려는 과정에서 정보가 CIA 측에 새었고 CIA는 누출자인 간부를 제거하려고 파키스탄에 대규모 요원을 급파했다는 겁니다."

"그럼 그 자료는 르몽드가 쥐고 있나?"

"미국의 압력을 받고 현재 보류 상태라는 겁니다."

"르몽드 담당자는?"

"파키스탄 특파원 미셸이라는 자입니다."

그때 빈 라덴이 고개를 돌려 야코스를 보았다.

"야코스, 파리로 가라."

"예, 지도자님."

야코스의 두 눈이 번들거렸다. 30대 중반쯤의 야코스는 이번에 암살대

대장으로 승진했다.

빈 라덴이 말을 이었다.

"먼저 미셸한테서 자료를 빼내야 한다."

"예, 지도자님."

"수단, 방법을 가리지 말도록. 미셸이란 자의 가족을 인질로 잡고 하나씩 죽여가면 견디지 못할 거다."

"예, 지도자님."

"그다음에 그 자료를 CIA 간부 놈이 원했던 대로 전 언론에 보도하는 거다."

"알겠습니다."

"암살대 2개 팀을 데려가라."

"예, 지도자님."

일사불란하게 지시를 마친 빈 라덴을 향해 하비브가 감동한 표정을 짓고 고개를 끄덕였다.

"과연 지도자이십니다. 제가 오마르 님께 그대로 보고를 하지요."

빈 라덴은 알 카에다의 지도자로 아프간 탈레반의 존경을 받고 있는 것이다.

소냐의 28년 일생에서 지금처럼 행복한 시기는 없다. 행복이란 마음먹기 나름이라고 배워온 소냐다.

고등학교를 졸업하고 나서 1년 만에 결혼했다가 결혼 1년 만에 남편을 잃은 소냐다.

결혼 1년 동안 행복했었느냐고? 20살에서 21살까지의 1년이다. 남편 이반은 23살. 이곳에서 1백 킬로쯤 떨어진 농장주의 외아들이었다. 친척 소개로 이른바 중매결혼을 해서 만난 지 한 달 만에, 그것도 세 번 만나고 결혼을 했기 때문에 '무슨' 감정이 있었던 것도 아니고. 고대형한테 했던 것처럼 '너 좋아하냐?' 어쩌구 물었다면 아마 '몰라요'가 최선이었겠지.

어쨌든 이반이 급성신부전증으로 쓰러져 한 달 만에 죽었으니 실제 결혼생활은 11달이다. 그리고 유리가 유복자로 태어난 것이다.

김치가게 당번이 되었기 때문에 소냐가 준비를 하고 있을 때 고대형이 유리와 함께 집 안으로 들어왔다.

오후 3시 반.

오늘은 밤 당번이었지만 걱정할 것 없다. 유리가 고대형에게 찰싹 달라붙어 있을 뿐만 아니라 말도 잘 듣기 때문이다.

"지금 나가는 거야?"

"네."

결혼 15일째.

신혼여행은 소냐는 물론이고 나타샤도 말 꺼내지도 말라고 하는 바람에 결혼 다음 날부터 일하고 지냈다.

고대형은 로마노프와 함께 건물 지붕을 수리하는 인부를 감독했고 뒤쪽 창고도 허물어서 마당을 넓혔다.

이제 고대형 부부의 집은 독채 1개와 방 12개짜리 건물, 거기에다 3백 평쯤 되는 마당을 갖춘 대저택이다. 건평은 모두 합쳐서 350평쯤 될까? 여관 건물에 응접실, 로비, 식당과 창고까지 포함되어 있었기 때문이다.

소냐는 결혼 후에 더 수줍어져서 고대형과 시선을 마주치지도 못한다.

고대형이 눈으로 앞쪽 의자를 가리켰다.

"소냐, 할 이야기가 있어."

소냐의 얼굴이 조금 붉어졌다.

"무슨 말인데요?"

그렇게 물었지만 자리에 앉는다.

유리는 페치카 쪽으로 다가갔고 고대형이 말을 이었다.

"유리가 내년부터 학교에 입학하는 데다 미카엘도 결혼을 해야 돼. 김치 공장도 더 키워야 할 거 같고. 김치가게도 직원이 필요할 거야."

소냐는 듣기만 한다.

전부터 그 일 때문에 식구들이 모이기만 하면 궁리를 해온 것이다. 그러나 문제는 돈이다. 미카엘의 결혼 자금은 최소한 미화로 5천 불이 든다. 이것저것 경비를 줄여서 최소한으로 잡아도 그렇다.

그런데 이번에 소냐 결혼시키면서 2천 불이 빠져 나갔다. 지금까지 모은 4천 불 중 2천 불이 남은 것이다. 그것도 고대형이 결혼 경비로 5천 불을 내놓지 않았다면 한 푼도 남지 않았을 것이다.

그때 고대형이 말을 이었다.

"내가 아까 로마노프하고 상의했는데 여관방 끝 쪽 2개하고 창고를 김치 공장으로 개조할 수 있다고 들었어."

"……"

"이곳으로 김치, 반찬 공장을 옮겨오는 거야. 옮겨서 확장하는 거지."

"……"

"그리고 미카엘을 곧 결혼시키고 나서 이곳 여관방 2개를 내줘서 살림집으로 하는 거야. 그럼 신혼집으로 괜찮겠지."

괜찮은 정도가 아니라 방마다 욕실이 달린 방 2개가 배당된다. 훌륭한 신혼집이다.

고대형이 말을 이었다.

"타냐 부부는 곧 출산할 예정이니까 지금 살고 있는 어머니 집에서 그대로 살라면 더 좋아하겠지? 집도 크고……."

"……."

"그리고 어머니도 이곳 여관방 중 제일 큰 1호실을 드려서 옮기는 거야. 1호실이 우리 독채하고 10미터밖에 떨어지지 않았으니까 괜찮겠지?"

"아비도스."

마침내 소냐가 고대형을 부르고는 입 안에 고인 침을 삼켰다.

"그렇게만 되면 얼마나 좋겠어요?"

다시 소냐의 얼굴이 익은 복숭아처럼 빨개졌다.

"문제는 돈이죠. 우리가 15년은 벌어야 그 정도로 될 수 있을 것 같아요."

"지금 어머니께 상의하고 와, 소냐."

고대형이 자리에서 일어서며 말했다.

"가서 가족회의를 해. 내가 자금을 다 낸다고 말씀드려."

그리고 나서 덧붙였다.

"내가 재산을 정리해서 가진 돈이 있어. 이건 우리 가족 일이야. 앞으로 소냐가 낳을 내 자식 7명을 위한 일이기도 해."

소냐의 얼굴이 더 빨개졌다. 소냐는 자식 7명 이야기만 꺼내면 꼼짝 못한다.

고대형의 시선을 받은 소냐가 자리에서 일어서더니 유리의 손을 잡았다. 아래쪽 어머니 집에 가려는 것이다. 이것은 대사건이다.

소냐의 눈동자도 흐려져 있다.

아, CIA의 작전 자금이 이렇게 쓰이는구나, 그 망할 놈의 CIA.

소냐는 유리를 말 앞에 태우고 멀리 보이는 나타샤의 집을 향해 달려갔다. 넓은 옥수수 밭은 이미 다 베어내서 벌판이 되었는데 그 벌판을 한 필의 말이 달려간다. 유리도 말 타는 데 익숙해서 작은 어깨를 딱 버티고 소냐의 몸에 등을 붙인 자세.

그들의 뒷모습을 보면서 고대형은 이곳이 고구려 땅, 광개토대왕 시절이라는 착각이 일어났다.

이곳은 그보다 더 서쪽이구나. 너무 나갔나?

30분쯤 후에 여관 마당으로 말과 마차가 같이 들어왔다. 말에는 다시 소냐만 탔고 평소에 옥수수를 나르던 마차에는 나타샤, 유리, 소냐의 시집간 여동생 타냐와 타냐의 남편 코프스키까지 탔다. 소냐의 아버지는 어려서 죽었기 때문에 나타샤가 가장이다.

모두 집 안의 거실로 몰려 들어왔지만 떠들썩한 분위기가 아니다. 오히려 조심스러운 분위기. 소냐한테서 다 듣고 떠들썩하게 상의를 했겠지만 지금은 모두 입을 싹 다물고 있다. 식탁의 탁자에 둘러앉았을 때까지 입을 열지 않는다.

고대형과 시선을 마주쳤을 때서야 고개를 끄덕여 인사를 할 정도.

그때 나타샤가 기를 쓰듯이 입을 열었다.

"아비도스, 소냐한테서 이야기 들었어."

겨우 거기까지 말했을 때다.

고대형이 과일 담는 나무줄기로 만든 바구니를 식탁 위에 '턱' 놓았다.

"어머니, 여기 미화로 3만 불입니다."

모두 숨을 죽였고 나타샤는 흐려진 눈으로 바구니 안을 보았다. 그런데 아무도 바구니에 손을 대려고 하지 않는다.

그때 고대형이 소냐에게 말했다.

"소냐, 돈을 어머니께 드려."

소냐가 홀린 듯이 일어나 바구니에서 1만 불짜리 뭉치 3개를 꺼내 나타샤 앞에 놓았다. 세 개를 쌓아 놓으려고 했다가 하나가 미끄러져 떨어졌다.

그것을 본 타냐가 나타샤 옆에 앉았기 때문에 주워서 세 개를 쌓았다.

떨어지면 없어지는 것 같았을까? 이제 모두의 시선이 돈뭉치에 모였다.

3만 불, 1만 불을 주고 방 12개짜리에다 독채 주택까지 포함한 여관을 인수했으니까 말 다했지.

그때 고대형이 말을 이었다.

"이것으로 미카엘 결혼시키고 이곳 여관을 우리 가족의 집과 김치공장, 창고로 만듭시다. 가게도 확장하고요."

그러고는 고대형이 자리에서 일어섰다.

"이 작업을 집안 어른이신 어머니께 맡깁니다."

갓댐. CIA 작전 자금.

몸을 돌린 고대형이 방을 나가는 동안 뒤에서 아무 소리가 나지 않았다.

누가 무슨 소리라도 했을 경우 준비한 레퍼토리가 있지.

"우리 민족은 이런 호의를 거부한다면 가족으로 인정 안 한다는 것으로 알고 당장 가족 인연을 끊습니다."

갓댐. 배달의 민족. 파슈툰족의 인기나 상승시켜 주는구나, 그 개 같은 탈레반 민족을 말이지.

타슈켄트, 시내 중심가의 시장 옆 카페에서 지미 우들턴이 커피를 마시고 있다.

오후 4시 반, 창밖으로 지나는 행인들의 모습을 물끄러미 바라보고 있지만 눈동자는 시장 입구에 고정되어 있다.

이곳 시장은 고려인들이 삼분의 이 정도의 상권을 장악하고 있어서 '고려 시장'으로 불리기도 한다.

타슈켄트에 도착한 지 오늘로 이틀째, 고대형의 흔적을 따라온 것은 아니다.

여권을 제시해야 숙박이 가능한 호텔을 체크했지만 예상대로 나타나지 않았다. 타슈켄트에 온 것은 오직 감(感)이다.

우즈베키스탄에 왔다면 이곳에 들르거나 머물 것 같다는 감. 정보원은 이 감(感)에 의지하는 비중이 지금 절반 이상이다.

아무것도 없는 시점에서 시작할 때는 전적으로 이 감에 의지할 수밖에 없는 것이다.

이윽고 자리에서 일어선 지미가 카페를 나왔다.

오늘 오전에 한 바퀴 둘러보았고 이제 두 번째다.

"저 집입니다."

모하멧이 눈으로 앞쪽 단층집을 가리켰다. 이곳은 파리 북쪽의 도시 샹티이의 교외다. 주택가의 한적한 길가. 잘 다듬은 잔디밭 건너편에 회색 칠을 한 지붕의 단층집이다.

창문이 4개, 옆쪽에 차고가 있고 뒤쪽에는 정원이 있을 것 같다. 파리에서 출퇴근하기에 적당한 거리였고 이만하면 고급 주택가다.

"담장도 없군."

야코스가 창밖의 단층집을 보면서 말했다.

저 집이 르몽드 기자 미셸의 집이다. 집 안에는 처 마리안느와 두 딸이 있을 것이다. 14살, 12살.

신문사 총무부에서 인사 자료를 꺼내 보는 것은 일도 아니다.

이윽고 야코스가 운전석에 대고 말했다.

"자, 가자."

이제 현장 답사는 했다.

지금 시간은 오후 3시 반.

미셸이 지금 어디에 있는지 확인은 안 되었지만 먼저 가족부터 잡으면 술술 끌려 나오겠지.

야코스는 이런 일을 한두 번 한 것이 아니다.

카르티에 라텡 지구의 모베르 광장 근처 카페에 있던 미셸이 전화를 받았다. 회사 동료다. 이곳에서 취재원을 만난다고 동료에게 말해주었기 때문이다.

"미셸, 전번 적어."

동료가 대뜸 말했다.

"베르주라는 사람인데 아프간 사건 때문이라고 했어. 급하다는 거야."

"그래, 불러줘."

동료가 불러준 전번을 메모한 미셸이 그 자리에서 바로 적힌 전번으로 전화를 했다.

오후 3시 50분, 4시에 약속한 취재원도 아직 오지 않았다.

"여보세요."

응답한 사람은 여자.

"베르주 씨 계신가요?"

"잠깐만 기다리세요."

그래 놓고 베르주 이름을 부르는 것을 보면 식당이나 카페 같다.

그때 곧 사내의 목소리가 울렸다.

"미셸 씨?"

"예, 난데요. 찾으셨다고 해서."

"지금 바로 샹티이의 집으로 가보세요."

"예?"

"당신 가족을 우리가 다 납치했거든."

"뭐라고?"

"가 보면 알 거 아냐? 만일……."

잠깐 말을 멈췄던 사내가 이었다.

"경찰에 신고를 하거나 이상한 짓을 하면 마리안느, 소피아, 나리사 셋을 하나씩 죽일 테니까."

"뭐, 뭐라구?"

"지금 당장 집에 가는 것이 나을 거야. 시간이 없어. 가보면 알게 돼."

그러고는 통화가 끊겼다.

오후 5시 45분, 취재원과의 만남도 취소한 미셸이 정신없이 차를 몰아 샹티이의 집에 도착한 시간이다.

현관문이 그대로 닫혀 있었기 때문에 열쇠를 찔렀던 미셸의 심장이 '쿵' 내려앉았다. 문이 스르르 열렸기 때문이다. 문을 밀치고 안으로 뛰어 들어간 미셸이 소리쳤다.

"마리안느!"

대답이 없다. 이 시간에는 두 딸도 돌아와 있을 때다.

"소피아! 나리사!"

집이 떠나갈 듯 소리쳤지만 대답이 없다.

그때 눈이 뒤집힌 미셸의 눈에 소파 위에 떨어진 메모지가 보였다. 메모지에 글씨가 쓰여 있다.

다가간 미셸이 메모지를 들었다. 글씨가 보인다.

"6시, 전화를 기다려."

10분이 10시간 같았다. 그동안 경찰, 또는 납치 사건에 익숙한 동료 기자, 신문사 편집장 등 수많은 얼굴이 떠올랐지만 결국 전화기를 들지 못했다.

머릿속이 산만한 도중에도 이것이 '카불의 폭파 사건' 때문인 것 같다는 확신이 굳어졌다. 그것 외에는 없다.

그리고 사내가 '아프간 사건' 때문이라고 했지 않은가?

그때 전화벨이 울렸다. 소스라친 미셸이 전화기를 보았다. 6시 정각이다.

심호흡을 한 미셸이 전화기를 귀에 붙였다.

"여보세요."

사내의 목소리가 울렸을 때 야코스가 전화기를 고쳐 쥐었다.

"미셸, 짐작하고 있었겠지만 르몽드에서 보도하려다가 보류시킨 그 자료를 나한테 넘기도록 해."

"이봐요, 난 그 자료가 없어!"

미셸이 소리쳤다.

"이미 데스크에 다 넘겼단 말야!"

"그렇게 나온단 말이지?"

야코스의 얼굴에 웃음이 떠올랐다.

"그럼 먼저 네 딸 하나를 죽여주마."

"이봐요!"

"내일 아침에 막내딸 나리사의 시체를 발견할 수 있을 거야."

"기다려!"

미셸이 악을 썼다.

"시간을 줘!"

"내일 오후 3시까지 네가 보도 준비를 했던 서류 일체를 준비해서 집으로 가져오도록."

"오후 3시까지는 너무 촉박해! 오후 6시까지 해줘!"

"좋아, 오후 6시."

야코스가 한마디씩 분명하게 말했다.

"자료를 빼놓았거나 시간이 늦거나, 그리고 경찰이나 기관에 신고한 낌새를 보이기만 하면 마리안느, 소피아, 나리사의 시체를 볼 수 있을 거다."

"자료를 주면 다 보내주는 거지?"

"내가 붙잡고 있을 이유가 없지."

"다 괜찮은 거야?"

"소피아가 감기여서 약을 사주었어."

맞다. 소피아는 감기에 걸렸다. 한숨 소리를 낸 미셸이 말을 이었다.

"약속 지켜줘. 나도 약속 지킬 테니까."

"그래, 미셸. 너도 그 자료를 보도하려고 했지 않나? 그걸 주면 되는 거다."

야코스가 말을 이었다.

"내일 오후 6시에 전화하겠다. 더 이상 이런 전화가 없을 테니까, 미셸, 서둘러."

반찬 가게 앞을 지나던 지미가 걸음을 멈췄다. 오후 9시 10분, 야시장의 불은 환하게 켜져 있었지만 손님은 드물다. 김치 가게 앞이다. 고려인 중년 여자가 물끄러미 지미를 보았다. 지미는 이제 후줄근한 양복 차림의 서양인이 되어 있다. 여기서는 러시아인으로 보인다.

"여기, 요즘 새로 온 고려인 없습니까, 남자인데."

지미가 지나가는 말처럼 물었다. 물론 러시아어. 그때 여자가 풀썩 웃었다.

"고려인이 하나둘인가? 새로 왔는지 나중에 왔는지 어떻게 알아?"

"아니, 처음 본 얼굴 말입니다."

"처음 본 얼굴이 하루에도 수백 명이야."

고개를 끄덕인 지미가 발을 떼었다.

고대형이 타슈켄트에 왔다면 고려인 행세를 할 것이었다. 그것이 자연스러운 것이다. 그러면 고려인이 득시글거리는 시장이나 고려인 마을에 모습을 드러낼 것이었다. 그러나 고려인 마을은 타슈켄트를 중심으로 100여 킬로 지역에 수십 군데의 마을로 분산되어 있다. 마을마다 찾는다면 몇 년이 걸릴 수도 있다. 더구나 고대형은 전문 암살자다. 카멜레온처럼 티 나지 않게 잠적하는 데 선수다.

시장을 한 바퀴 돈 지미가 입구 쪽으로 몸을 돌렸을 때 옆을 지나던 고려인 여자와 어깨가 부딪쳤다. 여자가 들고 있던 가방을 떨어뜨렸지만 금방 주워들었다.

"미안해요."

여자가 러시아어로 말하고는 방긋 웃었다.

웃는 모습이 눈이 부시도록 환했기 때문에 지미도 따라 웃었다. 고려인 미녀.

"내가 미안해요."

지미가 러시아어로 말했을 때 여자는 머리를 끄덕이며 지나갔다.

소냐가 어깨를 주무르며 다가가자 나타샤가 물었다.

"왜? 어깨 아프냐?"

"아니, 조금 전에 어떤 남자하고 부딪쳤어."

들고 온 가방을 내려놓은 소냐가 나타샤에게 말했다.

"빵하고 우유, 소시지도 샀어."

나타샤의 간식이다.

"그럼, 나 갈게."

소냐는 시내에서 미카엘 결혼 준비를 하고 늦게 돌아가는 것이다. 막차는 10시 출발이다.

"엄마, 수고해."

소냐가 밝은 표정으로 손짓을 하고는 몸을 돌렸다.

미카엘의 결혼이 5일 후로 다가왔다. 저택은 공사 중이고 김치 공장은 미카엘의 결혼 후에 옮길 예정이다. 지금 모든 식구가 활기에 차서 바쁘다.

소냐는 서둘러 시장을 나왔다. 집에서 고대형이 기다리고 있는 것이다.

보관실의 A급 캐비닛은 안쪽에 있지만 잠그지는 않는다. 보관실 입구에 경비원이 있는 데다 출입자는 편집장의 서명을 받은 출입증을 제시해야 되기 때문이다. 그러나 미셸은 간부급 사원으로 편집장의 사후 서명을 받는 조건으로 여러 번 보관실을 들락거려 왔다.

오늘도 경비원에게 나중에 결재를 받겠다면서 보관실로 들어온 것이다.

A급 캐비닛은 중요한 사건의 자료가 담겨진 곳으로 구간은 서류함 3개 정도다. 높이가 2미터에 폭이 1미터 규격의 서류함이라 수백 건이 보관되어 있다.

오전 8시 반, 9시가 출근 시간이었으니 이른 시간이다.

서류함을 뒤지던 미셸은 두 번째 서류함에서 자신이 모은 자료를 찾아내었다. 기사화되도록 잘 정돈된 자료다. 미셸이 공을 들여서 만든 보도 자료인 것이다. 가져온 가방에 그 서류를 담은 미셸이 자리에서 일어섰다.

"예, 보관실 경비원 마르코입니다."

마르코가 전화기를 고쳐 쥐고 말했다.

"니콜라 편집장이시죠?"

"아, 그래요."

방금 출근한 편집장 니콜라가 대답했다.

"무슨 일이오?"

"예, 추후 결재를 받아야 해서요."

"무슨 결재?"

"조금 전에 특파원 미셸 씨가 보관실에 다녀갔거든요."

마르코가 말을 이었다.

"편집장님 추후 결재를 받아준다고 했는데요. 귀찮으실 테니까 서류 대신으로 구두 결재를 해주시죠."

"……."

"제가 구두 결재라고 쓰면 되니까요."

"잠깐, 미셸이 들어가서 뭐 한 거요?"

"글쎄요, 제가 압니까?"

"잠깐 기다려요, 내가 내려갈 테니까."

그러고는 통화가 끊겼기 때문에 마르코의 얼굴이 찌푸려졌다.

"미셸을 찾아!"

벌떡 일어선 제이슨이 소리쳤다.

"그놈이 '카불 폭파 사건' 자료를 신문사에서 다 빼갔어!"

전화기를 귀에 붙인 제이슨의 얼굴이 누렇게 굳어 있다. 대사건이다.

"필립! 전 요원을 풀어! 미셸이 다른 곳에서 터뜨릴 것 같다! 자료를 회수해! 특A급 작전이다!"

특A급 작전은 목표 달성을 위해서라면 수단과 방법을 가리지 않는 최상위 단계다. 살인, 방화, 납치, 폭파까지 허용된다.

전화기를 내려놓은 제이슨이 옆에 선 스노키를 보았다. 제이슨은 파리 주재 CIA 지사장이다.

"스노키, 미셸 이 새끼가 미친 거 아냐? 아무리 회사에서 보류시켰다고 해도 프랑스 정부의 결정인데 말야."

스노키는 보좌관이다.

"글쎄요. 프랑스 놈들이 좀 아그똥하거든요. 그리고 르몽드 성향이 급진 좌파 아닙니까? 미셸에 동조하는 놈들이 많을 겁니다."

"갓댐."

"미셸이 자료를 다시 빼냈어도 그걸 기사로 낼 언론사는 없을걸요."

"3류 찌라시라도 터뜨린다면 망해."

제이슨이 고개를 절레절레 흔들었다.

"나는 물론이고 너도 대서양을 못 건너간다. 우린 끝나는 거야."

"미셸 그놈이 갈 만한 곳은 다 조사하거나 잠복시켜야 합니다."

이제는 스노키도 정색하고 전화기를 들었다.

오전 10시 반, 제이슨도 방금 작전 병력을 대거 투입시켰다.

전화기의 송화구를 막은 스노키가 제이슨을 보았다.

"지사장, 어떻게 보고할까요?"

본부에 보고해야만 한다.

편집장이 보관실 입장을 승인할 리가 없었기 때문에 출근 전에 들어간 것이다. 가방에 자료를 담아 든 미셸은 바로 신문사를 나와 몽마르트르로 옮겨왔다. 일단 자료를 준비해 놓았으니 오후 6시까지 생각할 여유를 갖게 된 셈이다. 이곳은 생피에르 시장 근처의 작은 카페, 앞쪽에 윌레트 광장이 펼쳐져 있다.

한동안 창밖의 광장을 보던 미셸이 가방을 쥔 채 카운터로 다가가 전화기를 집어 들었다. 카운터의 주인이 미셸과 시선이 마주치자 잠자코 사라졌다. 전직 가수로 미셸과 아는 사이다.

전화벨이 울렸기 때문에 쥴리앙은 펜을 쥔 손으로 전화기를 귀에 붙였다.

"예, 파리지엥의 쥴리앙 기자입니다."

"쥴리앙, 나야, 미셸."

수화구에서 울리는 목소리에 쥴리앙이 전화기를 고쳐 쥐었다.

"응, 미셸. 지금 어디야? 파키스탄?"

"아냐, 파리야."

"이런, 왔으면 한잔해야지. 오늘 '나폴리'에 예약할까?"

"아니. 쥴리앙, 지금 바쁘냐?"

"너하고는 이야기할 시간 있다."

쥴리앙은 미셸과 고등학교 동창으로 1년에 한두 번씩 만나는 사이지만 같은 직업이라 말이 통한다. 오랜만에 만나도 금방 익숙해지는 친구인 것이다.

"쥴리앙, 내 이야기 들어봐."

"말해."

"놀라지 말고 듣기만 해. 주위 사람들이 들으면 안 돼."

"말하라니까."

어느덧 줄리앙의 목소리도 굳어 있다. 곧 미셸이 어제 오후에 전화를 받았을 때부터 오늘 자료를 빼낸 이야기까지 했을 때다. 숨 쉬는 소리도 안 내고 듣기만 하던 줄리앙이 물었다.

"그 자료가 'CIA의 카불 방송국 폭파' 자료란 말이지?"

"그래. 포로로 잡힌 CIA 요원들의 자백을 막으려고 방송국을 통째로 날린 거다."

"굉장하구나."

"줄리앙, 내 가족이 지금 납치되어 있단 말이다."

"당연히 자료를 주고 가족을 데려와야지."

"그놈들이 자료만 받고 가족을 돌려주지 않으면 어떻게 하지?"

"미셸, 넌 그놈들이 누구라고 생각하냐?"

"이제 생각하니까 탈레반이야."

"맞아, 내 생각도 그렇다."

줄리앙이 말을 이었다.

"방법이 없어, 미셸. 자료를 줘."

"그래야겠지?"

"그것이 정의를 위한 길이기도 해. 개 같은 탈레반을 위한 건 아니야."

"알았어. 고맙다, 줄리앙."

"마리안느가 풀려 나오면 한잔하자."

"당분간 이 일도 비밀이야."

"걱정 마. 사람 목숨이 달린 일인데."

그러고는 줄리앙이 전화기를 내려놓았다.

"갓뎀."

통화가 끊겼을 때 마이론이 벌떡 일어섰다. 눈을 치켜뜬 마이론이 머리에 쓴 헤드세트를 내동댕이치면서 전화기를 집어 들었다.

방금 마이론은 쥴리앙과 미셸의 통화 내용을 도청한 것이다.

쥴리앙이 미셸의 유일한 언론사 친구임을 알고 있는 CIA가 파리지엥사의 전화선에 도청 장치를 깔아놓은 덕분이다.

통화가 연결되자 마이론이 소리쳤다.

"쥴리앙과 미셸의 통화를 들으시죠!"

차가 주택 단지로 꺾어지는 교차로에 멈춰 섰을 때 미셸이 백미러를 보았다.

뒤쪽 우유 회사의 트럭 한 대가 서 있을 뿐이다.

오후 3시 반, 이제 집까지는 30분쯤 거리다. 집에 일찍 들어가 기다리기로 한 것이다. 신호가 풀렸기 때문에 미셸은 우회로를 건너 주택가로 들어서는 이차선 도로에 들어섰다.

그때 옆쪽 골목에서 승용차 한 대가 불끈 솟아오르듯이 앞을 가로막았기 때문에 기겁을 한 미셸이 브레이크를 밟았다.

"쿵!"

충돌 음과 함께 미셸의 차가 골목에서 나온 승용차의 앞부분을 쳤다. 오른쪽 바퀴가 있는 부분이다.

"에이구."

와락 이맛살을 찌푸린 미셸의 머릿속에는 차가 부서진 것보다 집에 늦게 들어갈지도 모른다는 걱정뿐이었다.

그때 부딪친 차에서 사내 하나가 나왔다.

미셸도 내리면서 뒤를 보았더니 승용차 한 대가 딱 붙어 있다. 다른 차들은 비켜서 지나가고 있다.

"내가 좀 바쁜데 보험 처리를 하죠."

미셸이 주머니에서 명함을 꺼내면서 말했다.

누구 과실이건 가릴 상황이 아니다. 얼핏 보았더니 바퀴 위쪽 부분이 움푹 파인 것뿐이다.

그때다. 뒤쪽에서 다가온 사내 둘이 미셸의 양쪽 팔을 쥐었다.

"갑시다, 미셸."

이름이 불린 미셸이 숨을 들이켠 순간이다.

뒷머리에 강한 타격을 받은 미셸의 머리가 꺾어지면서 사지가 늘어졌다.

눈을 뜬 미셸이 머리를 흔들고 눈동자의 초점을 맞췄다. 그러자 자신의 몸이 의자에 묶여 있는 것을 보았다.

이곳은 방 안.

옆쪽에 서 있는 사내의 윤곽이 드러났다. 둘이다.

시멘트 벽, 사내가 또 하나 있다.

이놈들인가? 이놈들이 마리안느, 소피아, 나리사를 납치해갔는가?

그때서야 뒷머리의 통증이 전해져 왔다.

그때 사내 하나가 물었다.

"6시에 그놈들이 집으로 전화를 하기로 했지?"

놀란 미셸이 숨을 들이켜면서 사내를 보았다.

"당신들 누구야?"

사내들이 납치범인 줄 알았던 것이다.

그때 사내가 표정 없는 얼굴로 말했다.

"여기서 오늘 밤만 기다려, 미셸."

"누구야? 당신들 경찰이야?"

"뭐. 그렇다고도 볼 수 있지."

"그럼 이걸 풀어줘!"

미셸이 몸부림을 쳤다.

"변호사를 불러! 당신들, 실패하면 내 가족의 목숨을 책임질 거야?"

그때 사내가 뒤에 선 사내들에게 말했다.

"입에 테이프 붙여."

사내 하나가 테이프를 들고 다가가자 미셸이 악을 썼다.

"너희들, 내가 누군지 꼭 밝혀낼 테다! 두고 봐! 이 개새끼들아!"

악을 쓰는 미셸을 방에 두고 복도로 나온 제이슨이 스노키에게 물었다.

"준비는 다 됐나?"

"예. 집 안에 요원 둘이 있고 주변에 여덟. 필립은 요원 둘과 함께 교차로에서 대기 중입니다."

"녹음은 확실하게 해야 돼."

"놈들이 금방 상황 파악을 할 겁니다."

"이봐. 우리가 누군지 아무도 몰라."

"저놈들은 추측하겠지요."

"저놈들의 발신지를 추적해서 잡으면 더 말할 것도 없지만."

어깨를 들썩인 제이슨이 발을 떼었다.

놈들을 잡지 못해도 그만이다. 놈들에게 넘어가려던 자료는 미셸한테서 회수했기 때문이다. 이제 한 걸음 더 나가서 놈들을 유인, 잡으면 좋겠지만 안 돼도 그만이다.

312

인질로 잡힌 셋에 대한 책임을 질 생각은 없다. 잘난 아비가 그 트러블 메이커인 지미 우들턴의 유혹에 넘어갔기 때문이지.

6시 정각에 야코스가 미셸의 집으로 전화를 걸었다.

발신음이 5번 만에 전화기가 들린다.

"여보세요."

목소리가 조금 달랐기 때문에 야코스가 이맛살을 찌푸렸다.

"미셸?"

"그래, 나야."

"미셸, 맞아?"

"맞다니까 그러네."

야코스가 숨을 두 번 쉬고 나서 물었다.

"준비했어?"

"그래. 갖고 왔어."

"다른 서류는?"

"다른 서류라니?"

"내가 다른 서류도 준비하라고 했잖아?"

"언제? 어제?"

"그래, 이 새끼야."

"아니. 이 새끼가 갑자기 다른 서류라니? 네가 언제……."

"너, 그 서류 지금 갖고 있는 거야?"

"그래. 내 가족은 이상 없지?"

그때 야코스가 눈을 치켜떴다.

그러고는 송화구를 손바닥으로 막고 나서 옆에 있는 부하에게 말했다.

"여자를 데려와."

"누구 말입니까?"

"와이프. 서둘러."

이곳은 파리 북서쪽 교외의 안가. 공장 지대 옆이어서 낡은 주택들과 빈 집이 많은 지역이다.

그때 방 안으로 마리안느가 끌려 들어왔다.

그동안 야코스는 저쪽과 교환 조건을 상의하다가 송화구에 대고 말했다.

"좋아, 미셸. 그렇다면 네 아내 마리안느한테 할 이야기가 있으면 해, 전 해줄 테니까."

"그건 왜 그러는데?"

미셸이 물었을 때 목소리가 방을 울렸다.

야코스가 스피커 버튼을 눌러 놓았던 것이다.

"그래서 네 와이프를 안심시키려는 거야."

"걱정하지 말라고 해. 내가 자료를 갖고 있으니까 곧 교환을 할 것이라고."

그때 다시 송화구를 막은 야코스가 마리안느를 보았다.

"당신 남편, 미셸의 목소리야?"

마리안느는 아까부터 눈을 치켜뜨고 떨고 있었는데 야코스의 시선을 받 더니 고개를 저었다.

야코스가 이를 악물더니 송화구에서 눈을 떼었다.

"좋아. 거기서 기다려, 내가 갈 테니까."

"언제까지 올 건데?"

"한 시간 안에."

"내 가족도 데려오는 거지?"

"그래."

그러고는 야코스가 전화기를 내려놓고는 마리안느를 보았다.

"목소리가 달라?"

"전혀요."

마리안느가 고개를 저었다.

"미셀이 아녜요."

"10초만 더 붙들고 있었다면 초점이 모여졌을 텐데."

리시버를 귀에서 뗀 헨리가 말하자 제이슨이 고개를 돌렸다.

"선오버비치."

그것이 누구를 욕하는지 알 수 없었기 때문에 기계부 요원들이 침묵했다.

이곳은 샹티이 남쪽의 작전본부 안. 주택을 빌려서 10여 명의 본부 요원이 모여 있다.

방금 그들은 미셀의 집에 전화를 걸어온 납치범과 요원의 통화 동안에 발신지를 추적하고 있었던 것이다.

"놈들이 온다는데, 믿어도 될까요?"

스노키가 묻자 제이슨이 어깨를 치켜 올렸다가 내리면서 되물었다.

"집 안에 해리슨하고 빌이 있나?"

"예. 집 주위에 12명이 있습니다. 차량은 4대."

"집 안으로 3명을 더 넣어."

"그러는 게 낫겠습니다."

"서둘러."

"예. 보스."

스노키가 전화기를 들었다.

"갓댐."

요원 셋이 들어오자 해리슨이 투덜거렸다. 미셸의 집 안.

조금 전에 '납치범'의 전화를 받은 것이 해리슨이다. 해리슨이 셋에게 말했다.

"놈들이 들어올지 알 수 없지만 바로 총격전이야. 말하고 자시고 할 것도 없어."

해리슨은 금발에 황금빛 턱수염이 무성하게 난 장신이다.

우지 기관총을 꺼내든 해리슨이 말을 이었다.

"조, 너는 옆방으로 가. 허드슨, 넌 주방 옆에. 그리고 모이란과 빌은 응접실에서 맞는다."

해리슨이 지휘관이다.

제각기 기관총으로 중무장한 요원들이 맡겨진 위치로 흩어졌다.

"집 안에 다섯. 앞쪽 길가의 차에 둘씩 네 명. 그리고 뒤쪽 집 앞에 주차된 차에 넷. 모두 13명, 차는 4대입니다."

무스타파의 목소리가 울렸다.

"좋아. 준비되었나?"

"예, 대장님."

"지금 몇 시냐?"

야코스가 묻자 무스타파가 대답했다.

"6시 27분입니다, 대장님."

"6시 30분 정각에 작전개시다."

"예, 대장님."

야코스가 전화기를 내려놓고는 얼굴을 일그러뜨리며 웃었다.

미셸은 그때서야 상황 판단을 했다.

이놈들은 CIA다. 자료를 넘겨주지 못하도록 가로막은 것이다. 납치범보다 더 악독한 놈들이다. 납치범들은 자료와 가족의 교환을 요구하고 있지만 이놈들은 가족이 어떻게 되건 자료 유출만 막는 것이 우선이다.

내 가족의 안위는?

미셸이 고개를 돌려 문 앞에 선 사내에게 물었다.

"어떻게 된 겁니까?"

"아이 돈 노."

사내가 무표정한 얼굴로 대답했다.

미셸은 아직도 의자에 팔다리가 묶인 상태다. 플라스틱 수갑으로 단단히 채워져서 꼼짝할 수가 없다.

손목시계는 볼 수 있었다. 6시 29분이 되었다. 지금은 납치범들이 이미 연락을 했을 때다. 상황을 알아챈 납치범들이 가족을 죽이지 않겠는가?

"이봐, 당신 상관을 불러!"

미셸이 다시 악을 썼다.

"개새끼들아. 우리 정부에서 너희들 가만 안 둘 거다!"

그러나 가슴이 미어졌다.

그 정부가 CIA의 압력을 받아 기사 자료를 보관함에다 처박아 두지 않았는가?

"이 개새끼들아!"

미셸이 다시 악을 썼을 때 사내가 시끄러운지 문을 열고 밖으로 나갔다.

미셸이 핏발이 선 눈으로 의자에 묶인 팔목을 보았다. 손목시계가 6시 30분을 가리키고 있다.

"발사!"

무스타파가 말하자 말라키가 겨누고 있던 로켓포의 뒤쪽에서 짧은 분사음이 울렸다.

"쉭!"

로켓탄이 뒤에 흰 가스를 분사하면서 기운차게 날아가더니 눈 '깜박'하는 순간에 미셀의 저택 응접실 유리창을 뚫고 들어갔다.

"꾸꽈꽝!"

막 어둠이 덮이던 저택에 붉은 불기둥이 솟으면서 폭발했다.

"쉭!"

오른쪽 아래에서 분사음이 울리더니 이번에는 저택 앞에 주차시킨 왜건을 향해 로켓탄이 날아가 뒤쪽 창을 뚫고 들어갔다.

"꾸꽈꽈꽝!"

차가 폭발하면서 위로 3미터쯤이나 솟아오르더니 두 동강이가 나서 떨어졌다. 불덩이다.

"쉭!"

또 한 발, 저택의 응접실 옆으로.

"꽈꽈꽝!"

"쉭!"

아래쪽에서는 저택의 뒤쪽 부근까지 보인다. 거리는 1백 미터 미만.

이쪽은 도로 모퉁이의 언덕에 자리 잡아서 시야가 트였다.

"꽈꽈꽝!"

이번에는 뒤쪽 저택 앞에 주차시킨 CIA 요원의 차 한 대. 차가 5미터가량이나 불덩이가 되어 솟았다. 안에 요원 2명이 타고 있었다.

"꽈꽈꽝!"

저택에 또 한 발.

이제는 저택이 3발의 로켓탄을 맞고 전체가 무너졌다.

"꽈꽈꽝!"

뒤쪽의 차 한 대.

그때 무스타파가 소리쳤다.

"가자!"

확인 사살이다.

언덕 위아래에 엎드려 있던 14명이 일제히 일어나 앞으로 달려갔다.

모두 알 카에다의 정예 암살자 휘하의 암살대다.

10분 후, 6시 40분.

고개를 든 스노키가 제이슨을 보았다.

"연락이 안 됩니다."

스노키는 눈을 치켜뜨고 있다.

상황실의 모든 시선이 모였고 스노키가 말을 이었다.

"다 끊겼습니다."

제이슨이 입만 달싹였다가 어깨를 늘어뜨렸다. 미셸의 집과 연락이 끊긴 것이다. 그 저택 앞뒤에 있던 2조, 3조도 연락이 끊겼다.

"갓댐."

제이슨이 이 사이로 말했다.

미셸의 저택과 주변에 13명을 보냈다.

7시 25분.

야코스가 앞에 선 무스타파를 보았다.

"11명?"

"예. 11구의 시체 사진을 찍었습니다."

무스타파가 말을 이었다.

"몇 명 더 있었는지 모르지만 전멸시켰습니다."

무스타파가 눈으로 책상 위를 가리켰다.

책상 위에는 타다만 신분증, 지갑, 시계, 갖가지 무기가 어지럽게 쌓여 있다.

모두 현관에서 가져온 것들이다.

야코스가 고개를 끄덕였다.

그러나 가장 중요한 자료는 확보하지 못했다.

방으로 야코스가 들어서자 마리안느가 눈을 크게 떴다. 이곳은 파리 북서쪽 안가.

미셸은 CIA에 잡혀 있었고 알 카에다에 잡힌 마리안느와 두 딸은 이곳에 억류되어 있었다. 외딴 집이어서 셋은 집 밖으로 나가지만 못하게 했을 뿐이다.

야코스가 물끄러미 마리안느를, 이어서 소피아와 나리사를 보았다.

이윽고 야코스의 시선이 소피아에게 머물렀다.

"소피아, 감기는 어떠냐?"

"이제 좀 나아요."

고개를 끄덕인 야코스가 이제는 나리사를 보았다.

"나리사, 내일 연주 연습하면 토요일 발표에는 지장 없을 거다."

그때 마리안느가 자리에서 일어났다.

"그럼, 우리 오늘 보내 주시는 건가요?"

"그런데 집이 파괴되어서 집으로는 돌아가지 못할 것 같은데."

이맛살을 찌푸린 야코스가 마리안느를 보았다.

"그까짓 집이야 다시 지으면 그만이지."

"집이 파괴되었어요? 왜요?"

놀란 마리안느가 묻자 야코스가 고개를 끄덕였다.

"마리안느, 집 근처까지는 데려다 주겠어. 굿 바이, 마리안느. 잘 살아라, 애들아."

오후 8시 10분.

미셸이 손목시계를 보고는 고개를 들었다. 6시에 집에서 놈들의 전화를 받고 자료와 가족을 교환하기로 했지만 이미 끝났다. 2시간이나 지났으니 그동안 납치범들은 상황을 파악하고 가족을 어떻게 했을지도 모른다.

이제는 소리를 지르기도 지쳤기 때문에 미셸은 핏발 선 눈으로 문 쪽만 보았다. 의자에 묶인 손발은 감각이 없다. 갈증이 났지만 물을 마시고 싶지도 않다.

그때 방문이 열렸기 때문에 미셸이 고개를 들었다. 두 사내가 방 안으로 들어섰다. 무표정한 얼굴. 앞에 선 사내 하나가 물끄러미 미셸을 보았고 다른 사내는 비켜서서 외면하고 있다.

그때 외면했던 사내가 불쑥 말했다.

"내가 할까?"

"놔둬."

앞에 선 사내가 말하더니 점퍼 주머니에서 권총을 꺼내었다. 그러고는 다른 주머니에서 소음기를 꺼내 총구에 돌려 끼웠다.

그것을 본 미셸이 물었다.

"날 죽이려는 거냐?"

"그래."

사내가 소음기를 끼우더니 총구를 미셸의 심장을 향해 겨눴다. 거리는 2미터도 되지 않는다.

"죽이기 전에 한 가지만 묻자. 내 가족은?"

그때 사내가 쓴웃음을 지었다.

"살았어. 그놈들이 돌려보냈다."

"정말이냐?"

"그래. 그놈들이 셋을 조금 전에 거리에다 내려놓고 갔어."

"……."

"하지만 넌 살려 보내지 못해."

"그렇겠지."

미셸의 얼굴에도 쓴웃음이 번졌다.

"더러운 CIA 놈들. 너희들은 테러단보다 더 악질이야."

"너한테는 그렇게 되었지."

다음 순간 사내가 방아쇠를 당겼고 둔탁한 발사음이 울렸다. 정통으로 심장을 관통당한 미셸이 의자와 함께 뒤로 넘어졌다.

뉴욕의 안가.

이곳은 오후 2시 20분이다.

윌슨이 후버의 앞쪽 소파에 앉으면서 말했다.

"다행히 파리에서 자료는 우리 손에 들어왔습니다."

후버는 멍한 표정으로 쳐다만 보았고 윌슨이 말을 이었다.

"하지만 작전 중에 요원 13명이 사망했습니다. 매복했던 요원들이 로켓포 공격을 받아서요."

"……."

"미셸의 집에 매복하고 있다가 당했습니다."

"……."

"그런데 그놈들은 미셸의 가족을 인질로 잡고 있다가 작전이 실패로 끝났는데도 인질을 풀어주었습니다."

그때서야 후버의 눈동자에 초점이 잡혔다.

"풀어줬어?"

"예, 부장님."

"자료를 우리가 가로챘는데도?"

"예, 부장님."

"그놈들이 알 카에다 맞지?"

"예. 알 카에다 소속원 셋을 파리에서 확인했습니다. 파리 경찰청에서 지금 추적 중입니다."

"자료를 찾아서 다행이야."

혼잣소리처럼 말한 후버가 다시 고개를 들었다.

"그놈들은?"

지미 우들턴과 고대형을 묻는 것이다.

이 소동도 결국 근원이 지미다. 그놈이 자료를 미셸에게 건넸기 때문이다.

근원을 없애지 않으면 이 소동은 끝나지 않는다.

윌슨이 외면한 채 대답했다.

"찾고 있습니다."

둘은 미셸에 대해서는 언급하지 않았다.

미카엘의 결혼식은 축제 같았다.

1백 킬로 이상 되는 거리에서도 고려인 친지들이 몰려와서 여관 마당은 물론 뒤쪽 옥수수 밭까지 천막을 쳐서 손님을 맞았다. 처음에는 하객 2백을 예상했다가 전날 통보받은 숫자가 3백을 넘었기 때문에 양 3마리, 돼지 1마리, 소 1마리를 잡았다. 술은 시장에서 보드카 2백 병을 사 왔고 꽃이 마차로 1대 분량, 그릇이 없어서 플라스틱 접시를 1천 개나 사야만 했다. 마을의 모든 여자가 결혼식에 동원됐으며 모든 남자가 행사 요원으로 참석했다.

고대형은 소냐와 거의 비밀 결혼식을 하는 바람에 결혼 경비는 1천 불도 들지 않았다. 미카엘의 결혼 비용은 그 다섯 배도 넘는다.

결혼식 날.

아침부터 마당은 손님들로 가득 찼고 식은 떠들썩한 소음 속에서 진행되었다. 축제다. 신랑 신부의 성혼 선언을 하는 순간에도 환호성이 오르고 노래 소리가 들린다.

마당과 뒤쪽 옥수수 밭까지 가득 놓인 식탁에 푸짐한 잔칫상이 차려졌고 술병이 끊임없이 나온다. 뛰노는 아이들, 옆쪽 마당에서는 악대에 맞춰 춤을 추고 노래를 했고 신부와 신랑은 이쪽저쪽을 다니면서 인사를 한다.

어느새 식이 끝나고 축제가 시작되고 있다.

도로에서 3킬로나 떨어진 마을이었지만 소문을 듣고 찾아오는 손님도 많다.

오늘의 주인공은 물론 신랑 미카엘과 신부 카트나였지만 집안의 가장 격인 나타샤가 축제의 지휘자다. 그리고 집안의 장녀 소냐는 부지휘자쯤 될까? 그러면 소냐의 남편 고대형은?

집안의 가장 손위 남자로 나타샤를 대신할 수도 있는 입장이었지만 드러내지 않았다. 묵묵히 허드렛일을 하고 모자란 것은 채워주고, 일 거들어 주는 마을 사람들에게 귀띔을 해주면서 뒤로 돌았다.

오전 10시에 시작한 결혼식이 11시에 식을 마치고 11시 반부터 시작된 축제가 절정에 오른 오후 2시 무렵, 보드카를 이쪽저쪽에서 얻어 마신 고대형이 여관 건물 왼쪽의 창고 쪽으로 다가갈 때다.

"이봐, 형."

뒤에서 울린 목소리를 들은 순간 고대형은 걸음을 멈췄다. 그러나 바로 몸을 돌리지는 않았다.

귀에 익은 목소리, 자신을 '형'이라고 부르는 사람은 단 하나. 지미 우들턴이다.

몸을 돌리지 않고 서 있는 시간은 3초쯤 되었다. 이윽고 고대형이 몸을 돌려 앞에 서 있는 지미를 보았다.

지미는 축제에 어울리는 밝은 색 털 코트에 양털 모자를 썼고 가죽 부츠를 신었다. 수염도 말끔하게 깎아서 러시아계 같다.

"갓댐. 지미 우들턴."

고대형의 첫 말이 이랬다.

그러자 지미가 다가오더니 고개를 저었다. 손도 내밀지 않는다.

"암살자가 이 꼴이라니, 못 봐 주겠군."

고대형이 창고 뒤쪽으로 발을 떼었고 이제는 입을 다문 지미가 뒤를 따른다.

창고 뒤쪽은 폐농기구를 쌓아놓은 곳이어서 인적이 없다.

고대형은 자신을 어떻게 찾아냈느냐 묻지도 않았고 지미도 말하지 않았다.

마주 보고 섰을 때 지미는 바로 상황을 설명했는데 고대형은 듣기만 했다.

지미 이야기가 끝났을 때는 10분쯤 후다. 다 듣고 난 고대형이 입을 열었다.

"내가 여기서 자식 일곱 명을 낳고 살기로 했어, 지미."

눈을 뜬 소냐가 금방 몸을 비틀어 고대형의 허리를 감싸 안았다. 소냐의 벗은 몸이 다 드러났고 젖가슴이 출렁이며 부딪쳤다. 이제 소냐는 부끄러워하지 않는다. 제 몸을 보는 고대형의 시선을 즐기는 것 같다. 그 시선이 부드럽고, 뜨거우며 경탄까지 섞여 있는 것을 알기 때문이겠지. 안 그러면 그렇게 못 하지.

오전 6시쯤 되었다. 겨울은 밤이 길어서 아직 창밖은 어둡다.

"왜? 또?"

고대형이 묻자 소냐가 이를 드러내고 웃었다. 환하고 행복한 웃음이다.

"그만해요, 여보."

지금 둘은 러시아어로 말하고 있다.

지금까지도 고대형은 파슈툰족 파키스탄인 아비도스다. 하긴 여권 이름이 그러니까.

그때 고대형이 상반신을 일으켜 앉았다.

그래서 소냐가 고대형의 아랫배에 머리를 얹고 올려다본다.

"왜요? 여보. 뭐 먹을 것 만들어줘요?"

"아니, 됐어."

"어젯밤에도 제대로 먹지 않았는데."

"양고기 몇 점 먹었어."

"그것 먹고 힘 빼잖아요."

"이런."

고대형이 미간을 모으고 소냐를 보았다.

"소냐, 네가 더 심하게 운동을 했지."

그때 눈을 흘긴 소냐가 고대형의 하반신을 감아 안았다. 고대형이 소냐의 머리칼을 움켜쥐었다.

오전 8시.

그때서야 창밖이 환해지기 시작했다. 고대형이 침대에서 일어나면서 말했다.

"소냐, 내가 파키스탄에 다녀와야겠어."

"파키스탄?"

놀란 소냐가 침대에서 일어나 몸을 가리지도 않고 고대형을 보았다. 그러다가 고대형의 시선을 받고는 시트로 상반신을 가렸다.

고대형이 옷을 입으면서 말을 이었다.

"응. 뭐 정리할 일이 있어서."

"뭔데요?"

"재산 정리야."

"꼭 가서 해야 돼요?"

"내가 가지 않으면 안 돼. 다른 놈들이 재산을 다 가로채 갈 거야."

"얼마나 걸리는데?"

"길면 두 달."

"두 달이나?"

그새 옷을 다 입은 소냐가 고대형의 앞에 섰다. 얼굴이 긴장으로 굳어 있다.

"집 공사나 다른 일은 다 어떻게 하죠?"

"지금처럼만 하면 돼. 어머니가 감독이고 네가 부감독."

"당신이 든든하게 뒤에 있어야지."

"나야 이곳저곳 돌아다니기만 했지. 일은 식구들이 했지."

하긴 그렇다. 김치 공장에 필요한 그릇 하나도 나타샤, 소냐, 타냐, 미카엘이 다 했다. 타냐의 남편 코프스키도 남자 몫을 했고 이번에 결혼한 미카엘의 아내 카트나도 고려인으로 금방 한 몫을 하게 될 것이다.

고대형이 소냐의 어깨를 당겨 안고는 한 손으로 배를 쓸었다.

"어때?"

"첫 달 지났어요."

소냐가 수줍은 듯이 몸을 비틀면서 말했다.

"서둘지 마요, 여보. 우리가 결혼한 지 한 달이 겨우 지났어."

"그럼 첫아들이 지금 네 뱃속에 들어가 있을 거야."

"글쎄. 기다려봐야 된다니까?"

둘은 유창한 러시아어로 대화하고 있다. 식구들은 집 안에서 고려말을 쓰지만 고대형하고 함께 있을 때는 러시아어를 쓰기 때문이다.

소냐가 다시 물었다.

"언제 떠나요?"

"내일."

지미가 타슈켄트에서 기다리고 있다.

그날 밤.

미카엘의 아내까지 모인 자리에서 고대형은 재산을 찾으러 파키스탄에 다녀오겠다고 말했다.

가족과의 짧은 이별.

328

여행을 축복하는 만찬이 끝나고 가족들이 헤어졌을 때는 밤 11시가 되었을 무렵, 고대형은 이제 마당 건너편의 집으로 돌아가려는 나타샤를 불렀다. 방 안에 소냐까지 셋이 둘러앉았을 때 고대형이 말했다.

"내가 곧 돌아오겠지만 며칠이라도 집을 비울 테니까 이것을 소냐한테 주고 갈 겁니다."

고대형이 탁자 위에 헝겊 백을 내려놓더니 위쪽을 묶은 끊을 풀고 내용물을 쏟았다.

그 순간 나타샤와 소냐가 숨을 들이켰다. 10만 불짜리 돈뭉치다.

고대형이 돈뭉치를 두 손으로 모아 소냐 앞에 밀어 놓았다.

"소냐, 10만 불이야. 이걸 어디에다 잘 숨겨놓고 어머니하고 같이 상의해서 쓰도록 해."

말문이 막힌 둘은 돈뭉치만 쳐다보다가 나타샤가 먼저 정신을 차렸다. 고대형의 말을 새겨서 들은 것이다.

"아니. 여행을 두 달 떠난다는 사람이 무슨 말을 그렇게 하나?"

"이 돈은 소냐의 돈이니까 알아서 쓰라는 말입니다."

"어쨌든 소냐가 보관을 할 거야. 갔다 와서 상의해."

"갔다 오더라도 소냐가 보관하고 꺼내 쓰는 것이니까요."

"아. 그렇더라도 이렇게 엄청난 돈을 내주고 떠난다니까 나부터 놀라지 않아? 소냐는 얼마나 놀랄 거야?"

"그러면 이 돈을 벽장 구석에 말도 않고 놓고 가란 말입니까? 소냐가 쓰레기인 줄 알고 페치카에 넣으면 어떻게 해요?"

"아이구머니."

나타샤가 비명을 고려말로 질렀다.

"그럴 수도 있겠네."

이것은 러시아 말이다.

그때서야 소냐가 상기된 얼굴로 말했다.

"잘 다녀오기나 해요, 여보."

"그리고 참."

고대형이 잊었다는 표정을 짓고 말했다.

"내 성은 고요, 아비도스 고."

"고?"

나타샤가 또 새겨들었다.

"파슈툰 성도 이상하네. 고려인 성에도 고씨가 있는데."

"그런가요?"

시치미를 뗀 고대형이 소냐를 보았다.

소냐의 눈은 흐려져 있다.

무슨 생각을 하고 있는가?

다음 날 오전 11시가 되었을 때 타슈켄트의 버스 정류장 옆 커피숍으로 고대형이 들어섰다.

고대형은 작은 배낭만을 멘 여행자 차림이다. 기다리고 있던 지미가 정색한 얼굴로 앞쪽에 앉은 고대형을 보았다.

"헤어진 거야?"

"헤어지다니?"

고대형도 정색하고 지미를 보았다.

"내가 누굴 만났다고 그래?"

지미의 시선을 받은 채 고대형이 말을 이었다.

"누굴 만났어야 헤어지지. 난 만난 사람 없어."

330

"어디야?"

눈을 뜬 고대형이 묻자 옆자리에 앉은 지미가 대답했다.

"두 시간 남았어."

동문서답이지만 지미의 대답이 정답이다. 고대형이 잘못 물었다.

이곳은 카자흐스탄, 타슈켄트를 출발한 둘은 카자흐스탄 국경을 넘어 지금은 알마티로 달리는 버스에 타고 있다.

오후 6시 10분, 국경은 검문소를 피해서 넘었지만 통행이 자유로워서 여권 검사도 하지 않는다.

고대형이 어둠에 덮이고 있는 창밖을 내다보았다. 벌판, 황무지다.

알마티에서 두 시간 거리의 카자흐스탄 영내다. 카자흐스탄은 인구가 1,800만 정도지만 국토 면적이 한반도의 12배가 넘는다.

카자크족의 땅, 인구는 카자크인 53퍼센트, 러시아인 30퍼센트, 우크라이나, 독일인 등이 10퍼센트, 고려인도 소수 정착하고 있다.

버스는 러시아제 고물이었지만 잘 포장된 도로를 달려가고 있다. 버스 안에는 승객이 절반 정도 타고 있었는데 모두 여행자 차림이다. 알마티는 유명한 휴양 도시인 것이다.

그때 지미가 말했다.

"알마티에서 누구를 만나기로 했어."

"누구 말이야?"

"러시아 FSB."

고대형이 입을 다물었다.

FSB는 러시아 연방보안국을 말한다. 구소련 시대에 악명 높던 KGB의 후신인 것이다.

지미가 말을 이었다.

"신문사에 기사를 주고 내막을 폭로한다는 발상은 순진했어. 담당 기자의 의욕만 믿고 신문사나 정부 측의 입장은 고려하지 않았어."

"……."

"이번에는 러시아야. 러시아 정부는 대환영이야. 없는 것도 만들어 낼 입장인데 그들에게는 CIA를 엿 먹일 절호의 기회가 된 거야."

"……."

"지난번에 미셸한테 준 건 카피야. 복사한 것이라고. 난 자료 원본을 갖고 있어. 이걸 다 FSB에 넘겨줄 거야."

지미는 통로 쪽에 앉아 있었는데 밖이 어두워지면서 유리창을 향한 얼굴이 다 드러났다. 유리창이 거울이 되어서 번들거리는 지미의 눈과 마주쳤다.

"형, 너하고 난 같은 배를 탄 거야. CIA는 우리 둘을 같이 제거하려고 해."

"알아, 지미."

"시골의 결혼식장에서 내가 해바라기 같은 너의 고려인 여자하고 그 가족들, 수십 명의 친척, 친지를 봤을 때의 느낌을 말해줄까?"

"아니. 말하지 마, 빌어먹을 놈아."

유리창에 비친 지미를 향해 고대형이 고개를 저었다.

"네 개소리는 안 듣겠어."

"네가 수백 명의 인간 속에 끼어든 저승사자처럼 보이더라."

"갓댐."

"어쩌려고 결혼을 한 거야?"

"너만 찾지 않아도 난 거기서 자식 7명을 낳고 살았어, 지미."

"선오버비치."

"네놈이나 찾았지, 아무도 못 찾았다. 난 거기서도 파키스탄 국적의 파슈툰 아비도스였으니까."

"넌 암살자야, 형. 정보력은 부족해."

"지저스 크라이스트. 제발 잘난 척 그만해라."

"내가 찾았는데 CIA 정보팀이 찾지 못할 것 같으냐?"

지미가 고개를 돌려 옆자리의 고대형을 똑바로 보았다. 눈과의 거리가 20센티도 안 된다.

"너 때문에 그, 해바라기 같은 네 고려인 와이프는 물론 가족이 당할 수가 있었어, 형."

"닥쳐!"

"뭐? 자식 7명? 그 7명까지 다."

"선오버비치! 닥쳐!"

"잘 나온 거야."

지미가 길게 숨을 뱉으면서 다시 유리창을 보았다.

"너도 머릿속에서 지웠다면서?"

고대형은 반대쪽으로 고개를 돌려 지미의 시선을 받지 않았다. 그래서 지미가 물었을 때 '만난 사람 없다'고 말했었다.

아, '겨울 아침의 꿈'이었는가? 고대형이 눈을 가늘게 떴다.

우즈베크 국경에서 소냐와 나타샤 모녀를 만났을 때부터 고려인 마을에서 미카엘의 결혼식까지 이어졌던 두 달 동안이 꿈처럼 느껴졌다. 그렇다. 꿈으로 믿어야 한다. 그래야 쉽게 잊는다.

"둘이 같이 있을 가능성이 많습니다."

아놀드가 윌슨에게 말했다.

"지미는 머리 역할을 하고 고대형은 손발 역할입니다. 이렇게 둘이 있어야 위력적입니다."

파키스탄 페샤와르의 안가 안, 파리에서 작전팀이 다행히 알 카에다로 넘어갈 뻔한 자료를 가로챘지만 그 근원은 남아 있다. 미셸에게 자료를 넘긴 지미 우들턴이다. 그 지미를 제거하지 않으면 자료는 계속해서 생산될 것이다.

냉방장치가 잘된 방 안이었지만 방음은 안 되어서 바깥 소음이 다 들렸다. 시장 건너편 건물이라 시끄럽다.

이맛살을 찌푸린 윌슨이 아놀드를 보았다.

"아놀드, 난 영감 옆에서 15년째 일하고 있지만 지금처럼 영감이 조바심을 낸 적이 없어."

영감이란 CIA 부장 후버를 말한다.

아놀드가 정색하고 윌슨을 보았다. 윌슨은 어젯밤에 공군 수송기를 타고 페샤와르 미 공군 기지에 도착한 것이다. 극비 방문이어서 파키스탄 정부는 눈치채지 못하고 있다.

윌슨이 길게 숨을 뱉었다.

"뉴욕 안가에 별도 상황실을 만들어 놓았다고. 이 상황실은 본부의 이번 작전을 감시하는 역할이야."

아놀드가 입 안에 고인 침을 삼켰다.

이것은 소련이 러시아로 넘어가기 직전의 지휘 체제나 같은 것이다. 정보 유출을 막으려고 '작전에 대한 감시' 기관까지 둔 것이다. 그만큼 이번 지미 우들턴과 고대형의 '반역' 사건이 중대하다는 의미다.

아놀드가 윌슨을 보았다.

"부장보님, 아무래도 추적 범위를 동구권 전역으로 넓혀야겠어요."

"그래야지. 러시아까지."

"놈들도 미셸까지 당한 걸 알 테니까 악에 받쳐 있을 거라고."

윌슨이 말을 이었다.

"러시아로 들어갈까요?"

"그럼 차라리 흔적이 남으니까 쉽지."

맞는 말이어서 아놀드가 한숨을 쉬었다.

러시아에는 FSB가 있지만 CIA의 정보원도 깔려 있는 것이다.

윌슨이 참지 못하고 말했다.

"여긴 너무 시끄럽군. 사무실을 바꿔야겠다."

당분간 윌슨도 이곳에 머물 예정인 것이다.

알마티, 이곳은 타슈켄트보다 고급스러운 휴양지다. 구소련 시절의 고위층 별장이 수없이 있는 데다 유흥 시설이 남아 있기 때문이다. 카자흐스탄이 독립한 후에 소련의 군수 공장들이 다 옮겨갔지만 산업의 기반이 되어 있다.

지미가 숙소로 정한 곳은 교외 주택가의 2층 저택이다. 앞쪽에 호수가 있는 저택이었는데 구소련 시절 고급 관리의 별장이라고 했다.

지미는 러시아에서 온 상사원 행세를 하고 6개월 임대를 했는데 임대비로 3만 불을 냈다.

"당분간 이곳을 근거지로 삼는 것이 나을 거야."

2층 베란다에 선 지미가 고대형에게 말했다.

"내일 무기를 사올 테니까 필요한 거 말해. 여긴 다 있어."

"베레타나 브라우닝, 소음기 포함해서."

"오케이. 저격 총도 가져올까?"

"그것보다 AK-47로해, 소음기 끼고."

"AK가 낫지."

고개를 끄덕인 지미가 쓴웃음을 지었다.

"결국은 떠나는 인생, 며칠이라도 연장하려고 안간힘을 쓰고 있군."

"그게 조물주에 대한 예의야, 지미."

베란다에서 방으로 들어온 고대형이 커다랗게 말했다.

"이 세상에 태어나게 해준 조물주에게 어떻게든 오래 사는 것으로 은혜를 갚아야 되는 거라고."

"갓댐. 어떻게든 오래 살려고 방해하는 것들은 싹 죽여야 한단 말이지?"

"AK용 야광 스코프를 가져와, 지미."

"형, 넌 무기 이야기를 할 때는 눈이 번들거린다. 그걸 알고 있나?"

가게에서 사온 보드카를 집어 들던 고대형이 고개를 끄덕였다.

"그래, 지미. 내 조상은 사냥꾼이었던 것 같다."

"코리안 사냥꾼인가?"

보드카 병마개를 따면서 고대형은 대답하지 않았다.

<2권에 계속>